Cualquier miércoles soy tuya

Mayra Santos-Febres (Carolina, Puerto Rico, 1966) se ha destacado como narradora, poeta, catedrática y crítica literaria. Es autora de las novelas *Sirena Selena vestida de pena* (finalista del Premio Rómulo Gallegos de Novela en 2001), *Cualquier miércoles soy tuya* y *Nuestra señora de la noche* (finalista Premio Primavera de Novela 2006). Cuenta con los libros de relatos *Pez de vidrio* y *El cuerpo correcto*, en el que aparece su cuento "Oso blanco" (ganador del Premio Juan Rulfo de cuento). Entre sus poemarios se encuentran *Anamú y manigua*, *El orden escapado* y *Boat People*. Sus obras han sido traducidas al inglés, francés, alemán, italiano, islandés y coreano.

Mayra Santos-Febres

Cualquier miércoles soy tuya

punto de lectura

punto de lectura
www.puntodelectura.com

© 2002, Mayra Santos-Febres

© De esta edición:
2010 Santillana USA Publishing Company, Inc.
2023 N.W. 84th Ave
Doral, FL 33122
Teléfono (1) 305- 591-9522
Fax: (1) 305-591-7473

Cualquier miércoles soy tuya
ISBN 13: 978-1-60396-858-4

Diseño de cubierta: Michelle M. Colón Ortiz
Corrección: Isabel Batteria-Parera
Edición: Ismarie Díaz y D. Lucía Fayad Sanz

Published in the United States of America
Printed in Colombia by D'vinni S.A.

12 11 10   1 2 3 4 5 6 7 8 9 10

Índice

A Juan Santos Hernández, mi padre
A Juan Carlos Santos, mi hermano
A Juan López Bauzá, mi amigo

*Con tus ojos, que en su cansancio
apenas se liberan del umbral desgastado,
levantas muy despacio un árbol negro
y lo pones contra el cielo: esbelto, solitario.
Y has construido el mundo. Y es inmenso
y como una palabra que madura en silencio.
Rainer Maria Rilke, «Entrada»*

Miércoles, a. m.

Estacioné el auto, o mejor dicho, la carcacha carcomida por el salitre con la que con tanto esfuerzo me muevo en la ciudad. Andar en transporte público es impensable. De noche, no pasan y de día, nadie aguanta las eternas esperas en paradas de guagua bajo un sol que jamás ceja en su empeño de hacer sudar al más bravo. Los paraguas no ayudan, los sombreros que los señores usaban en los años cuarenta ya no se estilan y no soy tipo de andar todo el día con gorras de *baseball* en la cabeza, como si fuera un chico de gimnasio (bíceps, tríceps hinchados, piernas tiesas de tanto darle a las pesas, pero bueno) o un fanático del rap. Era mi primer día trabajando en el motel Tulán. Mi primera noche, corrijo. Dentro de unas cuantas horas, sería miércoles.

Había que subir a pie un tramo más para llegar a las oficinas del establecimiento. Caminando hacia las puertas de las oficinas, me entretenía en contemplar la lluvia de luz que en principio parpadeaba, fría y metálica, sobre los charcos de brea mojada. El resto era una sinfonía de neón que seguía apareciendo en rojo, verde y amarillo y que, al final, formaba una pequeña pirámide de brillo y un río curvo de tubos que encerraban al torrente de electrodos chocando contra una superficie de cristal: Tulán, motel Tulán. Se encendían las palabras una tras otra anunciando cupo, prendiéndose y apagándose sobre la pirámide del anuncio que apuntaba, certera, hacia las palmas reales y el cielo oscurecido de la carretera 52. Allí, a las puertas del motel, me esperaba Tadeo, mi amigo Tadeo, a quien conocí cuando trabajaba en el periódico como redactor y quien me consiguió este trabajo de motel.

Dicen que las ciudades son el lugar de la acumulación anónima pero, en estas islas perdidas en el medio del Caribe, solo unos cuantos transitan las ciudades nocturnas. Y por tanto, solo ellos se reconocen. Una vez cae el sol, el hormiguero de oficinistas, empleados corriendo de ayuntamiento en ayuntamiento, tiendas, cafeterías y colegios se retrae hacia el submundo de las urbanizaciones a la orilla transformada de los campos, de los mangles y las playas. La ciudad queda como una inmensa plaza de pueblo chiquito, lista para acoger a los merodeadores de la noche: celadores, policías de turno vampiro, putas, adictos, travestis, taxistas, trabajadores de restaurantes y hoteles, vendedores de drogas y periodistas.

Así conocí a Tadeo, en la ciudad deshabitada. Por una extraña casualidad (ni tan extraña, si uno considera que son contados los lugares abiertos de madrugada entre semana), íbamos los dos a la misma cafetería a comernos algo antes de regresar a nuestras respectivas casas, a tratar de conciliar la porción diurna de sueño. Al principio, tan solo nos saludábamos de lejos, con un gesto de barbilla. Pero una madrugada, compartimos un sándwich de atún con jugo de china y otro de bistec con cebolla, sentados ambos junto a la vellonera. Así comenzó nuestra amistad.

Fue Tadeo quien inició el encuentro. Con el sándwich en la mano, yo buscaba un rinconcito donde sentarme, un poco nervioso por el agite con el cual salí de trabajar y el que se suma cuando uno sabe que el resto del mundo descansa. Tadeo ya estaba mordisqueando su comida y, con la mano en alto, me llamó.

—Primo, venga, siéntese aquí para acompañarnos la soledad de la comida. Parecemos esposos botados del hogar.

Masticaba con toda la boca, como si estuviera intentando deglutir un elefante. Nada de recato, observé, pensando en lo que diría mi madre al verme acompañar la mesa de un ser tan descuidado, ella que tanto trabajo pasó en enseñarle a su único hijo las más rudimentarias reglas de etiqueta. La madre de Tadeo, obviamente, no perdía el sueño por esas cosas. Quizás lo que más le preocupaba era escasamente darles de comer a sus múltiples hijos. Y así atacaba Tadeo la comida, como si de un momento a otro se le fuera a escapar la presa del plato. De un lado para otro movía su mandíbula ancha, coronada por unos labios grandes color chocolate adornados por migajitas de pan. Pero aun así no paraba de hablar.

—El que trabaja de noche siempre anda solo. Parece un deambulante. Usted trabaja de noche, ¿no, verdad?

—En un periódico.

—Ah, como en las películas. Usted es de los que gritan: «Paren la prensa, paren la prensa. Noticia de última hora».

—Ni tanto, más bien soy el que pone el último acento antes de que el periódico salga a la calle.

—Déjeme presentarme. Tadeo Chamdeleau, para servirle.

—Julián Castrodad. Usted tiene un nombre de lo más interesante.

—Interesante no, haitiano. ¿Y el suyo, de qué otra tierra viene rodando para venir a parar a esta cafetería?

Allí, a la entrada del motel, Tadeo me esperaba, recibiéndome con un «Mi hermano, qué bueno verle. Ya pensaba que había entrado en razón y prefería el desempleo». Pasamos juntos a la oficina, en donde me ofreció un breve viaje de reconocimiento por mi nueva área de trabajo.

—Esta es su silla y esta es la mía. Aquí guardamos las llaves de los cuartos. Atrás está el área de la cocina y la despensa con las botellas de bebida para los clientes. Aquellas son las cabañas del ilustrísimo motel Tulán, por orden numérico; la primera está allá y la última, pegada al cerro. La caja registradora está acá, pero en realidad tan solo la usamos para guardar el cambio. El grueso de los billetes se esconde bajo el mostrador, en esa otra cajita de metal. Así que no se asuste si, cuando abra la registradora, se encuentra con casi nada. Abajo es en donde está la pasta larga. Usted va estar trabajando en el Tulán todo el tiempo que le haga falta. ¿Cuándo se ha visto que un motel se vaya a la quiebra?

Mientras hablaba, a Tadeo le brillaban los ojos y sonreía, siempre sonreía. Aquella sonrisa me hizo pensar que no iba a estar del todo mal trabajar de cancerbero en este lugar tan extraño, en este motel donde todos venían a ocultar sus intemperies.

A los pocos momentos de la explicación de Tadeo, el motel Tulán entró en acción. Ya eran las once de la noche, hora propicia para los juegos nocturnos. La primera pareja que arribó fue la de un hombre mayor, más o menos sesentón, con un efebo que parecía un ángel caído del cielo. El niño era del color exacto de la canela. Tenía los labios llenos y rosados, una nariz pequeña de muñequito de cerámica que adornaba su cabeza perfectamente rapada al cuero, enmarcada por una pantallita de oro en cada oreja. En aquella cara se destacaban unos ojos achinados que miraban al horizonte del *dashboard* del carro con la arrogancia desentendida de un príncipe bantú. El señor sesentón se encargó de toda la movida, mientras el efebo permanecía sentado en el carro, esperando que su marchante regresara a abrirle la puerta, a tomarlo en vilo quizás, subirlo cargado escaleras arriba como a una novia. Ya cuando terminaba de darle la llave de la cabaña y volteaba para cerrar la puerta del garaje, oí al efebo mascullar:

—Si Pedro Juan se entera, me bota de la casa…

Con una ternura que rebasaba la de un amante, el señor sesentón respondió resuelto:

—No te preocupes, mi amor. Yo te recojo de la casa de Pedro Juan o del fondo del mar, si es necesario.

El efebo sonrió y allí mismo, en el garaje a medio cerrar, le plantó un beso en los labios a su amante, como si por aquella boca se le estuviera escapando el alma que él, precavido, quería volver a atrapar en cuerpo ajeno.

Esa primera pareja fue mi iniciación. Tadeo me la cedió para que practicara la experiencia motelera desde el lado del servicio. Toda una vida, viví acostumbrado a ser el receptor de mil atenciones y ahora era yo quien las daba. De repente, me encontraba a las puertas de un deseo ajeno, como si estuviera mitad allí, mitad desaparecido. Caminando de regreso a la oficina, pensé que ese trabajo era un arma de doble filo. De inmediato, el motel me transformaba en un ser invisible, en menos que una persona, pero, a la vez, en más: en algo así como un fantasma involuntario, libre de la cárcel de su materia. Una puerta se abría a las regiones más secretas, pero no por ello la puerta lograba que eso que latía en su umbral ocupara el espacio de lo público. Mi presencia no tenía el peso suficiente para convertirlo en revelado. El secreto permanecía ahí, en medio del estar y no estar, sostenido en dimensiones intermedias y yo también, en ese limbo. Era el involuntario testigo.

—¿Cómo le fue, titán? —me preguntó Tadeo, de regreso en la oficina.

15

—Un poco incómodo —le confesé, entregándole el dinero del alquiler de la cabaña.

—Pues imagínese cuando le toque una pareja difícil de verdad.

—Pero ¿tú viste bien a los elementos que me encomendaste?

—Hermano, esos son el promedio de la clientela. Además, le cedí una de las parejas regulares. El muchachito que vio bajarse del carro es el puro demonio. El otro es su tercera víctima en lo que va de año. Yo no sé cómo esos dones se dejan engatusar tan fácil.

—Coño, Tadeo, el niño es hermoso.

—Yo no sabía que usted cojeaba de esa pata.

—Ni de esa, ni de ninguna. Lo que pasa es que hay que darle al César lo que es del César.

—Así mismamente se llama el susodicho, César. Parece un príncipe emperador. Pero trabaja de puta fina. No se apure, ya lo irá conociendo. Dentro de poco, todo esto le va a parecer normal.

A la media hora, llegó un carro sedán gris con los cristales ahumados. Del carruaje se bajó una mujer despampanante, no por lo hermosa, sino por lo desplomada, pero resueltamente, que pidió una llave (le asignamos la veintitrés) y subió escaleras arriba, aguantando una copa de brandy en una mano y un cigarrillo encendido en la otra. Había algo de seductor en el desgarbo con que se bajaba del auto, tomaba el llavero y ponía los tacones sobre el cemento frío de cada peldaño de aquella escalera de motel. Era como si nadie pudiera mirarla en su apacible derrota, no porque ella no estuviera allí, sino porque ella ya se había ido de sí misma. Antes de cerrar la puerta, pidió una botella de licor, el que fuera, que se la trajeran a su habitación. Llegó sola, cosa extraña que ocurriera en los moteles, eso hasta yo lo sabía. Pero supusimos que algún acompañante la habría de encontrar allí, más entrada la noche.

Pasaron algunos minutos antes de que me tuviera que acercar de nuevo a la puerta de la cabaña 23. Tadeo me envió con la botella de licor del pedido. Me anuncié. Adentro, se escuchaban los leves rumores de la mujer tambaleante tropezándose con varios muebles, arrastrando sus zapatos. Esperando a que se abriera la puerta, recordé que Tadeo me había dicho que todo tipo de orden debía ser entregada por la portezuela de servicio. Así, se minimizaban las interrupciones a la clientela, que podía encontrarse en posiciones un tanto comprometedoras. Encontré el compartimiento secreto al lado izquierdo de la puerta de entrada. Deslicé mágicamente la botella, un boleto de importe que marcaba nueve dólares y una bandejita donde depositar el dinero. La mujer, que al fin salvaba el trayecto hasta la puerta, se asomó ventanilla afuera y se me quedó mirando. Sus ojos resbalaron por mi hombro cubierto de camiseta blanca, por mi mano con reloj que sujetaba la bandeja, por un trocito de la correa de mi pantalón. Era como si quisieran triturarme la presencia. Tensé mis flacos antebrazos. Fue un movimiento involuntario; una reacción que, casi siempre que me ataca, termina en desasosiego. Bajé la mirada hasta mis manos y en esos momentos me encontré deseando que fueran más fuertes, que mis dedos cuadraran mejor con aquel entorno de ventanilla de motel, que no fueran tan delicados, como los de una mujer. Apartándose de la ventanilla, la mujer abrió su cartera y sacó un billete de diez dólares.

—Quédese con el cambio —musitó la cliente, agarrando la botella por el cuello y sirviéndose un chorro en la antigua copa de *brandy* en cuyo fondo todavía nadaban restos del previo licor. «Esa mujer quiere aniquilarse la cabeza», pensé. Y caminé otra vez rumbo a la oficina.

El resto de la noche, Tadeo, la empleó en impartirme los secretos más sutiles del arte motelero. Entre cliente y cliente, me explicó algo acerca de la indumentaria del trabajador de motel: cómo uno debe siempre llevar ropa limpia, humilde, que no enseñe ninguna marca, ningún logo, ropa «como la de un perito electricista venido a menos, un trabajador de confianza».

—Usted ve —instruía Tadeo—. Esto que yo le he tenido que explicar lo sabe cualquier pelagatos de mi país. Pero aquí, la gente se pasa de amable y se cree que está recibiendo turistas. Como si la peladera de dientes le fuera a aflojar el bolsillo al cliente. No, hombre, el truco está en hacerse desaparecer del panorama. Como si uno no fuera el que estuviera. Es más, como si un soplo de viento dirigiera el vehículo hacia el garaje, entregara la llave, trajera sábanas extra... ¿Usted recuerda el muñequito ese que se quita la ropa y nadie lo ve? Pues en eso tiene que convertirse cuando suene el timbre de la cuesta. Pero, aunque no parezca, uno lo ve todo y todo lo registra. Para los boricuas esto es difícil de entender porque han perdido la memoria de la servidumbre. Es el progreso, bacán. Hace que la gente se crea gente porque tienen una cadena brillosa al cuello o una maquinita que chilla en el bolsillo. Pero así no se llega lejos en este oficio.

Yo asentía, perdido en el apretadísimo tejido de la lógica de Tadeo.

Otra vez sonó el timbre de llegadas. Ese timbre le tocó atenderlo a mi instructor. Yo decidí sacar mi vieja libretita de apuntes, la que siempre cargaba en el bolsillo de mi pantalón. Me hacía gracia encontrarme anotando cosas allí, nuevamente. Hacía meses que no la sacaba, que nada llamaba mi atención lo suficiente como para sentir deseos de anotar. En esos momentos, en mi cara se dibujaba una sonrisa.

Al pie de una escalera lejana, Tadeo negociaba con un cliente que no se bajaba del automóvil. Y yo, sentado en la oficina, abrí una página en blanco y escribí: «mirada periferal». Era otro truco de moteleros viejos, de experiencia. Tadeo me lo había empezado a explicar antes de que interrumpiera el timbre de llegadas. Mirada periferal, según mi instructor, significa que, mientras uno enfoca en el hombro o en una pared detrás del cliente, con el rabito del ojo registra todo lo que hay. Si el carro viene con golpes, si hay alguien escondido en el asiento trasero, si traen una bolsa o una neverita para consumir alcohol y entremeses en el cuarto. Si el o la acompañante viene consciente, no vaya a ser que después suelten a un muerto en el motel para que sea el empleado quien tenga que bregar con la policía. Todos estos detalles son esencialísimos para prevenir problemas.

—Acuérdese, bacán, el jefe no va a pagar los platos rotos. Los va a pagar usted. Así que créame cuando le digo que la mirada periferal es el arma más importante de un empleado de motel, si quiere seguir comiendo.

Yo intentaba imitar el grano de la reflexión de Tadeo en mi libreta, sin sospechar que esas notas me irían a llevar directamente al oasis anhelado. Oasis de tinta.

—Adivina, adivinador. —regresó Tadeo diciendo, para picar mi curiosidad—. ¿A que no sabes a quién tengo alojado en la 15?

—Al gobernador.

—Casi casi.

—No me digas que tienes a un político escapado con su amante. Con todo el dinero que le roban al pueblo, cualquiera diría que tienen apartamentos reservados para ese tipo de actividades.

—El chisme es más jugoso todavía. En la 15 está el abogado sindical Efraín Soreno. Y no vino solo. Anda con cuatro de la junta sindical de la Autoridad de Energía. Los reconocí por las noticias.

—¿Los de la huelga?

—Esos mismitos.

—¿Y qué hacen aquí?

—Tramando, caballero. Como nadie sospecha que van a terminar reunidos en este motel…

—¿Tú crees que será algo referente al paro que anunciaron?

—O será cosa más secreta. No hay mejor lugar que los moteles para confabular.

Esa última palabra de Tadeo se me quedó rondando en la mente y no me dejó oír el resto. No tuve otro remedio que abrir mi libreta y escribir «confabular». Subrayé la palabra varias veces y, luego, dejé que mi mirada se perdiera entre los montes húmedos y la brea que soltaba su niebla en la carretera 52. A orillas del viaducto, los postes eléctricos se confundían con yagrumos y palmas reales. Parecían árboles flacos de extraña luminiscencia.

—Titán —me interrumpió Tadeo, vencido por la curiosidad—, ¿y qué es eso que usted garabatea en la libretita?

—Nada, a ver si me inspiro y escribo un libro.

—¿Un libro? ¿Y yo salgo en él? No juegue. Mire a ver cómo me pinta, que eso de la literatura es cosa de locos y de pájaros. Oiga, ¿usted no será medio pájaro?

Era su juego de hombre el verme escribiendo y acusarme de maricón. Su juego y el de muchos otros animales de mi especie. Pero esa era mi manera de probarme, esa mi forma de valentía; Ulises contra las sirenas, Hércules contra el león, aunque de cerca el león enseñe su calva y sus dientes roídos por tanta devoración de siglos. Lo mismo me daba. No quería hacerlo de otra forma. Quizás, al fin, encontraría lo que por tantos años andaba buscando, lo que me había llevado al periódico y después al desempleo, lo que me había hecho pelear con mi clan completo y hasta irme en contra de mí mismo. Quizás, mi historia anduviera serpenteando por las paredes de las treinta y cuatro cabañas que componían el motel Tulán.

Pirámide de un ojo

Chadwick dice que para narrar una historia solo hacen falta tres cosas: tener algo que narrar, saber cómo narrarlo y, lo más importante, quererlo narrar. Parafraseo, claro está. Nunca recuerdo las palabras exactas de un escritor. Será la envidia actuando sobre la memoria.

De las tres condiciones de Chadwick, yo llevo dos en el bolsillo. Sé narrar (en eso creo y en ello confío; bastante práctica me ha dado este empleo en el periódico). Quiero narrar (hasta el delirio). Pero no logro encontrar el hilo de una historia. No lo encuentro. Ninguna historia me agarra los güevos con suficiente alevosía.

Y entonces este trabajo en el periódico. Ya voy para dos años y medio y la rutina me pesa como una cadena de hierro en la garganta. Yo, que pensaba que trabajar aquí iba a ser el taller perfecto, que el periódico me proveería una mirada interna del mundo que me rodea, el de ahora, ese que parece un fantasma en fuga. Pero creo que me estoy equivocando. Solo sé que, después de ver tanto tachón, tanta historia de tragedias sin sentido, la voluntad de retratar se me está volviendo sal y agua, un emborujo de rabia trinca que entretengo con bebida, cocaína y café aguado. Además, no tengo tiempo. No tengo tiempo para pensar, para sopesar lo que quiero escribir. Solo veo cómo se inventa el periódico los días y las horas y la sucesión de eventos. Este agite no da tiempo para corroborar la sospecha. Antes de la reflexión, ya tengo siete noticias más esperando por el ojo en la pantalla de la computadora. Y hay que comer. Tengo que comer. No puedo buscar mi historia.

Leía una entrada de mi diario. No quería llamarlo diario, pero lo era. Lo es, igual a esas libretitas melodramáticas y rosadas que guardan las quinceañeras en las gavetas de su tocador, fieros guardianes de sus secretos de anhelantes enamoradas. Mis libretas guardan una misma función. Estoy enamorado, trágicamente enamorado. Pero el objeto de mis deseos no se deja poseer. Describo mi desgracia en estas libretitas bobas. De vez en cuando, cuando quiero sentir que no todo está perdido, las leo.

Así me encontraba, en medio de una tarde libre de ajetreos, antes de entrar de nuevo a trabajar. Ya llevaba cuatro días en el Tulán. Por primera vez en mi vida, realizaba una labor que me alejaba de escritorios y papeles, que, de alguna manera, incluía el trajín del cuerpo. Y andaba un tanto confundido. Tenía que trazarme alguna ruta, la que fuera, para poder seguir el celaje que mi carne dibujaba, ahora como protagonista. Quería trazar cómo había llegado hasta el motel.

La tarde estaba serena. Daphne, mi compañera, se había marchado a la oficina. Tenía el apartamento para mí solo, rodeado de todas las cosas que respiran en el silencio: el estante de libros, la nevera, mi escritorio y la estufa donde había puesto a hacer el café. Afuera, brotaba la ebullición del día y de los que viven del día.

Encendí un cigarrillo y exhalé tranquilo, sintiendo mis pulmones hincharse y vaciarse. Echaba de menos, pero sin nostalgia, el trajín del periódico y sonreí, libre. Volví a leer en el diario la entrada acerca de Chadwick. La noche en que escribí aquellas notas fue la misma en que dio comienzo mi viaje.

Me tomaba un *break* de la pantalla. Ya tenía la vista mareada por tanta noticia con falta de acentos, oraciones interminables cuyo asunto se perdía en un laberinto de frases subordinadas. No podía más, pero temía que me sorprendieran vagueando, actividad a la que cada vez dedicaba más tiempo en los predios de *La Noticia*. Claro, lo que para mi jefe de Redacción y sus espías significaba «vaguear», para mí era escribir mis propios textos, un montón de frases insubordinadas que ni yo sabía a dónde me irían a llevar. Al menos estaban correctamente escritas. Cuando no me empleaba en esto, renegaba de mi suerte en mi libreta de apuntes. Yo, que quería escribir tantas cosas, tenía que vivir de corregir lo que (mal)escribían los demás.

Recepción interrumpió mis pensamientos, anunciando que, afuera, un mensajero procuraba por personal de Pruebas y Redacción. Aquella noche, a varios compañeros de trabajo se les había ocurrido ir al café Bohemio después del turno y me invitaron. Ya estaba harto de salir solo a pasear mis frustraciones por las cafeterías de la noche o de regresar a mi apartamento a oír música hasta que el sol de la mañana me entregara el sueño sudado e intermitente de los que duermen de día. Así que, esa noche, me apunté en la lista de beneficiarios de una compra bastante «estimulante», una de las tantas que se hacían desde los teléfonos de la redacción. Como de costumbre, llamamos a «nuestra conexión con el bajo mundo». Y todo quedó dispuesto. Alguien pasaría por el periódico a entregar la orden pedida a descuento, ya que éramos clientes habituales. Y habituales soplones, cuando nos enterábamos de planes de redada.

Cuando Recepción llamó, me ofrecí a atender al mensajero, aprovechando la oportunidad para pararme de aquel terminal donde, por trigésima vez, llovían las noticias del próximo día. La piel se me despertó gracias al riesgo de ofrecerme a completar una transacción de drogas en el estacionamiento del periódico. Me divertía la ironía de la situación. Nosotros, periodistas, que debíamos ser los feroces guardianes de la verdad, terminábamos escondiéndonos como ratas para seguir practicando los vicios que el resto del mundo pretendía ocultar, pero que, por fuerza propia de los actos, salían a relucir y ya se tomaban como cosa cotidiana. Y no era yo el único. Éramos casi toda la planta de Redacción, algunos de Administración, y ni hablar de los de Imprenta. Alcohólicos los más, usuarios de drogas blandas otros muchos, soplones en nómina de diversos políticos y traficantes. En fin, componíamos una recua de corruptos de tanto pedigrí como la de cualquier agencia del Gobierno.

Ya casi alcanzaba la perilla de la puerta cuando me interrumpió el «Yo te acompaño» de Daniel, otro espejueludo que trabajaba conmigo en el cubículo de al lado. Nos unía una frustración compartida. Yo, la de escritor a medias; él, la de tener que vivir redactando, cuando lo que le apasionaba era salir tras la noticia. Pero para periodistas investigativos no había plaza cuando Daniel solicitó en Personal. Así que le tocó un cubículo al lado mío y, de vez en cuando, mi oreja para ventear su frustración. Nos inventábamos cualquier cosa para espantar el tedio. Como esta, la de prestarnos de intrépidos para que el resto de los muchachos pudieran arrebatarse de coca antes de salir a encarar una madrugada de perdición. Salimos rumbo al vestíbulo del periódico, comentando cualquier chisme de oficina, entrando en nuestros personajes de chicos de acción a los que el peligro no los espanta. Bajo nuestra supuesta fachada fría, la sangre nos bullía con el tenue picor de la aventura.

Cuando ya estábamos a punto de franquear la puerta de salida, reconocí por la ventanilla la cara de Tadeo. Parecía otro, de tan serio y reconcentrado. Tadeo me reconoció también. Al instante, bajó la vista, como buscando lo que no se le había perdido entre los patrones de la alfombra del vestíbulo. A mí me volvió a arropar mi neura. Ni aun cuando buscaba ser el protagonista de un episodio de crimen y acción, la faena me salía bien.

—Daniel, dale tú. Yo tengo que regresar a la oficina. Se me quedaron unos chavos en el escritorio —inventé como excusa.

—Chico, no seas tan miedoso. ¿Tú crees que es la primera vez que el celador de recepción ve un traqueteo de estos? Si ese es el primero que se pasa la vida metiéndose cosas por la nariz.

—Nonono, vete tú. Yo te espero aquí adentro. Después te explico.

Daniel se encogió de hombros y salió a completar la transacción al *parking*, con Tadeo. Cuando regresó, yo ya estaba de nuevo sentado en mi terminal de computadora. Miré a Daniel, que se aproximaba a la parcelita de plástico y papeles que me servía de escritorio.

—Este diego me lo dieron de regalo. Ahorita nos escapamos al baño y lo compartimos tú y yo. De paso, me explicas la nébula que te traes entre manos.

—*Okay* —respondí, escondiendo la bolsita en el bolsillo y elucubrando ya la historia que tenía que inventarme para proteger a Tadeo. Parece que mi nuevo amigo, a través de su vista perdida, me estaba pidiendo ese favor. Yo no se lo iba a negar.

Semanas después, me botaron del periódico. La competencia anunció que iba a abrir otro diario especializado en crímenes sangrientos. Anunciaba portada a color, cobertura de toda la Isla y desplegable de la «Chica del Momento», luciendo la mayor cantidad de carne que pudiera aguantar la página y la moral social. De más está decir que se armó la hecatombe en las oficinas de Redacción. El presidente llamó a reunión a todos los jefes de división. Había que cortar presupuesto en *La Noticia*. Eso significa lo que ustedes se imaginan. La soga siempre parte por lo más fino y yo siempre he sido un chico demasiado fino para esta empresa.

Lo del despido fue un golpe bajo, bajísimo. Me tomó desprevenido, sin ahorros, sin las cuentas al día. Ya había pasado por tanta crisis periodística que jamás pensé que esta me iba a tocar a mí. Llevaba meses trabajando en el periódico, cuando el Gobierno de turno, molesto por las frecuentes críticas al honorable gobernador, retiró la exclusiva de sus anuncios políticos (pagados con el erario, esto ténganlo por seguro). La División de Corrección se mantuvo incólume. A las pocas semanas, el periódico se enfrascó en una contienda sin cuartel con el Gobierno para declarar que su proceder era un acto de intimidación y de atropello contra el sagrado derecho a la libertad de prensa. Los dueños gastaron miles en abogados. Redacción no sintió esa sacudida. Después, se rumoraba que el Gobierno desataría una investigación para dilucidar las conexiones que ciertos periodistas sostenían con miembros del bajo mundo. Los investigadores nunca llegaron a indagar. Pero, entonces, anunciaron un reajuste de presupuesto. La Noticia no se estaba vendiendo muy bien, a causa del nuevo periódico que había abierto la competencia. Ese fue el reajuste que me mató.

La primera semana de desempleo fue desoladora. Daphne me apoyó todo lo que pudo, pero ya empezaba a desesperar, porque yo seguía con el reloj del cuerpo trasvirado, durmiendo en pleno día y saliendo a deambular la calle una vez caía el sol. Así, jamás conseguiría otro trabajo. Me refugiaba de sus acosos en la habitual cafetería de amanecidos. Allí, de vez en cuando, tropezaba con Tadeo y le contaba mis penas de desempleado. Para ese entonces, ya se le había pasado la vergüenza de la entrega en el periódico, sobre todo, después de que me explicó que aquel no era su trabajo habitual. Le debía un favor a uno de los traficantes de su barrio y accedió a hacerle el mandado. No quería que me equivocara.

Una noche, mientras pedimos dos sándwiches de jamón, queso y huevo, dos cafés y una cajetilla de cigarrillos, Tadeo me explicó su línea de trabajo, motelero de profesión. No ganaba mal, pero con tantas responsabilidades, el dinero se le evaporaba del bolsillo como aire entre los dedos. De vez en cuando, le venía bien un trabajito extra y bien pagado porque, «óigame, hermano, hay que ser flexible en esta vida, a fin de cuentas, ¿qué es la honestidad para los pobres? Uno aspira a ella, pero la *condená* tiene más juego que una gata. Se escapa siempre de entre las manos, mire qué vaina...».

Pasaron varios días desde aquella conversación, no sé cuántos. Mi semblante no mostraba mejoría y ya eran más las horas que me pasaba en la calle que en el apartamento, que se había convertido en la trinchera muda de la frustración de Daphne. Algo de eso le contaba a Tadeo cuando él me interrumpió con un «mi hermano, yo no sé cuán dispuesto esté a doblarse, porque se le nota como habla que no es tipo para esta empresa, pero en el motel se abrió una vacante de trabajo». Oí aquella oferta, divertido. Yo, trabajando en un motel de alcahuete clandestino. Después de bachilleratos, después de viajes de intercambio a universidades extranjeras, después de tanta educación y tanto pulimiento. Pero Tadeo me miraba con pena, mientras masticaba un pedazo de pan crujiente a boca llena, como de costumbre. Y me vi reflejado en sus ojos. Allí estaba yo, un desempleado más, otro cuerpo sin rumbo.

—Lo dejo solo para que piense la oferta —dijo Tadeo, echándose el último bocado al buche y partiendo. Pedí otra cerveza. Me hubiera encantado acompañarla con una rayita de coca, para poder soportar el peso de toda aquella soledad. Mi sombra, todos mis sueños y todas mis trayectorias cabían completos en aquella mesa sucia de migajas de pan y de sudor de lata vacía. Me sentí vulnerable como palma azotada por vientos de huracán. No pude soportar tanta vulnerabilidad. En algo tenía que acodarme, algo que me amparara de tanta intemperie. Al otro día, fui al motel a pedir mi puesto.

Solo, en mi apartamento, terminé de leer mi diario, revisé la correspondencia, barrí, fregué los platos sucios del día. Luego, me senté a tomar notas en mi cuaderno acerca de la historia con Tadeo. La historia iba creciendo por episodios, noche tras noche, con lo que él me contaba como una extraña Scherezade suburbana buscando rellenar las horas de la sombra hasta el clarear de un día crucificado por cables de electricidad y brea transitada. Yo, en mis papeles, trazaba los contornos de la historia que su lengua desdoblaba, pero no desde el frío lugar del cartógrafo distante. Esta vez, el papel no me daba esa distancia. Quizás, en el cuento de Tadeo encontrara yo mi propio rumbo, el rumbo de una historia, una brújula que nos sirviera a todos: a Tadeo, a mí, a algún posible lector. Entonces toda esta vulnerabilidad habría valido la pena.

Interrumpí mi faena para conectarme por Internet a una página que anunciaba certámenes literarios. Hice un calendario. Quién sabe. Hacía tiempo que no publicaba nada; aquellos dos cuentos que salieron en revistas literarias ya desaparecidas. Uno de ellos me ganó una mención. Quizás podría ganar otra, ganar un premio remunerado esta vez, algo que me acercara más a la distante meta. Aquel motel me estaba dando un tiempo distinto, el tiempo necesario para encontrarle el grano a lo habitual.

Daphne llegó de trabajar. Conversé con ella, pude hasta hacerle el amor como Dios manda, a oscuras, enredándome entre sus piernas profundas y observando cómo la luminiscencia de los postes de la luz le rebotaba contra la piel. Ella había estado distante desde mi despido. Varias veces me expresó, con lujo de detalles, que no le hacía ninguna gracia verme trabajando en un motel. No era que despreciara el trabajo honesto, pero «por favor, Julián, ¿tú en un lugar como ese? ¿Qué se te ha perdido a ti en la carretera 52? ¿Por qué no le pides un trabajo temporero a tu tío en su bufete de abogados? ¿Por qué no entregas resumés a los otros periódicos? ¿Por qué no vas a la alcaldía a solicitar el puesto que te ofrecieron cuando recién te graduaste de la universidad?» Yo siempre le respondía lo mismo: que esos trabajos eran favores familiares, que prefería morirme de hambre antes que aceptar limosnas.

—De hambre no te vas a morir, pero alejas el futuro.

—Daphne, mi futuro está en mis manos.

Y en pleno melodrama, agarraba un lápiz y un papel para mostrarle mis únicos haberes de artista marginado.

Por toda respuesta, ella curvaba los labios y se alejaba en su silencio a la otra esquina de la habitación.

Aquella noche, después del encuentro físico, no quise más melodrama. Me hice el desentendido para evitar cualquier discusión. Por lo menos, me había recibido en su cuerpo y esto era un adelanto a las semanas sin caricias después del desempleo. Además, se sentía bien tenerla de nuevo en la carne. No quería echar a perder la memoria del hambre saciada, llevármela hasta el motel para que me acompañara la noche, entre los quejidos y pujos de mis clientes. Mi laberinto… Dándole un beso de despedida, me metí a bañar y salí para cumplir con mi turno en el motel.

Ese miércoles, Tadeo me recibió con un juego nuevo para matar la noche. Según él, algunas cabañas tenían las paredes más delgadas que otras, como membranas de cebolla. El juego era afinar el oído para descubrir cuál era la de pared más transparente. Tadeo apostaba a la cabaña 14. Estaba tan seguro de ello que se la había asignado a una pareja espectacular que llegó temprano, la de un señor pequeñito, casi enano, que venía acompañado de una mujerota gigantesca con el pelo pintado de rubio y un tenue bigote, rubio también.

—Esa es de las que gritan, caballero. Mujer de pelo en pecho… Hoy nos vamos a divertir de lo lindo con el concierto, eso si el marchante le llega a hacer cosquillas a la catarata de carne que le amoló el diente. Y usted ya verá. La 14 gana.

Yo, por el puro gusto de írmele en contra, le cuestionaba:

—Cómo va a ser, Tadeo, si este motel lo construyeron de una sola vez.

—No, señor, mírelo bien. Después de la veinte se nota la junta con las otras cabañas. De seguro, don Esteban expandió cuando se fue llenando de billetes.

—¿Dónde está la junta esa? Yo no veo ninguna.

—Qué va usted a ver, si no sabe nada de construcción.

—Te voy veinte pesos a que la veintiocho gana.

Aposté, para atizar la controversia.

Allí, colocamos a la otra pareja de la noche que llegó minutos después de que empezara mi turno. Ella era una mulata despampanante con su amante de hambre vieja que, desde las escaleras del motel, ya le andaba agarrando las nalgas y diciéndole al oído:

—Deja que te coja, mamita. Te voy a estar dando hasta que te canses de gozar...

Estábamos esperando a que la cosa calentara, para dar la ronda del juego. Los amantes, dentro de pocos minutos, estarían doblemente desnudos, soltando sus quejidos, libres por la ilusión del anonimato. Y Tadeo y yo escuchando y apostando.

A las doce de la noche en punto, mientras hablábamos de cualquier cosa, sonó el timbre. Un carro subió la cuesta de llegadas. Tadeo se arrimó a la entrada para averiguar.

—Sedán gris con cristales ahumados. La Dama Solitaria nos visita de nuevo.

Cuarto de agua

Allá en mi tierra, la gente vive con poco. Una tala en la casa, su gallinita, su arenque salado, sus saquitos de farina y de arroz, y ya está. No te digo que se vive feliz, pero se vive con poco. Por eso, la primera vez que emigré para Puerto Rico fue como si me quitaran una neblina de los ojos. Y eso que yo ya había emigrado, de niño, con toda la familia. De un lado del río Masacre al otro. Pero como de cada lado de la frontera la cosa no cambia tanto, yo nunca pensé que ser haitiano era diferente de ser dominicano. Aunque la vieja siempre me lo recordaba:

—Tadeo, tú eres haitiano, que no se te olvide nunca, más aún si a uno de esos políticos de la capital le da con echarnos la culpa cuando los cheles anden escasos. El día que eso pase, jala a cruzar el río sin mirar atrás.

Yo pensaba que eran manías de vieja y la dejaba repetirme el consejo una y otra vez. Para no contrariarla, usted ve. A las madres no se les puede llevar mucho la contraria. Es pecado.

Estuve en Salinas, en el sur. Allá me mandaron a trabajar en la construcción de una farmacéutica, cavando zanjas, mezclando cemento. Hice una purruchada de dinero. Pero no gasté nada. Todo me lo llevé otra vez para Baní, para rehacerle la casita a la vieja, que se le estaba cayendo encima. Tremenda casona le hice, compadre, de bloques de cemento, con techo sujetado por sus buenas vigas de madera y un balconcito para que se sentara al fresco. Le puse cisterna y cablería de luz. La vieja me decía:

—Tadeo, mijo, no gaste dinero en eso, si yo con mi lámpara de gas me las arreglo de lo más bien. Además, el

33

día que llegue la electricidad a este barrio, lo más seguro anuncian el fin del mundo.

Pero fíjese lo que son las cosas, varón, que sí llegó el alambrado eléctrico y el mundo no se acabó. Lo que se acabó fue el dinero. Se me quedó la mitad de la casa sin luz. No me dio para la pintura, ni para terminar unos cuartitos para mi hermana Ana Rosa, ni para las sobrinas que dejó el marido al cuido de mamá antes de tirarse en yola a buscar suerte en otras tierras.

Entonces, yo, que había regresado como un jeque, me vi otra vez con los bolsillos vacíos. Y por más que traté, no me podía consolar con la vida de antes, trabajar para poner comida en la mesa y nada más, sin poder completar aquella promesa que le había hecho a la vieja, la de proveer para la familia, y cumplirme como hombre bueno. Así que volví para acá. Legal. Me empleé para trabajar de temporero en una finca de café, por el centro de la Isla. Allí pagaban por hora y no por carga. Uno no se tenía que matar enterrando las pezuñas en la tierra para no caerse por las jaldas empinadas del cafetal. Me ganaba mi buen dinero. Pero esa vez gasté un poquito, porque tuve tiempo de pasear, de ver algo más que los ranchones para trabajadores donde nos guardaban. Me fugué a la capital. Y allí se me encandilaron los ojos.

Me escapé de la finca. Mi plan era convencer a una boricua para que se casara conmigo y me diera la residencia. Por gracia o desgracia, conocí a un paisano que me informó bien sobre los pasos que había que seguir. Lo primero era reunir mil doscientos dólares. Cobran caro las boricuas por casarse con un haitiano, aunque lo crean dominicano. Después, había que buscar más dinero para pagar los trámites del matrimonio, las pruebas de salud para el registro demográfico, sellos... Y por si fuera poco, también había que pagarle al intermediario, el que consigue a la boricua para el que se quiere matrimoniar. Para colmo, había que comer y dormir en alguna parte.

Aquí la vida es cara. No hay tierra para sembrar. Todo se paga. Pero también se cobra y el listo sabe cómo ahorrar. Trabajé en donde quiera: haciendo mandados, limpiando casas, talando jardines. Pero, casi a punto de reunir los dineritos para pagar al intermediario, me atraparon los de inmigración. Fue por una bobería. Después de trabajar, yo me iba todas las tardes a ver televisión a un barcito que había en la esquina, cuestión de matar las horas. Un día, a un maldito borracho le da con armar pelea. Y como en esta isla hasta el más pendejo anda armado, el borracho no fue la excepción. Se soltaron varios tiros; del susto me tiré al suelo y de allí me levantaron los policías, con las manos amarradas a la espalda con un plastiquito. Fue cuando me pidieron los papeles y yo no supe qué contestar... Yo, que soy tan carifresco, oiga. No se me ocurrió decirles: «No los traigo encima, espérenme aquí que vengo ahora», y jalar a correr por el barrio como alma que lleva el diablo. Pero no, me quedé callado. Al otro día, amanecí en la barriga de un avión, sin los seiscientos pesos que había reunido. Los de inmigración me los confiscaron. Eso sí que da ganas de llorar. Aunque uno sea hombre, hermano... Con ese dinero pude haberle terminado la casita a la vieja.

Pero la promesa que era esta isla se me metió por las venas, como una droga mala. Por las malas o por las buenas, tenía que volver. Como regresé con arresto, no pude conseguir que me emplearan de nuevo. Así que me tiré en yola a cruzar el estrecho. Esa experiencia no se la cuento porque no quiero ni oírmela a mí mismo. A la primera, nos atraparon.

Pero a la segunda, lo logré. El resto es historia vieja. Me acomodé como pude en Paralelo Treinta y Siete.

Aquello es una ratonera de cantazo, varón. Nadie sabe por qué lo llaman Paralelo Treinta y Siete. Hasta de lejos el nombre suena a candela. Doña Cándida, una vecina, dice que Paralelo se llama así por los muchachos que llegaron locos y drogadictos de un sitio que le mentaban igual en la Guerra de Corea. Pero a mí me late que se llama así porque allí se vive como en terreno de guerra.

En Paralelo Treinta y Siete viví por algunas semanas, sin saber qué hacer. El susto del cruce en yola se me quedó enquistado en la sangre y no lo podía sacudir. Doña Cándida, la vecina, me vio perdido como perro callejero y me llevó a su iglesia. Y como a la oportunidad la pintan calva, rapidito me ofrecí a limpiársela por unos cuantos pesos. Una tarde, me quedé para el culto. No sé si fue el cansancio o el agite con que vivía, o con el que me quedé después de sobrevivir aquellas noches en alta mar, pero a mitad de culto, me dio con gritar que era pecador, que era pecador. Y que un ángel divino me ordenaba que me entregara al Señor. Yo me oía gritando disparates en lenguas, y por dentro me decía: «Tadeo, ¿pero y esta vaina?». Y no me lo podía explicar, no, señor.

El pentecostalismo me duró unos cuantos meses. Después se me quitó. Un hermano de la iglesia fue quien me consiguió este empleo en el motel Tulán. Como el turno que me dieron era de noche, dejé de ir al culto. Gracias al cielo. A mí esa gente chillando me ponía azaroso.

Entré a trabajar al motel justo cuando don Esteban, el dueño, se retiraba, pero tuve la oportunidad de conversar con él en varias ocasiones. Un tipo listo. Se le ocurrió la idea de construir una estación en su finca de plátanos, que ya, de tan arruinada, se la iba a confiscar el banco. Poco a poco, su motel se fue transformando en esto que usted ve. No lo hizo adrede. Tampoco escogió a propósito esa pirámide amarilla que brilla toda la noche como un anuncio de templo adventista. Algo tiene que ver con que don Esteban se crio masón, pero a mí me late que es porque la pirámide le recordaba el signo del dólar. Y, mi hermano, como en todo, cuando uno llama al dinero, el dinero viene. A su hijo, que ahora anda muy activo en la iglesia, le gustó el logo. Pensó que le había traído suerte a la familia, así que no lo tocó cuando el viejo Esteban, cansado de oír tanto rechinar de cama, se retiró del negocio y se lo dejó en herencia.

Y esa es mi vida, caballero. Así fue como llegué yo a este motel. Pero no veo la hora de salir de aquí. No es que no me halle a gusto, no me malentienda. Es que todavía la casa de la vieja anda mitad con luz, mitad a quinqué. Y antes de que se me muera, quiero cumplirle la promesa. Que no se vaya con la espina de que su hijo no es hombre de palabra.

Turbia flor de carne

—Vaya, varón, vaya y atienda al monumento, que yo me quedo aquí cuidando el cuartel.

Allí estaba ella, en el sedán gris con su melena alborotada.

—Buenas noches —me dijo al descuido. Otra vez su aliento olía a cigarrillos y alcohol. La acomodé en la cabaña 23, nuevamente. Cuando abrí la puerta, sentí a la Dama Solitaria mirándome de arriba abajo, como tasándome. «Esta tipa es terrible», pensé. No podía dejar de admitir que su desparpajo me incomodaba, pero, a la vez, me seducía.

No pasó ni un cuarto de hora, cuando llamó a las oficinas, pidiendo servicio. Tadeo me miró y, sin decir una palabra, acordamos lo que había que acordar. Caminé despacio hacia las escaleras. Toqué bajito a la puerta, tan solo para anunciarme. La Dama Solitaria abrió la perilla, envuelta en un refajo negro y con el botón del termostato en una mano.

—Esto se salió cuando estaba tratando de regular la temperatura. Aquí hace un frío de madre.

—Siempre ponemos alto el aire acondicionado. En estos cuartos se dan ocasiones para el calor —respondí, zalamero, tratando de mostrarme confiado, hasta confianzudo. Aquella visión en refajo y la mirada de antes me hizo olvidar temporalmente mi lugar en el motel. Pero ella no se dejó impresionar. Me hizo gestos para que entrara en el cuarto y, con el arco de sus cejas espesas, me ordenó ponerle remedio a su situación atmosférica. Yo obedecí, cabizbajo.

—Las otras noches por poco me congelo en esta cama de sábanas ralas.

—Ya mismo le traigo otro par de sábanas.

—Ay, sí, cielo, tráemelas.

Salí corriendo de nuevo para la oficina, con el rabo entre las patas. Una incomodidad me recorría el cuerpo como corriente de neón. ¿Qué se creía aquella mujer, que yo era su esclavito, que podía jugar con mis deseos así, que podía presentárseme en refajo, ligarme de arriba abajo y tratarme como a un niño o como a un eunuco? Ni me percaté cuando de nuevo sonó el teléfono. Otra vez era ella llamando. Pidió una botella de vino y un servicio de papas fritas. Y que le trajera mejor una colcha, que el frío no la iba a dejar dormir. Enganché.

—Pero, bueno, varón. Parece que hiciste ligue con la Solitaria. A ver si le pides el teléfono.

—Qué va a ser Tadeo. Esa lo que quiere es un sirvientito que le supla su capricho.

—Pues usted dedíquese a complacerla, ¿no, verdad? El cliente siempre tiene la razón.

Tadeo, metió las papas en el microondas, para calentarlas. Cuando estuvieron listas, preparó la botella, la cajita grasienta y, con un gesto, me envió de nuevo escaleras arriba hasta la cabaña 23. Afuera, en el estacionamiento bajo techo, el sedán color plomo de aquella mujer se chupaba la luz de una bombilla columpiándose, solitaria, de un cable pelado. Con un leve toque de maderas, anuncié nuevamente mi llegada, abrí la ventanilla de servicio, y metí la caja de papas, la botella de vino barato y la cuenta. Jamás me esperaba aquella mano sobre mi mano.

Unos dedos fríos me rozaron lentamente la piel, como un reptil de agua. No pude evitar el brinco, el tropezón contra el borde de las escaleras. Por poco, tiro al piso la botella. La ocupante de la 23, de inmediato, abrió la puerta.

Recortada contra la luz vacía del cuarto, sacó la cara y la mitad del cuerpo, quizás para asegurarse de que, por causa suya, el empleado había resbalado escaleras abajo y se había roto el cuello contra el bonete de su sedán. Aún intentando recobrar el equilibrio, yo miré hacia arriba y le vi los ojos. Aquella mujer tenía una mirada oscura, más bien vetada. Es decir, que uno no se podía perder en la oscuridad de sus ojos ni aun queriendo. Sus pupilas guardaban unos parchos claros que hacían temer la existencia de puyas filosas adentro, como cuando un clavadista mide desde la altura de un risco el lugar seguro donde caer al agua turbia, y presiente que hay rocas en el fondo. Tropezando con las escaleras, ya me había estrellado contra las rocas filosas al fondo de su mirada.

Una sonrisa sarcástica se le dibujó en sus labios gruesos, que aún mostraban residuos de pintalabios carmesí. Entonces, con su mejor voz de *femme fatale* me preguntó:

—¿Todo bien?

Hice un gesto mudo con la boca y la cabeza, sin saber qué contestar. Ella tomó de nuevo la palabra:

—No quería asustarte.

Y entrecerró la puerta para, luego, volverla a abrir, cuestión de pagarme el importe de las papas y el vino.

Tomé el dinero, silencioso, tratando de aplicar a esta situación tan fuera de lo común una de las múltiples lecciones de Tadeo: «Un motelero siempre debe verse serio. Pero no serio serio, como si estuviera pasando algo grave, sino serio de borrar las marcas del sentimiento de la cara; que la cara tenga la personalidad de una tabla de madera. Así, asegura el control de la situación». Pero ya no había manera de regresar al lugar seguro de la servicial y adusta invisibilidad. Contacto de pieles, ojos que crearon un puente que ya era difícil hacer estallar. Se había establecido una comunicación personal. Y fue en los términos de la Dama Solitaria. Para colmo, yo no contaba con la experiencia para hacer entrar por el aro a esa criatura en refajo que me miraba, divertida, desde el marco a contraluz de una puerta rentada.

—Quédate con el cambio —contestó, respondiendo a mi silencio y, de paso, confundiéndome de nuevo con el roce de sus dedos fríos. Aquellos dedos, como de muerta manicurada, me revolcaban un no sé qué por dentro. No podía asegurar que fuera deseo lo que despertaban. Imposible precisar.

La mujer arqueó las cejas. Empecé a alejarme, molesto por haber perdido el control de la situación. Ya iba por el cuarto escalón de bajada, cuando oí el chirrido de la puerta abriéndose y su voz granulosa y turbia, voz turbia como los ojos turbios que me miraban irónicos, diciéndome:

—Oye, lindo, la próxima vez, mejor tócame a la puerta. Eso de meter las manos por una ventanita parece efecto de casa embrujada. Además, yo ya estoy muy vieja para tanta privacidad.

De regreso a la oficina, traté de sacudirme de encima mi malestar. Me puse a observar el panorama del motel, el monte extendiéndose agreste como un mar verde y encabritado, los postes de la luz entre el follaje, los oscuros cables del alambrado eléctrico dibujando un pentagrama contra el cielo. Afuera, el sereno de la noche empezaba a empañar los cristales de los autos. Contra sus bonetes reflejaba el chorro de neón rojo, verde y amarillo de la pirámide de luz anunciadora. La noche se escurría lenta, como resbalando por una extraña humedad. Mis ojos descansaron un instante en la puerta del garaje de la cabaña 23, casi por casualidad.

Una memoria de tacto frío recorrió mis manos. Para espantármela, miré el reloj. Ya, definitivamente, era miércoles.

Al terminar mi contemplación, me pareció ver algo raro. Estacionados justo en el rellano de la curva de entrada, dos carros, ambos lujosos, se estacionaban uno juntísimo al otro. De ventanilla a ventanilla, se pasaban algo, un sobre quizás, un paquete lo suficientemente chico como para perderse en la prestidigitación de manos rápidas que, sin lugar a dudas, intentaban esconderlo. Luego, uno de los carros aceleró y se fue acercando a la oficina del motel; el otro, esperó su turno, como si su conductor midiera el tiempo cronométricamente para hacer entrada en el Tulán.

Entonces, Tadeo salió de la oficina. Se acodó en la puerta del auto recién llegado y, desde allí, comenzó a hablar con el pasajero, que no se bajó ni por un segundo, ni tampoco bajó al ras el cristal de la ventanilla del auto. Otra vez unas manos rápidas ocultaron algún tipo de transacción. Luego, Tadeo se enderezó y caminó unos cuantos pasos más para ver desde la acera cómo se alejaba el carro por la cuesta del motel.

Ya casi cuando la distancia entre las cabañas y la oficina estaba franqueada, se acercó el otro auto. Desde donde seguía parado, Tadeo me hizo señas para que atendiera al conductor. Yo entré un segundo a buscar una llave disponible y dirigí al cliente hacia la cabaña 15, que estaba desocupada. Del auto, se bajaron tres hombres con papeles y un teléfono celular. Uno de ellos era el abogado sindical Efraín Soreno.

—Tadeo, Soreno de nuevo, en la 15. Esto se pone caliente.

—Ni te imaginas cuánto. Con el que me viste hablar fue con el Chino Pereira, Jeque de Paralelo Treinta y Siete.

Quiere separar dos cabañas ejecutivas para la semana que viene, servicio de cocina y el más estricto silencio.

Yo miré a Tadeo con expresión vacía, esperando más información. Por toda contestación, Tadeo me puso un billete de cien dólares en la mano.

—Después le explico de qué va la jugada, bacán. Por el momento, cuento con usted, ¿no, verdad?

Me recosté en la puerta de la oficina del Tulán. Intrigado, mascullaba entre dientes, pensando en Paralelo Treinta y Siete. Ya era la segunda vez que Tadeo me hacía mención del lugar: primero, al contarme su vida y ahora, para ubicar la visita de nuestro cliente con reservaciones por adelantado. Algo raro en el ambiente se enredaba en las sílabas de aquel nombre: Paralelo Treinta y Siete. Saqué mi libreta de apuntes y escribí el nombre misterioso y un recordatorio: «Llamar a Daniel al periódico». Quizás él me daría mayor información sobre el lugar.

De regreso en la oficina, Tadeo empezó mover la cabeza como quien se ríe a solas de una broma secreta.

—No se apure, titán, que por lo que vamos a hacer nosotros nunca han metido a nadie preso.

Miré a Tadeo con el ceño fruncido, pero, al otro lado de mi mirada, la cara de Tadeo era una risa socarrona. Tadeo me tendía el anzuelo más antiguo en la eterna pujanza entre los machos. Quería medir mi miedo, sopesar con ambas manos la densidad exacta de mi arrojo. Y yo, simple y sencillamente por la fuerza primigenia de mi testosterona, no iba a morder. No mostraría mi miedo. Ni siquiera, precaución. Otra sonrisa se le dibujó en los labios, una sonrisa de aprobación. Entonces, nada más que para joder, añadió:

—Además, venga a la caja a cambiarle ese billete de cien, que usted me debe veinte pesos. ¿Se acuerda de nuestra apuesta? Pues en la veintiocho no se oye ni ji, pero a través de la puerta de la 14, el escarceo está de ópera...

Desayuno para Daphne

A la derecha, después del semáforo intermitente, entrando por las callecitas de las joyerías a descuento, oficinas de envío de valores, sastrerías y colmados anunciando mercancía fresca por altoparlantes, quedaba la ciudad. Una ciudad chillona y desigual, pintarreteada de colorines de feria —azul celeste, fucsia, amarillo mangó— con su cielo tajeado de cables eléctricos donde reposan las palomas de su constante vuelo para recoger migajas de la brea siempre caliente. En el centro mismo de la ciudad, frente a la plaza convertida en estacionamiento provisional, revestida de tiendas de descuento y oficinas gubernamentales quedaba La Jerezana, mi panadería preferida.

La Jerezana es de los últimos bastiones tradicionales del antiguo casco citadino, aquel que quería imitar barrios españoles aun más antiguos, con su plaza de centro, sus edificios de tres pisos o cuatro, con rejas de acero de arabescos voluptuosos, tejas del país, balcones y azoteas adornadas por mosaicos que le dan la cara al mar. Allí, con su horno de barro para cocer pan fresco y un surtido de jamones colgando del techo, La Jerezana mantiene su trinchera solitaria, cada vez más cercada por el progreso. A una cuadra, en la azotea de un antiguo edificio de entrada en imitación andaluza, quedaba el apartamento que compartí una vez con Daphne.

Eran las cinco y media de la mañana y ya La Jerezana olía a pan. Pan fresco, pan blanco, pan caliente como la entrepierna caliente de Daphne, con ese olor a granos tostados, a cosa vegetal que genera más vida. Tomé mi turno y fui a sentarme cerca del mostrador. Desde ahí, podía ver hacia afuera de la vitrina. Casi a la esquina de La Jerezana, en la acera del frente, estaba estacionado el carro de Daphne.

Hubo días, muchos, en que bajaba de madrugada a comprar pan para mi mujer, con el cuerpo ardiéndome a fuego lento. Después, bajé menos; más tarde, no bajaba más que para el sustento solitario. Lo peor de todo es que no sé cómo pasó aquello, qué fue lo que hice o ambos hicimos para que se fuera apagando a plazos el hornito que nos calentaba. Lo más probable fue el cansancio de Daphne, esperando sin esperanzas a que yo encontrara mi lugar en el mundo, bien fuera en el periódico, bien fuera en la página. Aunque, a veces, temo que haya sido algo peor.

—Número treinta y ocho —llamaron mi turno a boca de jarro. Me levanté para pedir una libra de pan de agua; una cuarta de jamón serrano; otra, de queso manchego; y otra, de queso holandés.

—¿A cómo tienes hoy el *prosciutto*?

El dependiente, embarrado en harina:

—A como lo tengo todos los días, ¿ya se le olvidó? Nos tiene abandonados.

Y yo, recordando que andaba con poco menos de cien dólares en el bolsillo:

—Hombre, sí, póngame una cuarta de *prosciutto* y añada un peso de huevos.

—Ahora mismo se lo pongo. El cliente siempre tiene la razón.

La frase se me clavó en el centro del pecho como una ponzoña e hizo que me bajara un escalofrío delicioso por las manos. En mi cabeza se instaló el recuerdo de la Dama Solitaria. La piel se me erizó, a golpecitos de sangre se levantaba la entrepierna, juguetonamente. El dependiente terminó de pesar su orden y de colocar cuidadosamente los huevos en una bolsa de papel de estraza. Yo, sin saber por qué, sostenía una erección provocada por el tacto accidental de una mujer, mientras pensaba en desayunos para otra.

A Daphne la conocí en un bar, saliendo del trabajo del periódico. Le dije que era escritor. No fue que mintiera. Para las alturas de aquel encuentro, ya había publicado mis cuentos. Es cierto que en revistas ya difuntas: una del patio, *Prodigios*, y otra de la Universidad del Oriente de Barranquilla, en Colombia. Ni me pregunten cómo me enteré de la dirección de esas publicaciones y menos, cómo fue que decidieron publicarme, porque sigue siendo un gran misterio para mí. Otro cuento mío recién aparecía por Internet en la revista electrónica de una compañera a la que ayudé con una traducción de unos poemas al inglés, para ver si cualificaba para un *Writers Colony* en las montañas Adirondacks. Además, estaba lo de la mención honorífica en un certamen de poca monta auspiciado por una caja de ahorros española. Esa lista era lo único que me daba pie para considerarme escritor, esa y las decenas de primeros capítulos revisados de la gran novela, la que me sacaría definitivamente del anonimato. Y las ganas de impresionar a Daphne.

Al principio, Daphne y yo actuamos como esas parejas que se pasan el día durmiendo uno en el pecho del otro; a media tarde, haciéndose el amor. Le leía mis cuentos, mis notas, y ella, con su bagaje de farmacéutica industrial, comentaba lo que podía.

—Tú sabes que yo de Leo Buscaglia no paso, pero eso que escribiste sobre el hombre que busca su destino se oye tan bonito —me decía, con los ojos llenos de una admiración que sabía inmerecida, pero en la cual buscaba confiar.

A todas sus amigas les comentaba:

—Mi novio es escritor.

Después, dejó de decirlo, cuando no se dieron nuevas publicaciones:

—Quizás debas escribir sobre cosas más alegres, con mensajes positivos, como Pablo Coelho.

Cuando me quejaba de mis historias maltrechas me respondía:

—Lo que pasa es que tú te empeñas en describir la vida de gente de la calle. Uno lo que quiere es escapar de la realidad de todos los días.

O cuando yo, frustrado, argumentaba que el periódico me tenía atiborrado de palabras:

—¿Por qué no te concentras en trabajar para el periódico? Al menos ahí hay futuro más seguro.

Empecé a mirarla con resentimiento y a dejar regueros de papel por toda la casa, pero sin leérselos, como muestra de rebeldía. Ella captó el mensaje y dejó de servirme de testigo. Ya ni me preguntaba qué garabateaba todo el día o si, escondidas entre alguna anotación, se encontraban alusiones a nuestra historia de amor.

Cuando me botaron del periódico, el gesto de Daphne se hizo aún más desesperanzador. Le había fallado, ese hombre que ella pensó encontrar, al lado del cual ella brillaría con una luz interna. Ese hombre ya no era yo. Me lo decía con su cuerpo, con una coreografía de distancias que se fue apoderando de su tacto, del olor de su piel, de su cara de mulata clara con la que me miraba con una leve arruga empañándole el entrecejo. Peor fue cuando le anuncié que estaría trabajando en un motel. No sé si por pena o por los restos del amor que todavía me guardaba, intentó decirme alguna palabra consoladora, que no me preocupara, si total «un motel es lugar transitorio. No se puede esperar más de un motel. Ya pronto encontrarás un trabajo más a tu altura». Pero, de todas formas, las palabras le salieron torcidas. Al menos, así las oí yo rebotar contra mi pecho. Me defendí como pude. Le expliqué a Daphne que quizás en el Tulán encontraría el espejismo aquel que creí ver entre las noticias descartadas del periódico; esa agua rota manchada en tinta, pero sin vida, esa historia siempre reemplazada por otra y por otra y por otra, que no se deja atrapar.

—No importa dónde trabaje, eso no cambia quién soy. Soy escritor —le dije, con una rabia sorda que me hacía morder el final de mis palabras.

—Tú y tus sueños… —me contestó, y fue lo peor que pudo contestarme. Mi repuesta fue un largo silencio.

Entré a la casa, para encontrarme con que Daphne aún dormía. Su cara ancha y morena, de ojos pequeños, su melena negra, sus caderas gigantes, sus manitas de muñeca con las uñas inmaculadas, todo en ella era un aire limpio y un olor químico transplantado de lugar, una cosa con su orden y su peso, tan estática. Yo llegaba sucio, maloliente, descartado, deambulante, obligado a actuar como sirviente y testigo de lo que todos quieren esconder en un cuarto que disfraza olores y sabores del facsímil razonable del deseo. Ya Daphne no era el regreso, ya no era mi pradera de pasto recién cortado, mi marea alta, un pajarito que se me metía debajo de la piel con sus gorjeos, a esperar a que yo le sacara una canción a fuerza de embestidas lentas. Sus piernas ya no eran el remanso de las palabras escapadas, sino la huella de su huida fugitiva. Pero, aunque lo sabía, aunque lo correcto en esos casos hubiera sido recoger los bártulos y emprender la marcha a otro lugar, lo último que me faltaba era cumplir mi papel de villano, dejar a Daphne, hacerla sufrir un abandono. La verdad, no tenía ni las fuerzas ni el valor para ello.

Quizás, por eso, todavía me empeñaba en lo imposible, en borrar de la cara, del cuerpo de Daphne, las marcas que evidenciaban mi derrota, probarle al mundo, mediante borrón y cuenta nueva, que aún era capaz de despertar el brillo en la mirada de una mujer. De cualquier mujer. De Daphne, por ejemplo.

Entré a darme una ligera ducha. Me quité el pantalón, el calzoncillo. De entre mis vellos púbicos, emanó un olor a papaya madura. Olía a mujer dispuesta, o a como si me hubiese tirado a una. No supe qué hacer, así que me dispuse a hacerle la guerra a aquel olor que llegaba de no sé dónde. Con el agua caliente de la ducha, fui mojándome, empapándome de espumas de jabón y dejando que el agua me socorriera. Un montón de imágenes me asaltaron de repente, miles de leches hervidas escapándose para manchar las alfombras del motel. Sacudí la cabeza, pero ya andaba de carnes paradas. No podía enfrentarme a Daphne así. Era demasiada la vulnerabilidad. Así que puse en práctica una pequeña venganza. En silencio, mordiéndome los labios, me toqué la carne pensando en la Dama Solitaria. Pero no pude concluir. No sé qué me hizo parar a las puertas del orgasmo.

Me terminé de bañar. Me puse a preparar el desayuno. Cuando estuvo listo, entré de nuevo en la habitación, en toalla, cafetera y bandeja servida entre las manos. Daphne se desperezaba en la cama. Hasta allí llegué con la sorpresa humeante del desayuno que había comprado en La Jerezana para ella. Pero el cuerpo lo traía humeante de otros festines. Daphne me recibió llena también de su llamita. Tomó un sorbo de café.

—¿Y esto?

Mordisqueó un pedazo de pan con queso manchego, mientras yo le respondía:

—Un regalo de bienvenida.

Y ella:

—Pero si fui yo la que me quedé toda la noche en la casa.

Y yo:

—Sí, mi amor, pero soy yo quien te recibe al día, con el alma regresada al cuerpo.

—¿Al cuerpo de quién? —me preguntó, y yo me puse nervioso de momento.

—Al cuerpo tuyo. Tú sabes que los griegos pensaban que, durante el sueño, el alma se escapa del cuerpo —le contesté reponiéndome de un salto.

Y Daphne:

—¿Qué tal si me la sacas de nuevo?

—¿Sacarte qué?

—El alma del cuerpo.

—A ver si puedo.

—Claro que puedes, lo único que tienes que hacer es darme un beso.

—¿En dónde?

—Aquí.

Las piernas de Daphne se abrieron para mi boca y mi boca se volvió a llenar de mordiscos. La entrepierna de Daphne sabía a avena fresca. Su olor se mezclaba con el aroma del pan y del café y de una fruta agria que se abría en mis carnes, fruta que aún no podía identificar, cítrica y fresca, de las que, recién cortadas, brindan su jugo. Nos hurgamos como dos extraños, cada uno perdido en su hambre, más real que el encuentro de los cuerpos. Dentro de Daphne, me recuperé al fin del sobresalto de hallarme oliendo a mujer ajena, a la que ni tan siquiera había tocado.

Aquello no se repetiría. Aquello no se podía repetir porque no tenía aparente razón de ser. Y este rito, el de amar a Daphne, por más mustio que pareciera, era para lo que estaba mi cuerpo.

Cuando terminamos, Daphne miró el reloj y se levantó corriendo de la cama. Se le hacía tarde para ir a trabajar. Yo la esperaría rondando el apartamento hasta la tarde. Quizás escribiría un poco. Cenaríamos juntos. Aprovecharíamos la hogaza de pan fresco que sobró del desayuno antes de que se pusiera duro. Luego, me iría al motel.

Cuando me quedé solo en el apartamento, dormí un sueño profundo. Me levanté al mediodía, con ganas de escribir. En mi libreta de apuntes, comencé a revisar las anotaciones acerca de las conversaciones con Tadeo que manchaban página tras página. Llegué a la que leía «Paralelo Treinta y Siete» y tomé el auricular. Tenía que llamar a Daniel al periódico. Seguramente, él me podría echar luz acerca de aquel lugar.

El timbre sonó tres veces. Luego, «Daniel Figaredo, Redacción», mi antiguo compañero respondió el teléfono. Después de los saludos de rigor, mentí diciéndole a Daniel que ahora trabajaba como investigador para una firma del Gobierno.

—Desarrollo Comunal y Vivienda —le dije—. Estoy buscando información sobre un barrio al que se le conoce como Paralelo Treinta y Siete. Acá lo que hay son planos. ¿Tú no sabes si *La Noticia* tiene ficha del sector?

—Claro que la tenemos, si ese es uno de los barrios más calientes del país. ¿Tienes correo electrónico en la computadora? Porque, si quieres, ahora mismito te la envío.

Factor Sambuca

Por muchos años, la barriada no tuvo nombre. Había surgido de la nada hace cincuenta años, detrás de la fábrica embotelladora de sodas, donde todavía había casas con pisos de tierra apisonada, aunque nunca les faltara su televisor. Los que la conocían, la veían como un absceso que le había salido a otro sector conocido como las Parcelas Falú, que, por el norte, colindaba con una maraña de ciénagas y mangles por cuyos canales, en luna llena, se colaba el mar. Por el sur, hacía frontera con las partes segregadas de una amplísima finca de cítricos que les fueron repartidas a los Falú, negros y mulatos que fueron esclavos hace tanto tiempo que, ya para principios del siglo, no recordaban lo que significaba la palabra *mayoral*. Como siempre pasa en esta isla, los prietos retintos buscaron mujeres de buen ver, es decir, lo más blancas posibles, y se fueron casando. Los casamientos hicieron que la tierra se deshilachara entre primos, hijos y esposas, quienes, a su vez, la repartían en pedazos más estrechos para levantar casitas de madera y zinc. Las Parcelas se fueron ensanchando hasta desbordarse en tierras que los Falú blancos mantenían enrejadas, para vendérselas a algún empresario extranjero, en tiempos de vacas flacas. Las vacas enflaquecieron considerablemente poco antes de la Segunda Guerra Mundial. Entonces, llegó la embotelladora a proclamarse como la nueva señora del litoral.

Llegó demasiado tarde. Un enramado de casuchitas viradas, azotadas por la polilla, había echado raíces en aquel fangal y se multiplicaban como bejuco silvestre. Los empresarios de la embotelladora llamaron a las autoridades pertinentes, para que «relocalizaran» a las familias en los complejos de vivienda pública que el nuevo Gobierno abría al lado de cada urbanización, todavía olorosa a cemento, para ver si a los obreros se les pegaban las buenas costumbres de la pujante clase media profesional del país. Obedientes a los intereses del progreso, las autoridades pertinentes fueron en son de paz a convencer a las familias para que se mudaran a estas nuevas facilidades. Las llamaban «residenciales públicos»; los del Paralelo las rebautizaron «caseríos». Muchos desconfiaron de la calidad del nuevo hogar, aunque los del Gobierno les juraban que cada unidad contaba con toma de agua, luz eléctrica y gas, y que, entre los edificios de cuatro pisos, habían planificado un patio comunal para el esparcimiento de grandes y chicos, canchas de baloncesto, parques de pelota, centros comunales para fiestas y actividades, y carreteras que facilitaban el acceso a escuelas y hospitales. Ante tanta promesa, muchos se mudaron al caserío, a aquellas marañas de cemento, cada cuál con nombre de prócer. El Gobierno celebró esta decisión con chantajes de buena puntería: oportunidades de trabajo en el Municipio, zapatos escolares gratis para los niños, un chequecito de manutención pública que no les llegaría a las casitas del Paralelo, porque estas no entraban dentro de la zonificación postal.

Pero Paralelo Treinta y Siete era una hidra de mil cabezas. Tan pronto los antiguos pobladores recogían sus bártulos para mudarse, otras familias ocupaban las casitas a medio desarmar que quedaban deshabitadas como cáscaras sin fruta. Con cartones y yesca, las levantaban de nuevo. Jamás les dieron tiempo a las aplanadoras de retomar el lugar completo, lo que de por sí era difícil, dado lo sinuoso del fangal.

Siempre hay solución para el desastre de la pobreza. Los Falú blancos le vendieron Paralelo al Gobierno. La embotelladora se tuvo que contentar con un predio de siete cuerdas de terreno rescatado, donde levantaron un alto muro de cemento que cercaba la barriada. Del otro lado del muro quedaba el laberinto de carreteritas de fango, de corredores vecinales delimitados por verjas de alambre de púas con retachones de madera. De ese lado, se oía el cacareo de gallinas y gallos de pelea, mezclándose con chillidos de niños barrigones con la piel de todos los colores del arco iris, criándose por obra y gracia de no se sabe cuál dios en aquel lodazal. Algunos crecían para encontrar trabajo en la embotelladora como guardias de seguridad, obreros o conserjes de la firma. Otros, encontraban la vida por otros caminos, trabajando para Víctor «Sambuca» Cámara, antiguo jeque de Paralelo Treinta y Siete.

Sambuca era un mulato oscuro y esbelto, que se estiraba el pelo con brillantina y fijador, para domar los rizos gordos que coronaban su cabeza. Tenía los ojos color caramelo, como los de su padre, Doroteo Cámara, un negro albañil venido a menos a causa de la bebida. Antes, la familia de Sambuca vivió en el campo, pero cuando los ricos del país empezaron a levantar casas con pisos en losetas criollas cerca de los centros urbanos, los dedos firmes de Doroteo Cámara también emigraron para allá, en busca de fortuna y de oportunidades para demostrar su arte y astucia. Pero además de decorarles las casas a los ricos, había que entretenerlos. Así fue cómo en aquellos sectores fueron surgiendo, junto con los albañiles y los ebanistas, otra profesión entre la gente negra que fue la que perdió al patriarca. Los negros se hicieron músicos, músicos de profesión. Se abrieron bares tras bares en la ciudad. Y Doroteo Cámara se entregó a aquellos bares.

Lo de la música fue un proceso lento que se originó, primero, en las fiestas de Cruz, en las parrandas navideñas, en los baquinés de los campos de caña y café, en las orquestas de pueblo que tocaban zarzuelas y marchas los domingos en la plaza. Los antiguos tambores que en tiempos de esclavitud daban señal a los cimarrones para que escaparan, o a los braceros descontentos, para que le pegaran fuego al cañaveral, se transformaban en ritmos ocultos que salían de superficies distintas a las de una piel de chivo tensada sobre un barril de aceite. Empezó a salir la antigua clave a través de guitarras pulsadas por dedos claros, de sonoros metales que colaban viento y de pedazos de colmillos de animal arreglados en la amplia sonrisa blanca y negra de un arpa acostada. Doroteo recuerda que, cuando niño, sus padres le contaron que, en el sur, un mulato hijo de albañil y lavandera se hizo compositor de danzas. El primer compositor del país. La cosa era más clara que el agua. Para salir del arrabal, había que saber entretener a los ricos. Pero él no tenía ni un chin de ritmo. Y mucho menos talento para músico. Lo único que le salía era ser albañil.

Los negros más virtuosos burlaron las profesiones tradicionales. Se mudaron a la ciudad, lejos de los campos asquerosos que les hacían doblar el lomo como bestias. Una vez allí, intentaron burlar de nuevo el trabajo, negándose a subir a andamios, a cargar sacos de cal y vigas de madera. Inteligentes, vieron que aquello era una nueva versión de lo anterior. Ya cuando los americanos llegaron a la Isla, aquellos negros, mulatos y jabaos estaban listos para otra cosa. Echaron mano a los nuevos instrumentos que las guerras y los bares para soldados *yankees* ponían a su disposición. Entre fiestas de sociedad, bailes para soldados, turbas republicanas y alguna que otra aparición en el casino del pueblo, sacaban lo suficiente para vivir, vivir bien, quién sabe si hasta para mejorar.

Doroteo Cámara se mudó del campo a la ciudad diez años después de que llegaran los americanos. Venía a buscar suerte. Allí conoció a Georgina Falú, quien trabajaba como sirvienta en la casa de una de sus clientes más asiduas, una señorona viuda y pálida (quien también se llamaba Georgina y también se apellidaba Falú) a quien siempre se le estaban rompiendo las vigas en su antigua casa heredada de su padre cañero. La señora llamaba a Doroteo porque era serio y trabajador, y todavía no se le habían pegado las malas mañas de los negros parejeros de la ciudad, que trataban a las señoras como si fueran sus comadres arrabaleras. Doroteo iba por la paga, que era poca, pero segura, y por verle la sonrisa a la Georgina negra. A los dos meses, la enamoró. A los tres, la tumbó en uno de los cuartos de servidumbre, sobre las sábanas recién lavadas de la señora. Al año, le nació el primer hijo. Como Doroteo era un hombre cabal, se llevó a Georgina de la casa. Se instalaron en una parcela que les cedió su suegra en un sector más bien campestre, pero que quedaba cerca de la gran ciudad. Doroteo se levantaba al amanecer para llegar al centro en carro público, donde seguía encontrando trabajos de construcción. Gina lavaba ropa por encargo. Su casita era próspera. Tenían una tala, los nenes estaban yendo a la escuela. Pero un extraño desasosiego le agriaba la vida al albañil, sin él sabérselo explicar.

Doroteo veía a los negros músicos comprando casas en las inmediaciones de un edificio alto con torre adornada con estatuitas. A ese edificio lo llamaban universidad. Y los observaba montados en carros y vestidos como blancos. Estaban progresando. Mientras tanto, él trabajaba como las bestias. Ahorraba todo su dinero para comprarse una tierrita más cercana al pueblo y sacar a su familia de las Parcelas Falú. Pero cada dólar se le hacía agua entre las manos.

Además, en las parcelas el ambiente se estaba maleando. Doroteo miraba desde su balcón cómo llegaban gentes en oleadas desde los campos, atestando las parcelas, viviendo hacinados en las franjas de fangales y miasmas donde los vecinos criaban puercos. Muchos llegaban sin oficio, trabajando de cargadores de muelles o haciendo cualquier trabajo por varios centavos en las casas de los profesionales. Pero también llegaban montones de albañiles, carpinteros, cerrajeros y ebanistas que hacían más difícil encontrar empleo. Lomo a lomo, rellenaban los trozos de tierra libre que quedaban en el sector, levantando casuchas de tablones y latas de galletas, durmiendo en sacos de arroz de los que repartían los americanos para aliviar la hambruna de aquellos años, alistándose en los ejércitos que anunciaban a viva voz que se avecinaba otra guerra mundial. Los que regresaban vivos de aquella guerra, echaban pa'lante o se escondían en el fondo de sus casitas, llenándose de costras extrañas y de hinchazones inexplicables, dejándose morir.

Doroteo no quería ese futuro para sus hijos. Así que trabajaba más. Y más, y más. Poco a poco, era mayor el tiempo que pasaba fuera de la casa, metido en las barras donde cuatro músicos o cinco tocaban charangas, sones cubanos, canciones que le aliviaban la pesada carga que le doblaba el lomo. La música lo aliviaba, la música y un poquito de ron caña, del ilegal.

Georgina se le fue haciendo una mujer extraña, como extrañas se le hicieron sus manos, que, de repente, empezaron a temblarle. Doroteo notaba cómo, mes tras mes, lo contrataban menos. Así que tuvo que echar mano a su lata de ahorros, que se abría como un vaso donde pegar el hocico, para aliviarse la pena de su pecho. Y Georgina no ayudaba; a cada rato, su piel color pino se le hinchaba, para parirle otra boca más que alimentar.

Sambuca fue el último en nacer y nació con rabia. De recién nacido, berreaba como una alimaña de monte; ni pegado a la teta caída de su madre se estaba quieto. Ella le tuvo que quitar el pecho más temprano que a los demás porque se lo dejaba en carne viva, chupándole hasta la sangre con un hambre sin medida ni explicación. Doroteo ya estaba muerto cuando Sambuca entró a la escuela elemental. De él recuerda unos ojos amarillos y rojos, un vientre hinchado y una mano temblorosa. La otra, tiesa, reposaba contra el muslo derecho, que también tenía paralizado. Le decían Sambuca porque así era como lo llamaba el padre, que ya no podía pronunciar su nombre verdadero cuando lo llamaba a grititos para que le acercara la botella de ron. Su madre insistía en llamarlo Víctor Samuel, pero a él se le hacía difícil responder a ese nombre. Al fin y al cabo, era su padre quien lo cuidaba, mientras Gina se iba a trabajar de sol a sol limpiando casas. A veces, cuando los deditos de Sambuca lograban al fin entregar la botella abierta, su padre le acariciaba la cabeza y lo miraba con ternura.

Después de la muerte de Doroteo, las hermanas mayores de Sambuca cerraron filas con la madre. Aprendieron a tejer, a limpiar casas, a hacerles trajes a las señoritas hijas de maestros, ingenieros y abogados. Luego, fingiendo tener una edad que no tenían, consiguieron colocarse como enfermeras en el hospital municipal. Así, les pagaron la carrera a cuatro de los cinco hermanos pequeños. Una se hizo secretaria; otro, contable; y las dos restantes, maestras de español. Todos juntos compraron una casa en la urbanización que construyeron cerca de las Parcelas Falú. Lograron hacer lo que no pudo el padre. Sacaron a la familia de las Parcelas.

Esteban, el segundo hermano varón de Sambuca, volvió medio loco de una de tantas guerras. Hablar con él era como tratar de pescar un pez escurridizo. Se le iban los ojos, vigilando las entradas de la casa; de noche, se levantaba gritando; le sudaba todo el cuerpo aunque no hiciera calor. Comenzó a llegar a la casa con los ojos rojos y con peste a bar en el cuerpo, como el padre. Georgina, entonces, perdía la tabla, peleándole a todo pulmón, esgrimiendo la Biblia que le habían regalado unos misioneros de la nueva iglesia pentecostal a la que se había convertido. Fuera de sí, le gritaba:

—¡Hijo de Satanás, el demonio de la bebida va a acabar contigo como acabó con tu padre!

Pero si Esteban no bebía, no podía con su alma. Pronto, la bebida se le hizo insuficiente y tuvo que buscar algo más fuerte. Entonces, se mudó de la casa y se fue a rumiar por las Parcelas, solo. Retachó como pudo la antigua casita y allí vivía como un perro. Como le llevaba pocos años a Sambuca, cargaba con su hermano por los bares de Paralelo. Además, Sambuca se estaba convirtiendo en un as del clarinete. En las clases de música que daban en la escuela, fue cuestión de ponerse el instrumento en la boca. Parecía que el muchachito nació soplando por aquel laberinto de metal. Pero la indisciplina lo mataba. Eso decían sus maestros y el jefe de la banda del pueblo. Pero su hermano, no. Su hermano se deleitaba oyéndolo tocar charangas. Hasta dejaba de temblar como siempre temblaba, cuando lo oía tocar. Con él se pasaba Sambuca, soplando el clarinete para él. Cada vez, su hermano se le hacía más extraño, más incomprensible, pero eso no le amainaba el amor que sentía por él. Y más se le pegaba. Fue a través de sus correrías con Esteban que Sambuca descubrió la existencia de un negocio repleto de peligros (para su rabia) y de ganancias (para su bolsillo) que no tardó en domesticar.

En Paralelo Treinta y Siete, la gente lo adora. Cada día de Reyes, Sambuca organiza una fiesta a todo dar, regalando juguetes caros a los niños de la barriada, y contratando meseros de guantes blancos, que van sirviendo en bandejas copas de *champagne* helado a todos los residentes y amigos. Se asan decenas de lechones, se sirven miles de libras de arroz con gandules, pasteles y guineítos en escabeche. Se baila al son de las mejores orquestas y se duerme feliz esa noche, atesorando el recuerdo de un lujo que por un momento borra todo el trajín cotidiano que es vivir en la miseria. Además, todo Paralelo sabe que Sambuca es el responsable de haber conseguido que el Municipio embreara parte de las calles, que al fin trajeran el alambrado eléctrico y los cables del teléfono, y que incluyeran la barriada en la zonificación postal, para que al fin les llegara el cartero con el esperado cheque del Bienestar Social. En Paralelo, Sambuca apadrinó a cientos de muchachitos. Les compraba bultos y libros de escuela, y les aconsejaba que siguieran los estudios, para que no terminaran como terminó él. A los que no podía convencer para que vivieran legalmente, les daba puestos seguros o de bajo riesgo entre los distribuidores de material. Pero tan pronto se enteraba de que estaban usando lo que suplía, los retiraba de su reino. No fueron pocas las veces en que Sambuca se transformaba en la alimaña rabiosa que no escatimaba en sacar sangre a quien se le opusiera. Su desprecio por los adictos era tan descomunal como su generosidad por la gente de Paralelo. Se cuenta que no fue a pocos de entre sus propios protegidos a quienes mandó a matar.

Su predilecto indiscutible era el Chino Pereira. Le decían el Chino porque tenía los ojos rasgados, aunque la piel era del color de la paja tostada. Algunos lo creen hijo de Sambuca Cámara, o quizás, sobrino, vástago perdido del hermano adicto que Sambuca cuidó hasta la muerte. Chino no lo sabe. Nunca conoció a su papá. Pero sí al legendario Sambuca, de quien heredó el imperio de Paralelo Treinta y Siete.

A quemarropa

Pasó una semana más de trabajo en el motel y ya me acostumbraba a verles las costuras a los deseos y a las derrotas ajenas, y hasta a percatarme de que la mía no era tan terrible. Daphne tenía razón. Aquella caída en el pantano del motel no era más que algo transitorio, un experimento quizás. Un feliz accidente al que le sacaba miles de provechos. La semana entera me la había pasado leyendo acerca de Paralelo Treinta y Siete. De repente, se me encendieron las palabras en la mente, entre los dedos. Volaban sobre el papel. El resultado fue un relato largo, donde Paralelo se convirtió en un lugar vivo, al menos para mí. Allí vivirían Sambuca, Tadeo y Chino, y lo que les pasara sería un reflejo de las fuerzas del lugar, de esa cosa centrípeta que arrastraba a todo aquel que merodeara por su periferia hacia su centro, un centro que se alimenta del dolor de la pobreza, la tragedia de probarse hombre, la melancolía de tener que destruir lo que se ama para así poder controlar. Eso era Paralelo para mí. De allí nacería mi relato.

Tendría que cambiarles los nombres a mis personajes, claro está. No iba a ser yo tan bobo como para meterme en problemas con los más poderosos de la Isla, que para nada son los ricos legales, sino estos jeques que, desde los campos anodinos, las costas caribeñas, y las ciudades gringas, se inventan de la manera más real y descarnada lo que es la riqueza. La distancia de Daphne ya no me hacía mella, ni mella me hacía el recuerdo del tacto de la Dama Solitaria, memoria que, de vez en cuando, desarchivaba del olvido para darme alguna toqueadita en las tardes en que Daphne se negaba a recibir alguna caricia mía, de las que propinaba ya para el alivio y no para la conexión. Debo admitir que mi vida empezaba a gustarme nuevamente y que ya había tomado la decisión de quedarme en el motel justo hasta que terminara mi relato. Con el mensaje electrónico que le envié a Daniel, se habían reestablecido los contactos con el mundo periodístico, y ya mi antiguo compañero me informó que Redacción contaba con un nuevo jefe (el antiguo tuvo que internarse en una clínica de desintoxicación en Miami) y que las cosas se estabilizaban en Finanzas. Él mantendría el ojo avizor. Lo más probable, en cuestión de meses (dos, tres a lo sumo), recuperaría mi antiguo trabajo en *La Noticia*. Entonces, todo volvería a la normalidad.

Además, el motel no paraba de ofrecerme estímulos para la tinta. Era como si las pasiones del motel hicieran paralelo a las mías. En la noche de aquel miércoles, una pareja de lesbianas hermosas dio inicio a mi turno. Una era pequeñita y joven, pero muy fuerte. Parecía atleta. La otra era una mujer entrada en años y con la mirada perdida de quien se sabe derrotada por una pasión más fuerte que cualquier voluntad. Parecía una virgen vieja, una presa caída. Su perfil emitía la misma lumbre que las imágenes de santos en los libros de hagiografías, ese arrobo de quien se entrega al placer de su martirio. No se quiso bajar del carro hasta que la otra recogió la llave, y bajó ella sola, sin querer que nadie la ayudara, la puerta del estacionamiento bajo techo. Me imagino que, entonces, se entregaría a cada peldaño de la escalera hasta la puerta, como quien va parando en cada estación de un íntimo vía crucis, con todo y su sensual muerte lenta.

También llegó un muchacho melenudo y borracho con su novia. Parecían estudiantes universitarios, de esas parejas de chamacos que aún viven con sus padres y que tienen que buscarse un lugar donde sacudir el hambre que los ataca en medio de la muchedumbre, lejos de una playa o de un parking de biblioteca donde aparcar el carro y poder entrarse a mordiscos. Entonces, deciden buscar un motel.

A Tadeo le tocó atender a un señor mayor que andaba en un carro con una muchachita, casi niña. La nena, absolutamente libre de su consciencia, se miraba en el espejo retrovisor y mascaba un chicle lentamente, con cara de gente que ha visto ya demasiadas cosas. Algo de marchito tenía su semblante, limpiándose la línea del *lipstick* corrido y mirándose mascar chicle en el espejo retrovisor de un carro; algo de lejano y libre de toda excitación novedosa. Sentado en su carro, el viejo, probablemente un esposo escapado del hogar, parecía una pobre res. Bovino por completo. Obedecía el mandato de una mano que no era la propia.

En la cabaña 15 se escondían de nuevo el licenciado Soreno y sus secuaces. Desde allí llamaron para que les llevaran un servicio de café y un paquete de cigarrillos.

—Yo voy —se ofreció Tadeo—, estoy loco por echarle una ojeadita a los del sindicato, a ver qué pesco con mi mirada periferal. Oiga, hermano, a la verdad que eso que pasa allí es un misterio. No es usual que vengan tan repetido al mismo motel. Usted vele caja que, cuando regrese, le cuento.

Me quedé en la oficina, vigilando la retaguardia. Sin pensarlo demasiado, mis ojos resbalaron hasta el letrero de la cabaña 23. Ojos filosos y turbios, contacto de reptil en celo. Era mi manera de refrescar la memoria que me calentaba de tiempo en tiempo la carne. De cuajo, se me quitaron las ganas de jugar a espía sindical. Me hubiese gustado jugar a otras cosas.

Ya Tadeo regresaba al cuartel. Hacía señas agitando las manos. Parecía que venía con información valiosa. En eso, sonó el timbre de llegadas. Sedán gris plomo, cuatro puertas. La Dama Solitaria. Yo me acerqué al carruaje con aplomo. Abriendo la puerta del garaje, decidí que no iba a permitir que aquella mujer me tomara el cuerpo por sorpresa. Llevaba ya una semana amaestrándolo. Además, llegaba más tarde de lo usual. Yo la había estado esperando toda la noche y ya tenía perfilada una estrategia para mantenerme en mi lado de la raya, para seguirla poseyendo desde la mente, bastión seguro e incólume que me permitiría gozármela desde lejos. Esta vez, cualquier juego de la Dama se iba a jugar de acuerdo con mis condiciones. Para probarlo, alteré un poco las reglas del juego. Cambié el número de llave. Le daría la veinte, una de esas cabañas que, según Tadeo, tenían las paredes transparentes.

La Dama se bajó del carro, dedicándome una tenue sonrisa de reconocimiento.

—¿Qué pasa con la 23?

—Está ocupada. Pero esta cabaña es igualmente acogedora.

Le alargué la llave que ella tomó, rozándome los dedos. Otra vez, sus manos frías me llenaron el tacto de cosquillas, con la leve diferencia de que yo las estaba esperando. No dijo más. Se alejó escaleras arriba, balanceándose encima de sus tacones color marrón. Yo medí el peso de sus pasos y me supe a salvo. Allá iría ella a esconderse en el cuarto, a hacer lo que hacía al otro lado de las puertas. Quizás llamaría por su orden acostumbrada de licor y alguna cosa para picar, que yo le serviría invisible, rellenando los huecos de mi memoria con nuevas observaciones de su cuerpo y con nuevas preguntas de qué hacía aquella mujer allí, definitivamente escondiéndose de algo, como hacían todos los otros clientes que usaban la noche suburbana para atrincherarse en aquel motel hasta que llegara el alba.

Regresando a los cuarteles, Tadeo me contó que el abogado sindical y sus secuaces habían puesto a recargar el teléfono celular tan pronto entraron a la cabaña.

—Parece que esperan llamada y, por lo que les leí en la cara, esta será la última noche que vienen al Tulán. Hoy cierran negocio.

—¿Cómo que negocio?

—Mi hermano, esos tipos están negociando. No trajeron papeles, como las otras noches, ni se acomodaron en la cabaña buscando bebidas y cigarrillos para matar la noche. Estos están de pasada. A mí me huele que esperan a alguien y que, luego de que resuelvan, se van.

Pasó hora y media en lo que se registraba algún movimiento. Apenas llegó algún cliente más de los habituales: un muchacho insomne que se trajo sus libros para estudiar para alguna reválida porque ya no aguantaba el peso de la expectativa y de las paredes de su casa; otra pareja de adúlteros, buscando cómo robarle alguna pasión a la noche. Tadeo y yo vigilábamos la cabaña 15. Yo, con el rabo del ojo, también medía las puertas de la Dama Solitaria.

Un carro europeo rojo hizo entrada por la cuesta de subidas. Cuando Tadeo se le acercó para indicarle un garaje desocupado en espera de cliente, el conductor le hizo señas para que se acercara. Desde la oficina, vi cómo Tadeo lo dejó estacionar el auto a la intemperie y, luego, le levantó las puertas del garaje bajo techo de la cabaña 15. Volvió casi corriendo donde mí.

—Tú no lo vas a creer, varón. El que se bajó en la 15 es uno de los muchachos del Chino Pereira.

—¿Tú estás seguro, Tadeo?

—Claro que estoy seguro. A mí una cara no se me olvida, aunque trate. Para los nombres no soy tan bueno, así que no te puedo dar la nomenclatura del susodicho, pero trabaja para el Chino Pereira. Los he visto juntos en Paralelo, encharcando de fango las ruedas de los carros con los que se pasean por aquel mangle, para causar admiración. Todo el mundo en el barrio sabe que es de los que van escalando en la tropa.

—¿Y qué se trae con el Soreno?

—Eso quisiera saber yo. Te apuesto lo que sea a que no tiene nada que ver con el paro de la Autoridad de Energía. Esto huele a otra cosa.

—A podrido es a lo que huele, Tadeo.

—Sí, mi hermano, es la peste del dinero.

Seguimos elucubrando teorías acerca de las transacciones que, en aquellos momentos, se estarían llevando a cabo en la cabaña 15: compra ilegal de armas, inversiones de dinero en drogas por parte de aquellos atorrantes, de seguro, utilizando las nóminas de la unión para malversar fondos. O quizás fuese al revés; quizás los traficantes estarían usando a Soreno y sus secuaces para lavar dinero a través de cuentas secretas abiertas a nombre del sindicato. Todo traficante necesita a sus aliados con un pie en lo legal. Había que poner el dinero a producir, usar un frente para poder adquirir casas, comprar terrenos, invertir en negocios, solidificar la ganancia obtenida de las debilidades y los vicios de los demás, perdidos en su marasmo de tedio, en busca de cualquier substancia que les hiciera la vida un poco más soportable. Y aquella noche, Tadeo y yo habíamos descubierto lo que todo el mundo sospecha pero pocas veces tiene la oportunidad de atestiguar. El motel Tulán aceitaba las tuercas de la rueda que echa a andar la ciudad. Abogados, traficantes, trabajadores ilegales, adúlteros y mujeres en escapada: todos se daban cita bajo el cielo anochecido de la carretera 52. Tadeo y yo fuimos, aquella noche, los solitarios testigos de todas aquellas devoraciones que ocurren al margen de la ciudad y que la ciudad necesita para saberse viva.

Fue cosa de una media hora y trato cerrado. Escaleras abajo, con paso firme y pausado, el tipo salió de nuevo de la cabaña, abordó su carro sin encomendarse a la noche y partió por la cuesta de bajadas del Tulán. En eso, sonó el teléfono. Tadeo corrió a contestarlo, suponiendo que serían los de la 15. Quizás ahora se tomarían algo. Quizás nos darían la oportunidad de poder entrar a aquellos aposentos donde se había paseado el poder en su potencial de destrucción y crimen. Nosotros, que nos quedábamos fuera, y aun sabiendo que aquello era peligroso, sentíamos el morbo picándonos en las venas. Queríamos ver, queríamos oler el aroma de la intriga, como cuando se pasa por el lado de un cadáver atropellado detrás del cual se nos van los ojos. El timbre sonó tres veces. Tadeo descolgó. Aquella llamada no contenía la invitación al escenario añorado; era para mí. De la Dama Solitaria. Que le llevara una botella de vino. Tadeo pasó el mensaje:

—Pidió expresamente que fueras tú quien se la llevara.

—Pero, chico, mira la hora que es. Ya casi me estoy yendo. Además, no me quiero perder… —le contesté, rezongando, pero Tadeo interrumpió con aplomo.

—El cliente siempre tiene la razón.

Tomé la botella. Cruzando el trecho hasta las cabañas, me percaté de que las puertas del garaje de la 15 se abrían. Ya algunos de los del sindicato abordaban el carro, listos para partir. Soreno se acomodaba frente al volante. Pasé de largo, utilizando mi mirada periferal, para enterarme sin que me vieran de que se iban cuatro, la misma cantidad que los que habían llegado. Gracias a Dios que no nos dejaron ningún regalito embalsamado entre las sábanas de la 15. Pero no tuve tiempo para más. Había que entregar la botella. Abrí las puertas del garaje y entré a llevar el pedido. En la puerta de la cabaña 23, me esperaba la Dama Solitaria. Era una visión con la que no contaba.

Envuelta en su refajo negro, mostraba sus carnes apretadas, carnes cuidadas a todo lujo. El torso era largo, con las costillas asomándole por la piel. Los senos, de pezones ciegos y puntiagudos, se transparentaban pequeños y duros, como si se los hubiera hecho, o por lo menos como si después de algún parto se los recogiera a fuerza de pesas y de masajes. Sus piernas interminables y su cadera ancha dejaban adivinar unas nalgas chatas, que le terminaban en un pequeño colchoncito de carne en la comisura de las piernas. Ese colchoncito parecía ser lo único blando de aquel cuerpo. Eso y los labios felpudos y gigantescos de su entrepierna, invitando. Flor de carne. En sus manos cruzadas sostenía dos vasos de cristal.

—Ya estoy de salida —le dije, como antesala para rechazarle el vino.

—Me lo suponía. Ahora tendremos tiempo para hablar. Entra.

Su voz fue tan casual y decisiva que no me dio tiempo para dudar.

Dos vasos de vino, y su mano ya reposaba sobre mi muslo.

—¿Qué haces en un sitio como este?

—Atiendo clientes mientras trabajo.

—¿En qué?

—En un cuento.

—¿Eres escritor?

—Pretendo serlo.

—¿Y tú?

—¿Yo, qué?

—¿Qué haces tú en un sitio como este?

—Si te lo cuento, terminaré formando parte de lo que escribes.

—Yo sé guardar secretos, por eso me dieron este trabajo.

—Qué bien.

—¿Qué bien, qué?

—Que sepas guardar secretos...

Su mano resbalaba como una culebra muslo adentro. Yo le miraba los ojos oscuros como una noche despeñada. La punta de su lengua se asomaba a su sonrisa, acompañando a la mía.

—Si tienes ganas, hazlo.

—¿Hacer qué?

—Besarme.

—Puedo perder el trabajo.

—Este es tu tiempo libre. No temas manchar el buen nombre del establecimiento.

—Digamos que existe un conflicto de intereses.

—¿Entonces hay interés?

—Mucho.

Ya su mano reposaba en medio de mis piernas, ahí donde un golpe duro de sangre me hacía arder la piel. Ella abría su boca en otra sonrisa, más amplia, más invitadora. Acercó la cara. Sus enormes ojeras se estiraban en decenas de arruguitas que invitaban más al beso. Quería rechazarla, que las arrugas me dieran asco, la suficiente distancia para poder controlarme, al fin recobrar el control de la situación. Puse mi mano sobre sus hombros para detener mis ganas de pasarle la lengua por las ojeras arrugadas. Ella la fue llevando hacia sus pezones parados, envueltos aún por el refajo oscuro y frío, de seda negra. Entonces, no pude más, y la ataqué con mi boca.

Degusté el sabor de la boca de aquella mujer quién sabe cuánto tiempo. De repente, me vi encima de ella, levantándole el refajo; ella, serpenteando debajo de mí, bajándoselo para que no la desnudara entera; yo, levantado sobre mis manos, pateando el pantalón hasta mitad de piernas; ella, de un zarpazo, atrapándome en sus caderas. Yo, concentrado en la alfombra, para pensar un minuto siquiera en lo que estaba haciendo. Y ella, adivinando mi pensamiento y escurriéndoseme por debajo hasta mis caderas, me apresó con la boca. Yo, perdido en sus lamidos y ella, mirándome desde su refajo negro, con los pezones a medio salir y la misma sonrisa amplia. Yo, viéndola reír y sintiendo que perdía el aire, que me vaciaba en jugos demasiado previos. Pero me contuve. Viraje de cuerpo y de repente yo abajo, ella arriba. Ella procedió a cabalgarme; yo, a dejarme cabalgar. Puse las manos en su cintura para sentirle el peso, la ondulación, para poderme perder en el ritmo de sus caderas. Y para separarla segundos antes. Segundos después, ella me lamía de nuevo, mientras yo tiritaba sobre la alfombra del motel Tulán, olvidado de todo, menos de una frase estúpida que me rondaba la cabeza: «El cliente siempre tiene la razón».

Me adormilé unos segundos. Después, sobresaltado, busqué mi ropa que andaba desparramada por todas partes. La Dama Solitaria me miró entretenida, mientras yo peleaba contra las patas de mi pantalón. Huí de allí a toda carrera. No recuerdo cómo lo hice. Solo sé que salí lo más pronto posible, aprovechando lo que quedaba de penumbra para escabullirme de aquel cuarto de motel. Corrí hacia la cuesta donde tenía aparcada mi carcacha, pensando en qué le diría a Tadeo, cómo me iba a disculpar de la hora y cuarto que perdí en aquel cuerpo de mujer, dejándolo solo cuadrar caja y afrontar a los del turno del pleno día. Pero ya Tadeo se había ido. Enfilé el carro rumbo a casa. Prendí el radio a todo volumen. No quería pensar. En el noticiero, tomaban llamadas de radioyentes que proponían a tal o a cual locutor como el más popular. Otra estación. Allí comentaban el tranque de negociaciones entre el sindicato de trabajadores y la Autoridad de Energía. No habían llegado a ningún acuerdo y el sindicato amenazaba con un voto de huelga. Cambié de nuevo la estación. Música, quería oír música, la que fuera. Solo así escaparía de las preguntas que pululaban por mi cabeza: por qué no pude parar la seducción, por qué me dejé arrastrar por aquella mujer hasta donde me llevó, por qué tanta debilidad o tanta necesidad, por qué ni siquiera mi miedo fue lo suficientemente fuerte como para detenerme. Cómo fue que aquella noche pude tan fácilmente acceder al deseo porque sí, porque la Dama Solitaria me invitó a entrar a su cabaña con un tono de voz que obligaba a obedecer. Aquel tono invitó a entregarme a los designios de una noche con su día, de aquel miércoles que me regaló una aventura que ningún hombre podría rechazar. Sonreí. Era cierto: ningún hombre cabal podría rechazar una invitación como la que recibí yo. Fui el elegido para la seducción de una mujer experta, que la vida llevaba sola a un motel. Yo, el elegido. El agraciado ganador. Por una vez, el escogido entre los hombres.

En el radio sonaban notas de un guaguancó que, de repente, me sorprendí tamborileando con la punta de los dedos. Quizás la sensación dactilar contra el volante despertara la memoria del tacto. Recordé el cuerpo de M., su saliva gastada y jugosa, sus caderas contra mi piel. M., así la voy a llamar de ahora en adelante. Hay algunas presencias que es mejor no nombrar.

Pero había sido yo quien tocara su cuerpo, sus muslos apretados, ya expertos en caricias, sus ojeras llenas de arrugas. Habían sido aquellos dedos, los míos, los que la recorrieran como un cartógrafo asustado y a la vez voraz por el descubrimiento de sus regiones. Aquellos dedos nerviosos, llenos de desasosiegos, de planes turbulentos e intervenidos por las interrupciones de la duda y del diario vivir. Esta vez, mis dedos fueron, se atrevieron a ser, los felices ganadores del premio. Era dudoso el premio, pero era premio al fin. Porque, por encima de la duda de ser el deseado (conquistador, definitivamente, no fui, aunque tampoco fui el vencido, ya que opuse poca, quizás ninguna, resistencia), dormí con M., previamente la Dama Solitaria, quien ahora, menos sola, manejaría rumbo a su casa verdadera, esbozando una sonrisa de satisfacción. Traviesa, abriría el portón; subiría las escaleras; se echaría, quizás, en la cama, para sentir mejor el cuerpo transitado. Después, atendería al día y a las obligaciones del día. Yo haría igual, manejando ahora como manejo mi carcacha adonde mi mujer verdadera, quien no sospecharía nada de lo ocurrido. Yo, por encima de la ley, del orden y de la moralidad, más fuerte que todas las disposiciones que mantienen a los hombres cual corderos, apegados a la sociedad y a los leves premios (esos sí, de consolación) que, a fin de cuentas, disfrazan la carniza, el matadero del espíritu. Lo civil, civil siervo de los miedos ordenados. Del otro lado, la hombría, la mía, esa cosa salvaje que ataja y desgarra, y que se impuso aquel miércoles de madrugada por el mero ejercicio de su deseo.

Quise sentirme satisfecho con mi hazaña. Complacido. Orgulloso, inclusive, pero había algo que no me dejaba disfrutar de mi triunfo a cabalidad. No era la culpa. Me extrañaba no sentirla, pero no me cabía duda de que la tranquilidad de mi consciencia no era estrategia de protección. Simple y sencillamente, no me sentía culpable. Debía ser que se me estaba acabando el amor. Peor aun, presentía que se le estaba acabando a Daphne. Además, existía aquel impulso volátil, una búsqueda de alivio quizás, el cuerpo encabritado pidiendo libertad y vuelo en estas nuevas etapas de mi vida para celebrar eso que Daphne no podía valorar como lo valoraba yo. Y eso pesaba más en mi pecho que todo el amor sentido. Además, lo más probable era que aquello no volviera a pasar. No volvería a pasar porque no tenía razón para que pasara. Y, en última instancia, si pasaba, qué. No iba a salir jamás de las paredes del motel.

Sin embargo, no podía sacudir aquel malestar que impedía el disfrute de mi mañana, de regreso a mi casa, después de saborear un botín de carne inesperado. Yo, el gran jodedor, el infiel, el invicto… Y sin embargo, todavía aquella espina que no me dejaba percatarme con precisión de cuál era la hombría que se había manifestado aquel miércoles en el motel: si la de M. o la mía.

Endecando

Llegó el jueves por la noche. A Tadeo le tocaba suplirme información acerca de nuestro cliente misterioso: el Chino Pereira. Yo ya me había tomado el trabajo de informarme acerca de Paralelo Treinta y Siete con Daniel. Pero la data electrónica que me envió mi soplón particular decía más sobre Víctor Samuel Cámara, alias Sambuca, que sobre su más insigne protegido. Algo había de un caso en el Tribunal de menores y un documento confidencial (ilegalmente obtenido por el periódico) en donde Servicios Sociales registraba su nombre y edad de entonces (José Pedro Pereira, natural de San Juan, edad: catorce años) y un perfil psicológico que transparentaba más la perspectiva de los trabajadores sociales que la del susodicho. Nada, la misma historia abstracta y triste que culpa a la sociedad y a la falta de valores familiares por la disposición hacia la violencia y el crimen que mostraba el joven delincuente. Lo que sí impresionaba eran los resultados de la prueba de coeficiente mental que incluía el caso. Alto porcentaje de inteligencia. Lo otro era lo habitual. Madre adolescente. Padre desconocido. Criado por la abuela y, después, en hogares de crianza. Y desde luego, en la calle.

Tengo que admitirlo, los datos sobre el Chino Pereira (o la falta de ellos) acabaron por intrigarme. Pero después de la noche del miércoles, y del encuentro fugaz con el cuerpo de M., todo lo demás pasó a segundo plano. Daphne, mi trabajo, el cuento, el motel. Hasta había borrado por completo de la memoria que aquel sería el día (la noche, perdón) del encuentro entre Chino y Tadeo. Debí haberlo recordado, es más, debía haber estado esperando ese encuentro. De allí podría alimentar mi relato, terminarlo y darme por servido por el motel Tulán. Podría inclusive regresar a mi vida de antes. Aunque tengo que admitir que, para ese entonces, tenía menos ganas. Una puerta de aquel motel me llamaba en direcciones contrarias, no precisamente de salidas, sino de entradas.

Tadeo no sabía que yo sabía. Y yo por nada del mundo le iba a contar que mandé a pedir información de Paralelo Treinta y Siete y de los traficantes que él iba nombrando a medida que me contaba su vida para rellenar las horas muertas del motel. No quería hacerlo sentir soplón, informante ni chismoso. Tampoco me interesaba dejarle saber que yo violaba su intimidad, metiendo la cuchara de mi curiosidad en lugares que el develaba ante mí, confiando en que aquello no pasaría de ser una confidencia simple y llana entre hombres. Afinando mi cara de inocente desconocedor del bajo mundo y sus tramoyas, me dispuse a oírlo darme la información que me prepararía para el trabajo que había accedido a hacer. El trabajo de rentarle al Chino Pereira dos cabañas del Motel Tulán. A mi amigo se le trababan las palabras.

—A ver cómo me explico, varón...

Se paseaba de arriba para abajo, intentando pescar el modo más limpio de explicar en lo que nos estaba metiendo. Al fin, dio con el hilo y comenzó a contar.

—Estaba a punto de mudarme del barrio. Había conseguido un apartamentito en la parte trasera de una casa de urbanización, aquí mismito, cerca del motel.

Supe que había llegado el momento de enterarme de la historia del traficante, el Chino Pereira.

Tadeo hizo una pausa, mirándome de reojo para evaluar cómo había tomado la noticia. Por toda respuesta, halé la silla más cercana, encendí un cigarrillo y me senté a escuchar. Esperaba que el cuento de Tadeo fuera largo.

—El Chino es la mano derecha de Víctor Samuel Cámara, alias Sambuca, el contrabandista de drogas más antiguo de Paralelo Treinta y Siete. Hará cosa de ocho meses, Chino Pereira se me acercó. Usted ve, socio, es que la señora que me rentaba el cuarto pedía trescientos dólares, agua y luz incluida. Yo tenía el dinero para la mensualidad, pero no para el depósito. Eso mismo le comentaba a Charlie, el del colmado allá en el barrio, buscando a ver si me ponía un trabajito que me diera para empatar la pelea. Entonces, el Chino entró al local. A la verdad que ese varón impresiona. Me acuerdo que tenía puestos unos zapatos de charol que, de brillosos, había que ponerse gafas para mirar al piso. Reloj carísimo, beeper, celular... y el Chino entró al colmadito caminando como si nada, como si desde la cuna, estuviera acostumbrado a toda esa prosperidad. Pero en Paralelo se sabía que aquello era reciente, desde que el Chino salió de cumplir nueve meses en la penitenciaría estatal y, desde adentro, consiguió hacerle negocios importantes a Sambuca.

El individuo pidió un six-pack de cervezas frías y me miró serio. Pero yo no me preocupé, no. Todo Paralelo sabe que el Chino Pereira no le sonríe ni al ángel guardián de la madre que lo vuelva a parir. Yo me despedí y me salí para la acera, no fuera a ser que estuviera interrumpiendo algún asunto de negocios. Lo que fuera, yo no lo quería oír. Pero parece que no era nada. El Chino es un tipo buena gente, aunque engaña con esa cara de entierro con la que siempre anda. Parece que oyó el rabo de la conversación mía con Charlie, porque cuando salió me ofreció prestarme los trescientos pesos del depósito.

—Yo sé lo que es vivir apretado, con el agua al cuello. —Recuerdo que me dijo.

—Imagínese, primo, en la situación en la que me encontraba. Por un lado, necesitaba salir de Paralelo. Cada vez se metían más los guardias y cualquier día me iba a encontrar de nuevo con las manos amarradas a la espalda, de camino a Santo Domingo en un avión de Inmigración. Por otro, era el Chino Pereira el que me ofrecía hacerme el favor. Si se lo negaba, podía meterme en problemas. Y si se lo aceptaba, también. Yo sabía que de alguna manera me iba a cobrar la gracia. Aquí todo se paga.

Así que medí opciones y acepté el préstamo. Gracias al Chino, en una semana andaba yo con casa nueva, haciendo buen dinero y enviándole su alguito de vez en cuando a la vieja, a Ana Rosa y las sobrinas. Ahora había que comprarles materiales de la escuela a las nenas, uniformes, más tratar de reunir para los materiales de construcción que hacían falta para terminar la casita. Ana Rosa tenía planes de venirse para acá, y dejarle las nenas a la vieja para que terminara de criárselas en lo que ella reunía para comprarse su tierrita. También tenía que ayudarla con lo del pasaje, porque en yola ella no se iba a venir para acá. Jamás de los jamases, mientras estuviera yo vivo...

Pero pasó lo que me temía. Desde hace un tiempo, el Chino me empezó a cobrar el favor que le debía. Primero, fue de muchacho de entregas, ¿se acuerda, compadre? Así nos vimos en el periódico aquel donde usted trabajaba. Ahora, me cobra el favor de otra manera. La cosa es sencilla. Dos cabañas ejecutivas y la boca cerrada. Paga la tarifa de tres noches, aunque las ocupe por una. Y el dineral que se le va en licores, refrescos, pollos y papas... Ya lo ha hecho una vez antes, y me promete que esta va a ser la última.

A mí me echa un regalito por mantener la boca cerrada. Quinientos dólares, mi hermano, contantes y sonantes. La primera vez que me vi ese fajo de billetes entre las manos, por poco me pongo a hablar en lenguas como la vez del culto pentecostal.

¿Cuento o no cuento con usted? Lo único que hay que hacer es mantener la boca cerrada. Yo asumo toda la responsabilidad. Y le prometo que también le caerá su agüita, si se anima...

La verdad, fue decepcionante lo poco que sabía Tadeo del Chino Pereira. Ver a mi socio allí, con cara de expectativa, me auguraba que no estaría muy receptivo a un interrogatorio más profundo. Algo que revelara detalles de la historia personal del traficante; quién fue su madre, su padre; por qué, con tanta inteligencia, había caído en el mundo del tráfico de drogas. Bueno, esta última pregunta se contestaba a sí misma. ¿Qué otra oportunidad de avance y reto le ofrece una isla como esta a un chamaquito pobre e inteligente? Pero dichas disquisiciones no venían al caso. El Chino Pereira era traficante poderoso. Cuanto menos supiéramos de él, más a salvo estábamos. Trabajar para él por unas cuantas noches pondría en balance positivo nuestros bolsillos. Esa era la información que contaba para Tadeo y ya me la había proporcionado. Lo único que faltaba era una respuesta definitiva, afirmativa, seducida por el amor al dinero.

Nunca me imaginé que Tadeo estuviera tan desesperado. O, tal vez, era otra cosa. Tal vez, Tadeo pensaba que yo era un tipo lo suficientemente tonto (léase, alejado del ambiente de la calle) como para pensar que había un ápice de verdad en sus garantías de seguridad. Me aseguraba que no había ningún peligro en nuestra hazaña. Yo sabía que sí lo había, que si se descubría la conexión entre el Chino Pereira y nosotros, empleados del motel Tulán, nuestras cabezas rodarían primero, cuesta abajo y en salida del motel hasta la cárcel. Inclusive, podríamos causar la confiscación del motel a sus legítimos dueños. Pero aquella noche, esas consideraciones pesaron menos sobre mí que el sereno sobre las capotas de los carros aparcados. Pesaron tanto como cuando yo también me arrimé a alimentar mis «conexiones con el bajo mundo» en el periódico, empujado por la frustración y por el coraje que (ahora comprendo) le fui tomando a mi trabajo. Pesaron tanto como mis dos años con Daphne ante la carne profunda de M. Quizás por primera vez en mi vida, mi futuro me importaba menos que mi presente. Estaba libre de él. Eso sí, no dudé en aceptar los peligros a los que me convidaba Tadeo. Lo dejé pensar que yo era el Temerario. Además, poco podía hacer. Para acabar de completar, ya se oía el carro del Chino ronronear rumbo a las oficinas del Tulán.

Del Mercedes gris, se bajaron cuatro tipos cargando con dos neveritas azules con tapa blanca que pesaban más que una convención de muertos, a juzgar por la forma en que tres de los tipos se partían la cintura intentando subirlas por las escaleras. El Mercedes se fue con su chofer para ser reemplazado por un Cutlass Supreme verde oliva, del cual se bajaron otros cuatro individuos cargando con unos bultos de cuero fino, los cuales desaparecieron, junto con otra neverita, por la puerta de las cabañas ejecutivas que Tadeo había separado para el evento. Ese carro también se perdió por la cuesta de salidas. Como a los veinte minutos, otra vez en el Mercedes y acompañado de un hombrote que parecía ex miembro de la fuerza de choque, hizo su aparición el Chino Pereira.

Tadeo estaba nervioso. No había nada fuera de lo habitual que lo delatara, excepto un brillo excesivo en los ojos y un retorcerse de manos cada vez que se paraba frente a la puerta de la oficina a velar los trajines de los recién llegados. Tampoco sonreía mucho esa noche, lo cual en Tadeo Chamdeleau era algo que notar.

Las habitaciones 10 y 11, las mejores cabañas ejecutivas que ofrece el motel Tulán a sus clientes en busca de amor de alta esfera, fueron las que escogió Tadeo para el Chino Pereira. Contaban con aires acondicionados nuevos, alfombras recién cambiadas, *jacuzzis* con sistema de presión a chorros hábilmente posicionados en el piso y en los espaldares de la bañera, televisión de pantalla grande y sistema de música estéreo. Cuando el Chino llegó, Tadeo insistió en que lo acompañáramos ambos, escaleras arriba, para ver si aprobaba la selección. O *quizás* quiso que yo subiese, para darse valor.

—No era para tanto, Tadeo. Para lo que venimos nosotros a hacer aquí... —le dijo el traficante, con su cara inexpresiva. Pero Tadeo me jura que, por unos breves instantes, le pareció ver dibujada en la cara del Chino la tenue y borrosa huella de una sonrisa.

—Las cabañas de al lado están desocupadas y así se quedarán hasta que terminen —les aseguró Tadeo a los empleados del Chino—. Y ahora, si no se les ofrece nada...

—Tráete tres botellas de ron y un galón de Coca-Cola. Y vasos, muchos vasos, que esto va para largo —dijo el Chino—. A nosotros nos sobra el hielo.

—Oye, mi hermano, ¿por aquí no hay más ceniceros? No veo más que uno —preguntó un chamaquito enclenque y pecoso que cargaba un bigotito ralo encima de la boca y llevaba una camisa tan ancha que, con ella, lo podían arropar veinte veces y todavía sobraba tela para cortar.

—Tráele otros ceniceros al Bimbi antes de que me lo coma vivo por dejar sus colillas apestosas por ahí.

—Chico, bróder, deja de fumar. Tú no ves que eso da cáncer —dijo otro de los muchachos, un mulato gordísimo que no cabía en su propio cuerpo.

—Hermano, la vida mata. Mientras tanto, hay que sabérsela disfrutar.

—Pues, entonces, fúmatela hasta el cabo y no jodas más.

—Ven acá, papá. Fúmate este —respondió Bimbi, agarrándose entre las piernas—. Tú sabes que aquí yo tengo el tabaco que a ti te gusta.

—Bimbi, Pezuña, dejen el relajo ya —ordenó el Chino con su voz pausada y cabal. Eso fue suficiente para imponer silencio—. Ayuden a Michael a mover esa mesa debajo de la lámpara.

Tadeo salió de las cabañas hasta a la despensa para buscar las botellas de ron y la Coca-Cola. Acomodó todo en una bandeja que después no podía cargar él solo. Volví a acompañarlo hasta la 10 y la 11, cargando unos vasos, una hielera vacía y el galón de refresco. El hombrote gigantesco abrió la puerta y fue como si abriera una dimensión desconocida para mí.

Debajo de la lámpara, había una mesa larga desplegable con tres pesas portátiles de las que venden en los centros nutricionistas para medir alimentos. El aire corría denso de aromas. Olía a humo de cigarrillos, a humedad de motel, a la fragancia agridulce de yerbas recién cortadas que se mete por la nariz para enredarse en la parte más profunda del paladar. Era el olor de la marihuana en grandes bolsas transparentes recubiertas con vaselina. Encima de las yerbas, reposaban rodajas de piña y de naranjas agrias «para que las perfumaran y les dieran sabor a fruta». Era la receta ganadora que hacía tan popular el material del Chino Pereira. Sentados encima de la cama y de dos sillas, cuatro muchachos se dedicaban a desenmoñar el pasto, para luego pesar y rellenar pacientemente unas bolsitas. Al final de la línea de ensamblaje, el Bimbi se dedicaba a ponerles el sellito que identificaba el material del Chino, un punto azul color mar.

—Tú ves, chico. Después me critican porque fumo —se quejaba el Bimbi, mientras Tadeo y yo entrábamos en el cuarto con las botellas y los vasos—. Este sabor a pega se me va a quedar en la boca por semanas. Si después beso a una gata, se me va a quejar. ¿A quién le gusta que la boca le sepa a sobre?

—Bimbi, a la verdad que tú eres bien bruto. Esos sellitos vienen *ready* ya. No hay que pasarles la lengua.

—¿Ah, no?

—Mano, con razón te botaron de la escuela en séptimo grado.

—Cabrón, Pezuña, tú me dijiste que había que lamberlos.

En otra esquina del cuarto, estaban dos tipos más rebuscando en las neveritas. Estaban llenas de hielo y de unas cuantas botellas de cerveza «para el tape». Debajo del hielo, una tapa de plástico blanco escondía su verdadero contenido. Con unas cuchillitas, los muchachos abrían el fondo falso y sacaban unas bolsas de arroz. De entre los granos, rescataban varias rocas polvorientas blancas. Luego, de los bolsos de cuero, surgieron unas cajas de bicarbonato de sodio, de esas comunes y corrientes que venden en los supermercados para hornear bizcochos. Era lo que, esta vez, iban a usar para el corte.

Desde una butaca retachada con el logo del motel, el Chino vigilaba su operativo, mientras cambiaba con el control remoto los canales de la televisión. Impecablemente recortado, con su piel color canela oscura y sus ojos grandes y serenos como dos almendras, miraba lo que pasaba en el cuarto casi al descuido. No debía tener más años que yo y, sin embargo, parecía un tipo que estaba de regreso de darle la vuelta al mundo. Su semblante lo decía a viva voz: «Yo lo he visto todo y lo he probado todo y lo que no he probado, he hecho que otros lo prueben para que después me cuenten. No hay truco ni trampa que me atrape». Cuando me vio entrar, frunció el seño un segundo y miró para los lados, esperando a que alguien le informara qué hacía allí aquel tipo de espejuelos y pelo desaliñado que estaba siendo testigo de más de lo que le convenía. Tadeo se adelantó a las ambigüedades, intentando aclarar.

—No hay maña, Chino, este es el amigo de quien le hablé. Ciento por ciento de confianza.

El Chino permaneció callado, observándome atentamente. Parecía no creer ni una palabra de lo que Tadeo había dicho. Había que reforzar la presentación para aliviar el aire a sospecha que empezaba a apoderarse de la cabaña. Alargué mi mano hasta recoger una de las bolsitas que estaba sobre la mesa de endecado. Miré el punto azul y sonreí.

—Por un tiempo, fui cliente muy asiduo —añadí con mi mejor cara de trabajador de servicio.

—¿Muy qué? —oí que preguntaban a mis espaldas.

—Es que antes trabajaba para el periódico *La Noticia* y, a veces, cuando la noche se ponía pesada... —continué, mostrándole la bolsita que columpiaba entre mis dedos.

—Tadeo, ¿yo no te mandé una vez a hacer una entrega a *La Noticia*?

—Sí, de ahí es que nos conocemos.

—¿Y por qué ya no trabajas de periodista?

—Cortes de presupuesto. Nunca fui periodista. Trabajaba en Redacción, corrigiendo pruebas.

—Redacción. Allí yo tengo un amigo.

—Matías Lomerado. Era mi jefe.

—De vez en cuando, me lo encuentro por ahí. Quién sabe si un día de estos hablo con él para que te devuelva el puesto.

—Tuvo que renunciar. Lo agarró el vicio.

—Pues era un pendejo —dijo el Chino, casi atropellando mis últimas palabras—. El vicio no agarra a nadie. Es la mente la que se le va detrás a la droga. El que controla su mente, controla a la droga. Así de simple es la cosa, varón.

Supe que el Chino Pereira terminó conmigo cuando volvió a ocuparse de cambiar los canales del televisor con el control remoto. Me quedé perplejo. Parecía que había pasado la prueba. Pero, por más que revisaba la conversación en mi cabeza, no pude detectar cómo, durante aquel breve intercambio, el Chino constató que yo era de confianza. Empecé a sentir miedo y a hacerle pequeñas señas a Tadeo para que nos fuéramos de allí. Tadeo me entendió y, con el paso calmado de quien mide cada movimiento, nos fuimos escaleras abajo, otra vez hacia la oficina. Una vez abajo, sentí unas ganas inmensas de fumar. Prendí un cigarrillo y aspiré el humo y el sereno de la noche. Tadeo salió a acompañarme a la esquina donde yo intentaba rescatar un poco de paz.

—Yo espero no tener que subir allá arriba en todo lo que queda de noche. A mí esa gente me pone nervioso... —me dijo Tadeo, acercándose.

—Y entonces, Tadeo, ¿por qué te involucras con ellos?

—Porque no me queda otra, titán. Y usted, ¿por qué me siguió en este emborujo?

—¿Tú no me habías dicho que todo estaba arreglado? ¿Que tú habías hablado con el Chino?

—Lo que pasa es que no esperaba encontrarse con un tipo como tú.

—¿Y qué de raro tengo yo? —le contesté a Tadeo, desafiándolo con la mirada.

Tadeo me miró serio, pero, después, dejó que su cara dibujara una sonrisa bonachona. Se tomó su tiempo para sacar un cigarrillo de su cajetilla, encenderlo y contemplar la noche, mientras dejaba escapar el humo por la nariz.

—Hermano —me dijo al fin, en su tono de voz amigable y espeso, como si fuera un jarabe—. ¿Usted no se ha visto últimamente en un espejo? ¿Miró bien al Chino, vio la gente que estaba allá arriba, me ha tasado bien a mí? Deme un buen recorte y póngame un Rolex en la muñeca o deje sin afeitar al Chino y quítele los trapos de marca, y ¿qué encuentra? A dos seres de la misma calaña. Uno bueno y otro malo, uno con suerte y otro sin ella. Vaya uno a saber cuál. Pero a usted a leguas se le nota la diferencia. Es más, a veces hasta yo me pregunto por qué aceptó venir a trabajar a este motel.

Yo me quedé callado, preguntándome lo mismo. En aquellos momentos, la teoría de acceso a una vida distinta a la acostumbrada, aquella aventura por los predios marginados y escondidos que alimentaban la extraña manía que despertó el motel, perdió su peso.

Era cierto lo que decía Tadeo. ¿Qué hacía yo metido en el Tulán, trabajando entre gente y en un lugar que, a leguas, se veía que no era el mío? ¿Cuál era, entonces, mi lugar? Nunca fue el periódico, trabajo que siempre supe temporero. Nunca quise ser el defensor de la verdad ni el investigador en busca de las pistas que esclarecen las tramoyas de artistas y políticos. Siempre viví enamorado de la mentira, del poder revelador que ella encierra al disfrazarse de verdad. El periódico jamás daba tiempo para dar con ese poder. La escritura, automática, limpia, sin sentimiento ni preguntas verdaderas, funcionaba en aras de la información. La información era Dios o, mejor dicho, un dios menor, malévolo y fugaz, que fácilmente podía ser reemplazado por otro. Siempre existe otro escándalo, siempre ocurre otro hecho siniestro que denunciar para dar la impresión de que cada letra escrita se apoya en el baluarte de la moral. Y esa moral, fácil, es en la que ya nadie cree ni practica, pero que todos declaran defender, por aquello de mantener la ilusión de que existe una. La moral cívica, la moral común, la moral del pueblo. Todos la traicionan a diario, en la calle, en las oficinas, en el periódico.

No, el periódico nunca fue mi lugar. Pero tal parece que mi lugar tampoco estaba en la calle. Allí, un tipo como yo, con las manos demasiado limpias de callos y de sangre, demasiado sucias de tinta y de papel, levantaba resquemores. No soy ni el bruto ni el frío; ni el valiente, ni el cobarde. El riesgo me sale mal. La violencia no me sale. La traición me sale a medias. No gano nada con traicionar ni con confabular. Solo sé mentir, apoyándome en trazos de cosas que veo, que presiento, que me invento. ¿Cuál es, entonces, el lugar de un mentiroso, de un escritor?

A mis espaldas, sentí que unos pasos se acercaban a donde Tadeo y yo nos refugiábamos en la noche para no vernos los rostros plagados de preguntas sin contestación. Era Bimbi, uno de los ayudantes, que salía a coger aire. Caminó con el gesto nervioso que parece que siempre lo acompaña. Nos saludó con la barbilla y se sentó con nosotros a fumar.

—Chacho, tenía que salir de allí, aunque fuera un ratito. Chino es buena gente pero es muy serio. No deja que uno le conteste las bromas a los muchachos, al Pezuña, que se pasa la noche pegándome vellones. Me tiene cogido de punto, como soy novato. Si no fuera tan gordo, le caía arriba dándole puños hasta que rebajara como veinte libras. Pero, ¿para qué? Te puedes romper la espalda dándole con un bate por el centro del pecho y ese cabrón ni se entera. Con la bola de grasa que le sirve de colchón...

Nosotros fingimos prestarle atención, pero nos envolvía un silencio que al fin actuó como una especie de aspirina para aliviar la tensión de lo que pasaba en aquellas dos cabañas, en la garganta mía y en la voz espesa de Tadeo. El Bimbi ni se dio por aludido. Nada existía para él más que su frustración. Flaco, nervioso, botaba las bocanadas de humo como si le estuviera escupiendo a la noche un aire incómodo que le atosigaba el pecho. No lo dejaba simplemente salir.

—Oye, mano —dijo esta vez, dirigiéndose a mí— ¿y qué hace una chica como tú en un lugar como este?

Otro dedo hurgando esa llaga... Respiré profundo, para calmarme y le contesté al Bimbi:

—Por mi madre santa que no lo sé.

—No te apures, mano. Yo tampoco sé qué hago aquí. Pero así es la vida, como una novia recién estrenada. Uno va para donde ella diga.

Macho Alfa

Al otro día, la banda del Chino Pereira todavía estaba en el motel. No habían terminado la faena. El cargamento era grande y la demanda, siempre hambrienta y creciente, se quería desbordar más allá de los límites del barrio. Eran planes puestos en marcha. Nos enteró Bimbi, arrebatadísimo, la noche anterior. El Chino abría sucursales, expandiendo el territorio de Sambuca hasta el residencial colindante que, hasta ese entonces, se alzaba como tierra de nadie y botín de guerra entre dos pandillas que se debatían la distribución desde que su mandamás cayó en la cárcel. El derrotado traficante confío su herencia a un sucesor de grandes debilidades; la mayor, los carros lujosos y las bolsas de cocaína. Pero cuando estuvo en la cárcel, Chino hizo el negocio ganador que le acrecentaría fama y fortuna a Sambuca. Él iba a administrar el punto a nombre de un nuevo consorcio entre el caído y el retirado. Ahora, el Chino Pereira no sería tan solo el protegido más poderoso de Paralelo Treinta y Siete. Su poder se derramaría por todo el litoral urbano, hasta dar con los mangles de la laguna a orillas del residencial público.

Eso era lo que lo tenía tomando precauciones mayores y acuartelado en nuestro motel. Aún no terminaba de pautar acuerdos con los policías que vigilaban el residencial, ocupado desde hacía seis años por las fuerzas estatales y municipales. Un día determinado, el cielo del residencial amaneció crucificado por helicópteros de la fuerza de choque con francotiradores a bordo. *Jeeps* verdes de la milicia se aparcaron en las entradas y salidas del residencial público Los Lirios. De ellos, se bajaron decenas de soldados en indumentaria de combate, incluidos casco, M-16 y metralletas al hombro. Piso por piso, invadieron el residencial. Piso por piso, barrieron con la «escoria», es decir, con los dependientes de seguridad social y de programas de residencia subsidiada por el Gobierno a quienes jamás se les pegaron las buenas maneras de la clase media. El bajo mundo que abría sus fauces a la orilla de la frágil legalidad de los caseríos recibió un tapaboca bien organizado, con publicistas y todo. La televisión, la prensa entera cubrió el evento. El problema es que, como resultado de toda la operación, no cayó más que un capote: Miguel Hurtado, alias Cano Capota, con el cual el Chino compartió en la cárcel de Oso Blanco. Los Lirios, al igual que Paralelo Treinta y Siete, probó ser otra hidra de mil cabezas. Cayó la de Cano Capota, para, en seguida, ser suplantada por una testa aún más monstruosa.

En lo que cuajaba la privatización de Los Lirios, el municipio determinó mantener la ocupación en carne viva, destinando policías a las entradas y salidas del residencial y haciendo construir una caseta de guardia que controlaba el acceso tanto de residentes como de visitantes. En los techos de cada edificio de cuatro pisos, se colocaron cámaras de vigilancia por vídeo, grandes reflectores que le daban un aire de vida en pausa al residencial, un aire de cárcel al aire libre.

Gracias a Dios que muchos de los policías vigilantes eran del sector, es decir, que se habían criado por los barrios de Paralelo y Los Lirios. Traficantes y policías crecieron compartiendo sesiones de bateo con chapitas de Coca-Cola, novias, tías y madrinas de bautizo. Luego, el tiempo transcurrido los colocó en distintos lados de una ley elástica y que para nada pesaba más que la sangre y las caras conocidas. El policía de la caseta, primo hermano de Pezuña y amigo de la infancia de Pereira, accedió a hablar de negocios con los nuevos administradores del residencial. En compañía de diez policías más, acordaron qué porciento quincenal les tocaría por hacerse de la vista larga. Solo pusieron una condición: que el material no se guardara y endecara en Los Lirios. Ellos no aseguraban nada a la hora de que ocurriera un operativo de emergencia en busca de grandes cargamentos de droga.

No había otra. El Chino tenía que buscar un lugar seguro para procesar los cargamentos de droga extra para cubrir la nueva ruta de distribución. En su casa, no iba a meter a aquella caterva de principiantes que trabajaban para el Cano Capota, muchachones de esquina, desertores escolares en su mayoría. Entre todos, no llegaban a los veinticinco años. Para colmo, una fracción de la pandilla del Cano Capota se amotinó contra el sucesor, que amaneció acribillado en una carretera rural, a las afueras de la zona metropolitana. Y todavía seguían buscando bulla. Hasta que las fuerzas se consolidaran a su favor, el Chino tenía que mantener la operación a bajo relieve. No se podía concertar nada desde Paralelo, no fuera que allá dieran con él los renegados con la cabeza llena de coca y los dedos picándoles al contacto del hierro y de la pólvora.

Bimbi era de Los Lirios y, por eso, sabía todo el cuento. Se pasó al bando del Chino Pereira porque el traficante buscaba ocupar a gente usual en vez de meter nuevas caras en el punto. Había, entonces, posibilidad de ascenso. Además, estaba el detallito de la protección. Sambuca era sanguinario conocido. Su arsenal se había convertido en leyenda de barrio. El Chino Pereira contaba con ese arsenal, más con una inmensa red de adeudados, gente a las que tanto Sambuca como él le había prestado dinero para negocios, fianzas, costear enfermedades repentinas, regalos del Día de las Madres, fiestas de quinceañeros y grabaciones de conciertos de rap. Esa gente era los ojos prestados del Chino, los que le vigilaban las espaldas y los que prestaban establecimientos como el motel Tulán cuando grandes operativos se divisaban en la costa.

Tadeo y yo tuvimos que seguirla de corrido. No nos costó mucho trabajo convencer al del turno matutino a que cambiara con nosotros. Parece que el tipo le debía favores a Tadeo. En esta isla, esa es la moneda de más trasiego, el favor debido, el acumulado. Muchos negocios se mueven gracias a esa divisa. Y el motel no era la excepción.

Me escapé un rato a casa rayando el amanecer. Logré amansar un corto sueño en donde me presenté a mí mismo, desdoblado. Es decir, que en mi sueño, me miraba ser Julián, es decir, yo, pero convertido en otro, sentado en la sala de la casa, con el televisor prendido y hojeando un periódico donde aparecían las noticias del día. Por más que traté, no pude leer por encima de mi hombro las palabras del periódico. Las letras se me hacían ajenas en el sueño. Allí estaban los párrafos, las oraciones y las palabras, pero yo no las podía leer. Componían un código secreto al cual no tenía acceso. Julián (es decir, yo) leía las noticias y anotaba algo en su libreta de apuntes. Entonces, de la puerta del baño del apartamento, salió M. envuelta en una toalla. Tenía la espalda mojada. Brillaba con la luz que entraba por la ventana; era de día.

M. se sentó junto a Julián y yo, es decir, Julián, se quedó embelesado mirándola, ajeno ya a lo que tan reconcentradamente leía unos minutos antes. Una cartera de mujer yacía sobre la mesa, debajo de otras páginas de periódicos.

De ella, M. sacó una polvera portátil y un lápiz de labios. Dejó que la toalla se le resbalara, enseñando el nacimiento de un pezón. Julián no podía parar de mirarla, mientras ella se maquillaba con cuidado. Parecía estarse preparando para salir a la calle.

De repente, M. tomó la libreta de Julián. Con su lápiz de labios empezó a escribir unas palabras, mientras lo miraba seductoramente. No tenía los ojos puestos en el papel y, sin embargo, escribía con una fluidez deslumbrante, mientras le sostenía la mirada a Julián, como si estuvieran manteniendo una conversación telepática. Ambos se rieron a la vez. El mensaje había llegado a su destinatario. Pero yo, es decir, el otro Julián que se miraba reír desde lejos, jamás supe cuál era el mensaje. Julián besó a M. largamente en los labios y empezó a acariciarle el pezón desnudo. Absolutamente en control de su cuerpo, M. seguía escribiendo con la mano que el cuerpo de Julián dejaba libre, sin mirar lo que hacía. Después, soltó el lápiz de labios, que se cayó de sus manos lentamente, como si estuviera hecho de viento.

Me levanté del sueño sobresaltado. Ni pude pensar en su posible desciframiento, porque ya tenía que salir corriendo para el motel. El carro prendió de un tirón y, aún con los pelos húmedos de una corta ducha y atragantándome el último bocado del desayuno, me encaminé a todo tren hacia la carretera 52.

Tadeo ya me estaba esperando, para que cuidara la oficina en lo que él iba a la panadería por los sándwiches que los de la ejecutiva habían ordenado por teléfono.

—Tengo el cuerpo molido. Me tuve que quedar durmiendo en el cuartito de emergencia. Ese Chino me va a quedar debiendo, después de la noche que pasé ahí encerrado.

Yo me quedé hojeando mis apuntes y esperando. En eso, un Mercedes rojo se aproximó por la cuesta de llegadas. Era el mismo carro en que había llegado el secuaz del Chino a encontrarse con los del sindicato en el motel. Tadeo tenía razón. Aquel tipo sí trabajaba para el traficante.

Del Mercedes bajaron más neveritas a las cabañas ejecutivas. Después, conductor y carro desaparecieron rumbo a la ciudad. En eso, Tadeo llegó con los desayunos y nos encaminamos ambos hacia los cuarteles provisionales del Chino Pereira.

—Llegaron los *munchies*, caballeros, hora de llenarse el buche... —anunció el Bimbi cuando nos vio entrar. Por toda respuesta, yo sonreí y empecé a llamar a los comensales por orden de compra. Dos de jamón queso y huevo, tres de mortadela, uno de queso derretido, tostadas con mayonesa.

—¿Tostadas con mayonesa? —preguntó el guardaespaldas del Chino.

—Ese debe de ser para Bimbi, que es un maniático —respondió uno de los muchachos—. Ni después de arrebatarse le dan ganas de comer. Entre eso y los cigarrillos, se va a desaparecer. Mira lo flaco que está.

—Mano, es que no me gusta la mantequilla. Me saca barros.

—¿Y la mayonesa no?

—La mayonesa es buena para la piel. Te la lubrica.

—¿Y quién te dio ese consejito de belleza, tu maquilladora particular?

—No, la hermana tuya, cuando le estaba dando por detrás.

—¿Ah, sí, conque mayonesa? Le voy a pasar el consejo a tu madre, cuando la vaya a ver esta noche.

—Con la madre mía no te metas.

—Chino, hoy salgo temprano, que tengo que parar en el supermercado a comprar un pote de Hellman's.

—Ya está bueno —respondió una voz, desde las profundidades del cuarto.

Era el Chino Pereira, sentado en su butaca habitual, enrolando un tabaco con yerba. Sus manos de dedos largos y nervudos parecían las de un pianista de conciertos. Uñas de ave de rapiña, de esas que le siguen la curvatura al dedo, desenredaban el pasto oloroso para, después, acomodarlo entre una hoja de tabaco cuyos bordes había humedecido con saliva. Mirando al Chino reconcentrado en su faena, comencé a pensar a qué sabría la saliva de ese hombre poderoso, impresionante por su compostura y su paz, por el aplomo con que permitía que se formara un relajo en torno suyo sin que lo tocara apenas, sin participar tan solo para pautar los límites que dejaban paso al silencio que siempre lo envolvía, como una armadura.

El Chino levantó los ojos de la mesita de noche donde enrolaba para mirarme. Yo le sostuve la mirada, un poco sorprendido por la intensidad y tratando de ocultar los pensamientos que rondaban por mi cabeza. ¿Qué hacía yo pensando en los dedos del Chino Pereira? ¿Qué fascinación era capaz de despertar ese hombre con tan solo mostrarse sumido en el espectáculo de vivir?

—¿No hay desayuno para mí? —preguntó.

—Aquí sobró un café, Chino —contestó uno de los muchachos, mientras le extendía un vaso de *styrofoam* con tapa por la cual salía un humito de vapor—. Ya tiene azúcar.

—Con esto tengo —respondió, iluminando su esquina con un encendedor que llevó hasta la punta de su tabaco. El rincón se perfumó del olor denso y pausado de la marihuana. El pasto olía bien, fresco. Hacía tiempo que no fumaba y se me estaba haciendo la boca agua. El Chino me pasó el tabaco. «Me lo adivinó en el semblante», pensé, pero respondí:

—Una jaladita nada más. Tengo que volver a la oficina.

—Tadeo, ¿me presta usted a su asistente por un rato?

—Después de que me lo devuelva de una pieza... —dijo Tadeo, cerrando la puerta de la habitación.

El Chino se acomodó en su butaca, echando la cabeza para atrás y dejando que el humo le hiciera cosquillas en la garganta. Luego, exhaló calmadamente el contenido de sus pulmones y se dispuso a sacarle la tapa a su café, para írselo tomando de a sorbos cortos. Yo fumé, primero, con un poco de nervios; después, la María comenzó a hacer sus efectos. Una corriente suave de electricidad me cruzaba la piel de banda a banda. Mi cara sonreía pasivamente y los ojos, los malditos ojos, fueron a posarse de nuevo en el semblante del Chino Pereira.

Yo nunca he sido un hombre acomplejado ante la belleza de otro hombre. Me imagino que eso cuenta como cualidad liberada. Es difícil admitir que otro hombre toca, sacude o erotiza, sobre todo cuando se vive, como yo, entre una manada de machos preocupados por ocultar esa corriente misteriosa que hace admirar la fuerza del otro. El terrible miedo a ser mujer, es decir, a ser un ente vulnerable, delicado y abierto a la dureza del otro, provoca toda la parafernalia de chistes y de violencia que constantemente intentan doblegar al hombre próximo hasta volverlo piedra débil donde instalar la tan asediada virilidad. Mientras miraba al Chino sorber su café con sus labios carnosos, su cara ancha de mandíbulas firmes, pero de una extraña delicadeza, no podía espantar de la cabeza esa sensación de que estaba en presencia de un hombre bello. Su piel color paja tostada y sus ojos negrísimos, de párpados achinados, su pelo y sus manos impecables, la anchura de sus hombros, la angostura de su cintura y sus muslos amplios y duros transparentándose bajo el pantalón de hilo. Olía a yerba y a cierto perfume de almizcle. Una cadenita de oro se enredaba entre los vellos lacios de su pecho fuerte. Empecé a temer de mis ojos y de mis pensamientos. Yo era un hombre liberado, y reconocía la belleza masculina desde lejos y con respeto. Pero este tipo me quedaba demasiado cerca. Con su mano extendiéndome el tabaco, me estaba convidando a extrañas cercanías, de esas que se comparten más allá de la reflexión.

El Chino Pereira me extendió el tabaco de marihuana con sus manos anchas y se me quedó mirando largo tiempo. Yo decidí actuar como si no fuera consciente de esa mirada. Me concentré en mi tarea fumatoria, buscando desviar mi foco de atención. Actuar distante y controlado, cerrado a aquella mirada. Sorbí los humos del enliado, dejándolos entrar hasta mi pecho con calma y admitiendo la sensualidad de las cosquillas que me invitaban a cerrar los ojos, a dejarme ir. Pero la misma delicia del acto me gritó con voz de alerta. Abrí los ojos. Allá, al otro lado del humo que poco a poco exhalaban mis pulmones, algo en la mirada de Pereira me indicaba la existencia de un peligro. Quizás fuera el brillo que le vi en los ojos, contemplándome disfrutar de las sustancias que él traía hasta mí, regodeándose en mi satisfacción pasiva. Quizás fuera la manera en que recordé el tabaco extendido entre sus dedos ofreciéndome, mediante un lenguaje sin palabras, la posibilidad de un pacto de aire y labios, de otras posibles succiones. Y aun ante mi perplejidad incómoda, sin pestañear siquiera, el Chino me seguía mirando, insistentemente, como penetrándome con sus ojos. Y, después, con su voz:

—Me recuerdas a un tipo con quien estuve en la cárcel. Le decían «Cerebro». Compartimos celda.

—¿Sigues en contacto con él?

—Uno no debe traerse recuerdos de la cárcel.

Se hizo otro largo silencio. El Chino me pasó de nuevo el cigarro y yo chupé otra vez, pero sin la tranquilidad de hace unos momentos. La conversación me aguijoneó la curiosidad. Además, aquella ventana que abría el Chino a su pasado me ofrecía una oportunidad para escapar de su mirada.

Avancé con cautela. No podía precisar si su comentario, seguido por aquel silencio, fuera un señuelo que me tendía para atraerme hacia él. Pero ese era un riesgo que me tenía que correr. Que quería correr, para ser más exactos. Aquel hombre era una piedra de misterio que yo quería descifrar. La verdad es que no sé ni por qué.

—Cerebro... Para que le dijeran así, el tipo debía ser inteligente...

—Un *brain*, mano. No había quien supiera más de libros que él.

—¿Y por qué cayó preso?

—Asesinato en primer grado. Dos perpetuas encima. Le sobraba el tiempo para leer.

—¿Y a ti?

—Lo mío era temporero. Además, los libros no se hicieron para mí.

—Y yo te recuerdo al Cerebro.

—Él tenía el pelo medio rubión, y a diferencia tuya, sin ánimos de ofender, varón, se lo mantenía bien arreglado. Pero, aun así, los dos tienen un aire parecido. Tú eres de los que piensan mucho, ¿verdad?

—¿Cómo? —respondí, sorprendido por la lectura de mi carácter.

—A ustedes hay que cuidarlos de ustedes mismos. Se obsesionan por cualquier pendejada. La cabeza es una trampa. Hay que tenerle respeto.

Nos quedamos un momento en silencio; yo, pensando en lo que el Chino me decía. Sus consejos parecían los de un viejo o, más bien, un niño viejo que había vivido mucho. Confundido, recapacité acerca de aquella extraña mirada del principio, la que me pareció puente de seducción. De seguro, había interpretado mal. De seguro, aquella mirada me estaba tasando, era un paso necesario para, entonces, poder llegar a su conclusión sobre mí. Aquellos ojos habían descubierto lo mucho que pensaba, lo mucho que, a veces, mi cabeza se me convertía en laberinto. Lo mucho que me perdía intentando encontrar la verdadera ruta que había que seguir, las muchas vueltas que daba, las incontables trampas que me ponía. Él lo había descubierto todo en un dos por tres.

O quizás no. Quizás aquella percepción y el hecho de que me pareciera tan certera eran producto del arrebato, de esa extraña complicidad que se tiende entre dos machos borrachos, abriendo su corazón en una barra, o de un corillo de fumadores en el parque, contando sus más íntimos secretos, encontrando la excusa perfecta para mostrar las heridas que les duelen. Pero siempre protegidos por el espectro de las «sustancias controladas», es decir, por los efectos de un adormecedor de la voluntad a quien echarle la culpa de la vulnerabilidad exhibida. Sí, lo más seguro, aquella cercanía, aquella corriente extraña y extrañísima conexión era por culpa de la marihuana. Pero, entonces, aquel momento también actuaba a mi favor.

El Chino Pereira se mostraba abierto y contaba con mi oreja y mi memoria de testigo. De repente, me encontré con el regalo del acceso a la maquinaria de sus pensamientos. Quería entrar.

—Cerebro me ayudó a acostumbrarme al presidio.

—Chino, es que los muertos no me dejan dormir —se quejaba—. Con los libros, les busco compañía para que me dejen tranquilo. Por lo menos, les hablo a otros muertos que no he matado yo.

El Chino se me quedó mirando. Me regaló una sonrisa. Por poco, mi cara se transforma en un ardiente tizón.

Miré el reloj por puro reflejo. Había pasado casi una hora, tiempo elástico del arrebato de la marihuana. No podía explicarme por qué la sonrisa del Chino me había quemado la cara, haciéndome sonrojar. Y eso me incomodaba. Además, tenía la boca seca y no podía abandonar a Tadeo tanto tiempo solo en la oficina. Por el bien de nuestros cuellos, no se podían levantar sospechas.

—¿Te tienes que ir? —preguntó el Chino, despertándose al detalle.

—Ya va una hora.

—Cómo pasa el tiempo.

—Ha sido un placer hablar contigo. De verdad.

—Para mí, también —respondió el Chino, extendiéndome la mano, mano ancha de dedos de pájaro y, sin embargo, terriblemente placentera...

Ya yo estaba a punto de salir de la cabaña cuando oí que el Chino me llamaba de nuevo. De dos zancadas, ya estaba al lado mío frente a la puerta. Me tomó del hombro y muy cerca empezó a hablarme en voz baja.

—¿Cuáles son tus días libres?

—Domingo y lunes.

—¿Alguna vez has ido a un toque de batás?

—He oído hablar mucho de ellos, pero nunca he ido. Me encantaría ir a uno.

—Pues, yo te invito. Después hablamos del caso —dijo el Chino.

Salí rumbo a las escaleras. Atrás, quedaban las bromas al Bimbi, el humo rico de la marihuana, las vacías tazas de café. La sonrisa del Chino ya borrándose de su boca fue lo último que vi cuando se cerró aquella puerta. El sol caía inclemente sobre el estacionamiento del motel. Tadeo miraba para arriba, contemplando un avión cruzar el cielo. Caminé hasta él.

—Coño, titán, ya me estaba empezando a preocupar. Creía que el Chino lo había raptado.

—Me invitó a fumar y se me fue el tiempo. Perdona…

—No pasa nada, pero qué bueno que regresa. Es que le tengo un notición.

—Pues, espepite.

—Nada, que mientras usted andaba allá arriba, dándole palique al traficante, recibí a un mensajero. El Chino manda a decirme que quiere hablar conmigo luego. Una propuesta jugosa por traer una carga desde Miami.

—¿Y por qué tú? ¿Él no tiene gente de sobra acostumbrada a colar cargamentos?

—Es para despistar. Como yo soy ajeno a ese ambiente… Y azótese, mi hermano, me paga treinta mil dólares, más gastos de viaje, por el trabajito. Titán, ¿me oyó bien? Treinta mil billetes más gastos por pasear por los Miamis.

—Por las vacaciones nada más no es…

—Por eso quería consultar con usted.

—Para acá ni mires. Yo no voy de mula para Miami.

—No, hermano, es para que me ayude a pensarlo. Treinta mil dólares es mucho dinero. Con eso me hago yo tremenda mansión en Baní, me naturalizo y me traigo a la vieja a vivir para acá. Darle comodidad antes de que se me muera.

—Date cuenta de lo que pones en riesgo.

—Me la doy, titán, pero, coño, el que no llora no mama y el que no arriesga no aventaja. Esto no puede ser peor que cruzar la mar en yola. En el aire no hay tiburones.

—Pero en los aeropuertos hay perros policía.

—Sí que los hay. Pero yo tengo maña.

—La vas a necesitar, Tadeo, la vas a necesitar.

Juego de cama

—¿Cuántos amantes has tenido antes que yo?

M. se ríe.

—Anda, dime, no tienes que ser sincera.

—¿No tengo?

—A veces, una mentira suena más seductora que la verdad... Dime, cuántos amantes...

—Ninguno, tú eres el primero.

—¡Lo sabía!

—¿Cómo lo adivinaste?

—Soy un hombre muy perceptivo, por eso soy escritor.

—¿De veras?

—Sí, los escritores somos hombres muy sensibles. Nos duele todo.

—Como a las mujeres.

—¿A ti te duele todo?

—A veces...

—Por eso estás aquí.

M. calla.

—No tienes que ser sincera.

—No podría serlo aunque quisiera.

—¿Tan terrible es lo que te pasa?

—No, es que ni yo misma entiendo lo que me pasa.

—Quizás yo pueda ayudarte.

—¿Ayudarme...? Tú también me quieres rescatar.

—¿Por qué no?

—Porque lo menos que necesito ahora es que me rescaten. Por tanto andar buscando quién me rescate es que me pasa lo que me pasa.

—Cuéntame qué te pasa...

—Me niego rotundamente, corazón. No voy a arruinar una noche como esta con el recuento de mis penas.

—¿Y entonces?

—Entonces, ¿qué?

—¿Qué hacemos?

—Qué sé yo, disfrutar, descansar...

—¿De tu vida?

M. sonríe con tristeza.

—Se podría decir que sí.

—M.

—Humm.

—Cuéntame cómo es tu marido.

—¿Qué? —M. se incorpora de la cama sobre un hombro.

—¿Soy más alto que él, más atento, más fuerte? No tienes que ser sincera.

—¿Quién te dijo que tengo un marido?

—Dime, ¿te dedico más tiempo en la cama? ¿Te comprendo mejor?

M. se estira hasta alcanzar la mesita tocador donde descansa una cajetilla de cigarrillos. Saca uno, lo enciende.

—No. Tú no me comprendes en lo absoluto. Él tampoco. En eso se parecen.

—Permíteme decirte que estás muy equivocada. Él no te quiere comprender y yo sí. En eso somos diferentes.

—De acuerdo, son diferentes. En eso y en otras cosas.

—¿Qué otras?

—En que él no está aquí conmigo.

—¿Por qué no lo dejas? A tu marido, ¿por qué no lo mandas a freír espárragos, si te hace sufrir?

—¿Por qué no dejas tú a tu mujer?

—¿Yo? Pero, quién te dijo…

—Es obvio, si no tuvieras mujer estaríamos en tu apartamento. Tú no te correrías el riesgo de perder el trabajo por un polvo. Y si fueras feliz con ella, no estarías conmigo aquí. ¿Ves que no eres tan diferente de mi marido? Y quién sabe si tu mujer tampoco es tan diferente de mí.

—…

—…

—A mí no me molestaría…

—¿Qué?

—Que Daphne encontrara un amante, alguien con quien explorar cosas que no puede conmigo.

—¿Y quién te dijo a ti que meterse en una cama con un desconocido es un juego de exploración? Quizás para los hombres sí, o para las muchachitas recién estrenadas; pero para las mujeres, no. Claro que te encantaría que tu mujer encontrara un amante. Así, tú te guardas tus desliles y, de paso, te sientes menos culpable. Además, te sería más fácil borrarte de la cabeza la pregunta que acabo de hacerte.

—¿Cuál?

—La de por qué no dejas a tu mujer.

—Mejor cambiamos de tema.

—Mejor…

—Si quieres me voy.

—No quiero que te vayas.

—¿Quieres dormir?

—No tengo sueño.

—No quieres dormir, no quieres hablar.

—Claro que quiero hablar, solo que de mí no.

—¿Tú ves? ¿Tú ves cómo se equivocan todos los psicólogos en decir que los hombres tenemos problemas de intimidad? Aquí estoy yo, tratando de convencer a una mujer de que puede confiar en mí...

—Y perdiendo miserablemente su tiempo, mientras podrías estar haciendo otras cosas con esa boca tan sabrosa.

—Entonces, no te puedo convencer.

—No.

—...

—...

—Decirte algo que te asegure que puedo guardar secretos, que lo que me cuentes de tu vida queda bajo llave.

—Nada.

—M., se nota que no alzo pesas; en la correa de mi pantalón no se distingue ni la leve marca de un *beeper*, de una cartuchera de teléfono celular. Y créeme, no ando por ahí pavoneando carro ni conquistas. Poco le falta a Daphne para mantenerme, si no fuera por este *part-time* en el motel. Yo le lavo, le cocino y le plancho, y el resto de mi tiempo libre me la paso tratando de escribir. Hombre, M., ¿por qué no confías en mí?

—Porque no es lo que estoy buscando. Yo no quiero estar en un motel un miércoles de madrugada enredada entre las piernas de alguien que me quiera comprender. Yo lo que quiero es un macho que me desbarate, que me brinque encima hasta dejarme vacía, muerta, limpia de mí. Silencio.

—Oye.

— Sí.

—¿Por qué no me matas tú?

M. me mira seductora.

—¿Yo?

—Sí, tú.

—No me cuadra el papel.

—Claro que te cuadra.

—No soy de ese tipo.

—Eres un tipo. Anda, amárrame así, con la sábana.

—Pero ¿qué idea tienes tú de los hombres? ¿Que todos somos unos animales?

—No hablemos de esas cosas.

M. lo besa.

—Pero, M.

—Ven, trata. No tienes que ser sincero.

—¿No tengo?

—Creo que me gustas más cuando mientes.

Era miércoles por la mañana. Me levanté del cuerpo de M. como si durante la sesión erótica de la noche anterior me hubiese transformado en un reptil que surge del fondo de una ciénaga. Aturdida y densa, mi cabeza repasaba, pedazo a pedazo, nuestra conversación de sobrecama. Ahora la transcribía, quién sabe por qué. Ni siquiera podía asegurar cuántas partes de aquella conversación fueron reales y cuántas, soñadas. Pero aun así, no me quedaba duda alguna de que la rutina de hombre sensible no funcionaba con aquella mujer. El problema era que el otro libreto, el del fornicador desalmado y distante, tampoco me sentaba bien, por más que quisiera. No con ella. Tal vez, por eso, cada encuentro contribuía a complicar más la urdimbre de un laberinto de percepciones a medias. Aquella mañana del miércoles, no pude evitar preguntarme por qué se me hacía tan difícil contentarme con lo que ya tenía de M., su furioso cuerpo escondiéndose de la noche y de los lugares seguros que la noche puede proveer. ¿Por qué quería saber más acerca de ella? ¿Por qué no podía dejar de preguntarme qué hacía M. en aquel motel? ¿Qué hacía conmigo? ¿Por qué me había escogido para acompañarla?

Quizás lo que me atraía tanto era que M. fuese una deambulante, como yo. Es decir, que no había encontrado un lugar seguro donde protegerse de las tinieblas que se chupan al día. En cuanto a mí, era hora de admitirlo. Yo no tenía hogar; lo había perdido hacía tiempo. Traté de que fuera el periódico, la relación con Daphne, la distante promesa de la escritura, pero nada. Ahora me encontraba robándole techos a este motel para cobijarme de la intemperie de allá afuera. Esperando que el motel me diera tregua. Quizás, por eso, M. se me había convertido en una pequeña celebración. Quizás eso era lo que me tenía esperando su cuerpo cada miércoles, para que me sirviera de brújula, o si no, por lo menos, para que me proveyera de un pequeño remanso de reposo y paz. Pero no. Lo menos que me provocaba el cuerpo de M. era paz. Después del hambre saciada, de aquella extraña hambre casi obligatoria que no nacía de mí, ni exactamente de ella, la vida quedaba danzando en la superficie de la piel como algo frío y viscoso. Acostarme con M. era como despertar después de una larga borrachera. Me astillaba la cabeza, me dejaba débiles las rodillas y los ojos achicados frente a la luz. Perdía aún más el sentido de dirección, precisamente lo menos que necesitaba perder en estos momentos.

Tener dentro de mí al contrario de lo que soy me resulta en esencia imprescindible: no rehúyo mi lucha ni mi indecisión, yo que soy un gran fracasado. El fracaso me da pie para existir. ¿Si fuese un vencedor? Moriría de tedio. Obtener no es mi fuerte. Me alimento de lo que queda de mí y es poco. Queda, no obstante, cierto secreto silencio.

Clarice Lispector, "Un soplo de vida"

Las dos flechas

Cuando era chiquita, mi papá me hacía cuentos de princesas. Me contaba que había una en particular, que vivía en un castillo con fuentes, cervatillos y pavos reales regodeándose por sus jardines interiores. Todos los animales, los del patio y los del bosque, la querían mucho porque ella los atendía bien, les daba comida y mimos, y les hablaba con dulzura. Después de cuidar a los animales, ella se sentaba todos los días frente al tocador a peinar su larga melena color miel.

Una tarde, un príncipe cazador llegó a las cercanías del castillo, persiguiendo no sé qué animal. Lo más probable, era un ciervo o alguna otra criatura de esas que pululan por las colinas de los cuentos de hadas, pero que una nunca ve por ninguna de las carreteras de la vida. La cuestión es que ese cazador erró el tiro y la flecha vino a parar al cuarto de la princesa. La princesa se paró de su aburrimiento, se asomó a la ventana y, a lo lejos, quizás vio la capa del príncipe cazador, escapando por la arboleda. Su corazón dio un vuelco inexplicable. Sin saber muy bien por qué, guardó la flecha aquella como si fuera un talismán.

Pero aquella flecha era mágica, decía mi padre. Se la había regalado al príncipe su ayo y, al dársela le había dicho alguna frase sabia, algo sobre el destino y aquella flecha, que debía recobrar a toda costa, pues al final de su búsqueda, encontraría su futuro como una presa ansiada que lo iba a enaltecer. A mi padre se le perdía la mirada cada vez que llegaba a este punto del cuento. Era la parte triste. A mis ocho, nueve años, yo lo intuía, no por las palabras que me contaba, sino por el gesto que escondía detrás de su voz. Quizás, por eso, le seguía pidiendo que me contara el cuento de la princesa. Me gustaba verlo triste, un poquito perdido y aferrado a mí, como si yo fuera su flecha.

Mi padre me seguía contando que el príncipe, aunque quiso desatender las palabras de su ayo, no podía olvidarse de la flecha. Por la noche, soñaba con ella; por el día, se le olvidaba el sueño, pero se levantaba con la extraña sensación de que se le había perdido algo, un detalle de mucho interés, como cuando uno ve a una persona conocida y cuando va a saludarla de repente olvida su nombre. Qué malo es eso. Se le queda a una la lengua pesada y vacía a la vez. De noche, el vacío en la cabeza del príncipe lo volvía a llenar el sueño de la flecha.

Una noche, en medio de su sueño, el príncipe soñó ver a la princesa. Ese día, se levantó con unos deseos enormes de salir a cazar. Apareció de nuevo un cervatillo. De nuevo, disparó; falló, la flecha entró por una ventana que él creyó reconocer. Pero, esta vez, en vez de perseguir la presa huida, llegó hasta las puertas del castillo a buscar la flecha. Por las escalinatas, bajó la princesa en persona a entregarle una flecha al príncipe, la primera, la que había perdido aquella remota vez. A sus pies, como un milagro, se acercó un cervatillo. Ahí mismito, el príncipe recordó todos sus sueños. Se casó con la princesa y vivieron felices para siempre.

Mi madre era la cabeza práctica de la familia. Todo en ella era el orden. Por las noches, me decía:

—Es hora, mañana tienes que levantarte temprano.

Y me tomaba de la mano para llevarme hasta mi habitación. Allí, me cambiaba de ropa, me metía en la cama, me arropaba y ya. Si yo le pedía:

—Mami, hazme un cuento...

Ella me respondía:

—Pídeselo a tu padre.

Entonces, llegaba él a darme la fantasía que yo necesitaba para poder dormir la noche entera. Pero había veces en que lograba convencer a mi mamá de que se apartara de sus papeles y su trabajo para dedicarme un poquito de tiempo. Ella no me contaba cuentos. Pero me hablaba.

No era que ella no me cuidara. Se ocupaba de mi ropa, de mi comida, de mis estudios. Me explicaba mil veces que «así no se sientan las niñas», que «ese traje es demasiado corto para ir a la iglesia», que «las mujeres se ven feas fumando; mira a abuela Maru como tiene los dientes de amarillos y la boca apestosa a tabaco, el único que la soporta es tu abuelo Ramiro». Por las noches, cuando conversábamos, ella me preguntaba qué quería ser cuando fuera mayor: aeronauta, ingeniera o abogada, como ella.

—Si eres demasiado fuerte, te lo sacan en cara y te castigan por ello —decía, suspirando. Y seguía conversando conmigo de cosas que, en aquel entonces, a mí me hacían muy feliz, porque las creía cosas de gente adulta.

«Lo único que no puede perderse es la femineidad mientras una les gana a los hombres en su propio juego, eso sí que no, porque después no encuentras marido y no puedes tener hijos».

Pero, entre sus suspiros, conversaciones y órdenes, yo fui sospechando la existencia de otro cuento, el cuento que no me contaba mi mamá. No era un cuento de hadas. Era un cuento de retazos de silencio.

Érase una vez (pensaba mi madre por debajo de las palabras que me decía) una muchacha muy rica y hermosa, una princesa, casi, que vivía en una casa de estilo español. Su padre era cirujano y su madre, una mujer que fumaba y jugaba a la canasta. La casi princesa tenía una nana que se llamaba Mami Alicia y era ella quien la cuidaba, le enseñaba a hacer comida de negros y a hablarles a los muertos. La muchacha quería salir de aquella casa y todos los días, después de la escuela, se sentaba en el tocador de su dormitorio a soñar con ver mundo. Quería nadar en mares brumosos, deambular por ciudades enormes con miles de luces de neón, oír bocinas rajando la noche y manchándole de vino sus trajes de baile, esquiar por colinas nevadas, visitar grandes universidades. Su padre le daba todo lo que ella quería, siempre y cuando sus deseos cupieran por el portón de la casa.

—Esta isla está llena de atorrantes —decía—. Afuera es peligroso para una muchacha como tú. Te prometo que el próximo verano te envío a Europa o a los Estados Unidos con tu mamá.

Ella miraba a su madre buscando apoyo. Su madre fumaba y sonreía, sin poderle sostener la mirada ni a ella, ni a su papá.

La casi princesa esperó y esperó. Un día, logró que su padre le permitiera irse a estudiar muy lejos. Mientras el chofer la llevaba al aeropuerto, ella vio playas en las que nunca había nadado, árboles cuyos nombres no conocía, gente que se le acercaban al Packard azul cielo de su papá para ofrecerle guineos o periódicos o para pasarle un trapo sucio al parabrisas.

—Atorrantes —dijo ella con la arrogancia de quien va de ida. Y cambió la vista, imaginándose lo que la esperaría del otro lado del mar.

Cuando aterrizó en el pueblo donde la enviaban a estudiar, vio costas en donde nunca había nadado, árboles cuyos nombres reconocía de los libros y gente queriendo venderle periódicos o frutas o pasarle trapos sucios al parabrisas del

116

Lincoln Continental del amigo de la familia que la fue a recoger al aeropuerto. Del susto, se escondió en su hospedaje para señoritas, de donde salía tan solo a estudiar, a tomar el té con muchachas de su altura, princesas casi todas ellas, casi anhelando salir de la prisión de cristal donde las habían metido, cuyas paredes eran tan transparentes y tan eternas que se extendían por islas y continentes, por tierra y por mar. Pero la casi princesa encontró una rendija. Una noche de primavera, se besó con un compañero de clase, y después, con otro y con otro. Ellos le hacían pensar que podía salir fuera de las paredes que la atrapaban y que, arrimada a sus potentes brazos, los atorrantes de «afuera» no podrían ensuciarla. Pero, después, por alguna extraña razón, las bocas de los muchachos que besaba le sabían al aliento a tabaco de los cigarrillos negros de su mamá. Besó y besó, hasta encontrar unos labios que le supieran a aliento fresco, a labio dulce y solícito, el que parecía menos capaz de convertirla en ese humo seco saliendo por la boca de su madre. Con ese se casó y regresó a la Isla.

Nunca supe cómo terminaba el cuento de mi madre. Cuando me hice adolescente, perdí interés por las palabras que escondía detrás de sus órdenes y de sus silencios. Sus consejos me parecían aún más aburridos. No quise cumplir ninguno; es más, la desobedecía nada más por llevarle la contraria, como hacen mis hijas ahora, como debe ser. No sé qué pasó, pero mi madre desapareció delante de mí por muchos años. Estaba ahí, pero yo no la veía. Y de repente, reapareció ante mis ojos, cuando me enteré de lo de Efraín con la oficinista, y quise pegarle fuego a mi casa, a mi vida entera. Para no hacerlo, fui a parar al apartamento de abuela Maru con las dos nenas de refugiadas. Hasta allí llegó mi madre. Después de enterarlas de lo que pasaba y de oír la

117

tos de mi abuela y sus consejos de mierda, mi madre me habló como siempre habla, rodeada de silencios:

—No te divorcies, si lo puedes evitar.

—¿Por qué? —le pregunté desafiante.

Ella se encogió de hombros. Por primera vez en mi vida, la vi coger un cigarrillo de la cajetilla de la abuela y fumar. Después de aspirar profundamente el humo, me miró calmadamente y me dijo:

—Yo no le fui infiel a tu padre; no, con otros hombres. Con el trabajo, sí. Pero juntos les dimos a ustedes una casa, un futuro más libre que el que nos tocó vivir a nosotras. Y como mujer casada y madre, pude al fin salir a la calle. Mira qué cosa, ah... la señora sale a trabajar. Pero sigue siendo «la señora». Yo no sé si el mundo habrá cambiado mucho y ya es otro, pero en el mío, una mujer sola no vale nada. Las feministas que se dejen de hablar mierda. Habrá una ley que otra que nos proteja, una puerta que otra que se nos abra. Pero en el día a día, una mujer sigue valiendo lo que siempre ha valido una mujer.

Sentadas frente a mí, fumaban mi madre y mi abuela. No se parecían en lo absoluto y, sin embargo, eran tan iguales. Abuela Maru, siempre tan señorona, dejaba colar su simulacro por debajo de los esmaltes, los tintes y la laca para el pelo. Cumplía a duras penas su papel de esposa y madre. Pero a leguas se le notaba que era un papel, que ella hacía lo estrictamente necesario para suplir la cuota de respetabilidad que se esperaba de ella, y ni un minuto más aguantaba la farsa. Después, como quien realiza un arduo trabajo, se sentaba a fumarse sus cigarrillos negros, a jugar canasta con sus amigas, a liberarse de su vida. Mi madre, en cambio, era una mujer férrea, cumplidora y convencida. Callada y ordenadora, salía a trabajar y se ocupaba de que su hija viera más cosas que un tocador de belleza, que corriera bicicletas, tuviera novios, se interesara por estudiar. Pero la hija le salió sesihueca. Se desmadraba por los hombres, se ocupaba con tesón en ser bella. Lo único que quería era no ser como su mamá.

Todo ese laberinto vivido para llegar las tres a morir a la misma orilla. Qué cabrón es el destino. Qué hijodeputa debe de ser Dios.

Charco

Mi último encuentro con M. ocurrió después de que el Chino Pereira y su banda se retiraran del motel. Se fueron como llegaron, sin dejar otro rastro que la ristra de billetes que soltaron en las manos de Tadeo y en las mías. El día del cobro, invité a Tadeo a celebrar. Nos fuimos de compras. No quise parar en casa ni encontrarme con Daphne. Así que decidí acompañar a Tadeo a darse una ducha, echarme yo un poco de agua en la cara y tomar la carcacha hacia el centro comercial.

—Titán, yo lo acompaño, si después usted me lleva a una oficina de envío de valores. Daría cualquier cosa por verle la cara de sorpresa a la vieja cuando reciba el chorro de billetes que le voy a mandar.

Tadeo exhalaba el humo de su cigarrillo ventanilla afuera. Yo conducía tranquilo. La carretera olía a pasto recién cortado y a salitre de mar.

Tomamos el expreso Las Américas. La brea soltaba los vapores del día como si también exhalara sus últimos suspiros. Había caído uno de esos aguaceros providenciales, repentinos. Con él se calmaba el calor, pero después, todos los vapores emanaban de la tierra, sancochando una tarde calurosa y ahogadiza. Lo mejor era huir hacia el aire acondicionado, hacia el hábitat artificial donde hasta la luz es de plástico, toda impecablemente organizada bajo una brisita climatizada que ofrecía la opción de descansar del sudor. Plaza Las Américas era el lugar.

Allí estaba Plaza, resoplando como un elefante gigantesco en medio del expreso. Desde la salida hacia la avenida Roosevelt, se veía el estacionamiento repleto, bonete contra bonete, refractando el atardecer. Una multitud entraba y salía con bolsas o con las manos vacías, intentando entretenerse con el pasatiempo más valorado en la ciudad: comprar. Así era como aquella multitud espantaba, al menos por unas horas, la sensación de vacío y aturdimiento con la que vivían el resto de sus días.

Después de diez minutos de vueltas y más vueltas, Tadeo y yo encontramos un estacionamiento en el multipisos del centro comercial. Subimos a La Terraza a comernos cualquier cosa. «Comida plástica», la llamaba Tadeo. Bajo el techo de Plaza, nos sentamos amparados por unas palmeras (plásticas también) a masticar aquello que humeaba en nuestra bandeja y cuyos sabores en nada cumplían la promesa de sus exóticos nombres (*schezuan chicken*, *calzone*, *gyros*, *pollo a la barbacoa*). Es curioso cómo aquella terraza podía hacer que cualquier comida, fuera griega, mexicana, boricua o china, terminara sabiendo igual.

Entramos a la tienda de efectos de oficina. Con el dinero que llevaba en los bolsillos, yo me abastecí de papel. Compré un programa para la computadora, dos cartuchos de tinta, libretas, una pluma fuente de lujo. Hasta sobró dinero para coquetear con la idea de adquirir una fotocopiadora personal. Pero no demasiado cara. Quizás, si el Chino Pereira me requiriera para otro trabajito... Comencé a hacer una lista de lo que necesitaría para armarme una buena oficina personal —sistema de *Word Perfect* nuevo, una computadora portátil, estantes para mis libros— todo auspiciado por el Chino Pereira.

La sola idea de hacer economías con ese dinero terminó alarmándome. El dinero que había ganado me picaba entre las manos, como si pudiera delatarme como cómplice del delito. No eran escrúpulos morales los que me incomodaron en aquellos momentos. Era el temor de ser atrapado. Yo quería mis manos libres, para que tan solo se mancharan de tinta, hábiles para la tinta o, al menos, para la promesa de que en algún momento encontrarían la manera de mancharse de verdad en ese río oscuro que las llamaba.

Aquel fajo de billetes me recordaba el precio que pagan los que tan solo negocian con la vida, es decir, con la supervivencia o con el poder absoluto que da el dinero. Había que salir de él lo más pronto posible. Gastarlo, gastarlo, gastar. Nervioso, decidí comprarme una máquina de fax. El resto sería para poner mis cuentas al día, comprar unas novelas de Graham Greene a las que les tenía el ojo echado desde hacía tiempo, y quedarme con par de pesos en el bolsillo. Caminando rumbo al estacionamiento con mis cajas electrónicas, me sentí un poco ridículo de mis posesiones. ¿Un fax? ¿Para qué quería yo un fax? «Pendejo», me dije por lo bajo. Tadeo me miró extraño, para corroborar que el insulto no era para él.

—No te preocupes, Tadeo, lo de pendejo no fue contigo. Es que me acordé de que pude haber hecho una mejor compra, quedarme con algo para ahorrar.

—Pero ¿qué quiere hacer usted? ¿Empezar un plan de retiro con lo que le saque al Chino? No, hombre, no se preocupe por eso, si de donde vino la pasta va a llegar un chorrete más.

—Eso es lo que me temo. Mejor salirme del río al primer golpe de agua. No vaya a ser que la corriente me arrastre a lo hondo y después no pueda salir.

Tadeo se limitó a mirarme la cara reconcentrada y a asentir con la cabeza.

—No se crea que no capto la indirecta.

—¿Cómo fue, Tadeo?

—Que sé lo que me está queriendo decir. Lo del viajecito a Miami.

—Pues, fíjate que sí —mentí—. Tienes que pensar ese asunto con mucho cuidado.

—Sí, mi hermano, pero tampoco con tanto.

—Tadeo, el riesgo es mucho.

—Pero las ganancias son mayores. Y, además, tú sabes del montón de gente que ha servido de mula sin que la atrapen jamás. Muchachitos de escuela, señoras envejecientes que las sientan en sillas de ruedas, aeromozas, gente de negocios, el turista común. Siempre cogen menos que los que van.

—Pero podrían agarrarte a ti. Y tú tienes mucho que perder.

—¿Qué, Julián, qué es eso tan valioso que yo puedo perder? ¿Mi mansión en Islas Vírgenes, mis campos de golf?

—Tu libertad.

—¿A esto tú le llamas libertad?

Caminamos un momento juntos y en silencio hasta el carro, para después abrir las portezuelas, entrar todo el revolú de cachivaches que minutos antes habíamos adquirido, sintiéndonos gente nueva, distinta. Era como si los papelitos aquellos borraran por unos instantes las penurias anteriores, las miradas de pena o de desilusión de nuestras mujeres conjuntas, madres, novias a quienes les habíamos fallado por no convertirnos en los magnánimos proveedores, en las espaldas sobre las cuales construir un hogar, un tiempo futuro, mejor, un descanso de la inestabilidad y la incertidumbre. Poco duró la alegría, tan poco como el dinero que gastamos. Al principio, sonaba como tanto, pero terminó esfumándose en par de libros, dos resmas de papel, y unos cuantos alambres sujetos por cajitas de plástico y botones de cristal. El dinero siempre se hace poco, como una droga. Inmediatamente, el cuerpo, pide más. Más dólares, más cosas que se quedaron por comprar, más regalos, más pruebas de que tú sí puedes ser el feliz ganador, el ser bien ajustado y partícipe del floreciente sistema.

Luego de mis compras, acompañé a Tadeo a hacer su envío de divisas a su madre, a aquel distante pueblo de Baní donde ella lo esperaba con la casa a medio hacer y el corazón solitario. Tadeo, orgulloso, se hubiese enviado a sí mismo por giro electrónico, «nada más que para comprobar lo que me dice Ana Rosa, que la vieja está bien, que ya se repuso del infartito que le dio las pasadas Navidades. Después, me regreso para acá hasta que termine de levantar el capitalito».

Después fue que pasó lo de M. Sí, fue después. Ya casi eran las 7:00 de la mañana. Me despedí con un beso en la mejilla, bajé las escaleras y caminé hasta mi carro. El sol mañanero azotaba el pavimento como tan solo puede hacerlo en el Caribe. Luz que arde en los ojos. Luz que obliga a mirar por entre las pestañas. Luz que, en cualquier otra parte, anunciaría un holocausto nuclear, una anomalía ecológica. Miré el reloj haciéndome pantalla con la mano y, luego, metí esa misma mampara de dedos en los bolsillos para encontrar las llaves de mi carcacha. Eran las siete y veinticinco de la mañana y ya nada podía esconderse de aquel sol, ni mi cuerpo amanecido, ni aquellas paredes de cemento plagadas de manchas de humedad. El motel Tulán por la mañana parecía más bien un mausoleo, un lugar que en vez de rebosar de placer, cobijaba almas en pena.

Tadeo ya había salido de su turno. No se le veía por ninguna parte. Un señor bonachón de cachetes colorados y pelo canoso caminó hacia mi pobre vehículo haciéndome señas para que no lo montara. Me alarmé. ¿Qué podía querer aquel señor conmigo?

—¿Usted es el muchacho nuevo que trabaja para nosotros?

Aquello era una pregunta a la espera de una pronta confirmación.

—Sí, señor.

Ante mí tenía al señor Tulán.

El legendario fundador del establecimiento, el señor don Esteban Tulán, estaba parado frente a mí precisamente esa mañana. Del bolsillo de su pantalón, sacó un pañuelo impecable, blanco como una paloma, y se lo pasó con calma por el cuello, secándose el esfuerzo de haber caminado el pequeño trecho que nos separaba. Luego, sacudió un poco su guayabera, blanca también, con ese gesto que hacen los señores de campo cuando quieren refrescarse del sudor que les empapa la camisilla por debajo de sus ropas, para que no se manchen. Mi abuelo hacía eso. Mi padre, no. Él no usa guayaberas. Yo, de vez en cuando, las rescato.

—Ojalá llueva al mediodía, para que refresque —me comentó de paso.

Yo le respondí con una sonrisa, mientras aspiraba al vuelo un aroma a colonia Old Spice para después de afeitar que se le escapó del pañuelo al señor Tulán y que bañaba el aire del estacionamiento. El sol también le estaba cayendo encima sin compasión. Don Esteban me miraba con los ojos achinados, tratando de protegerse de aquella luz que entorpecía su tarea de leerme en la cara señales de confiabilidad, de responsabilidad en el trabajo. Pero yo ya estaba bien entrenado en las lecciones de Tadeo. Puse una cara de fantasma motelero, el rostro cálido, pero cerrado, que no se puede leer. Cruzando los dedos, confié en que el truco también funcionara a plena luz del día.

—¿Tiene un minuto? —me preguntó don Esteban, sin esperar respuesta—. Pues acompáñeme a la oficina antes de que este sol nos derrita el seso a los dos.

Yo lo seguí sin responder, un poco nervioso. No podía prever las consecuencias de aquel encuentro.

—Me cuenta Tadeo que, a veces, usted se requeda haciendo un trabajo después de terminar su turno. Un proyecto de escritura, de historia. No me supo explicar bien... Usted sabe, los dominicanos... —continuó conversando el viejo Tulán haciendo una mueca desaprobatoria, mientras caminaba hacia las oficinas. El buenazo de Tadeo. De seguro se hizo el tonto, aprovechando el sentimiento de superioridad del jefe, para deslizar una mentira que encubriera mis aventuras con la cliente de la cabaña 23.

Yo andaba perdido en mis nervios, en mis elucubraciones. El dueño del Tulán me miraba como exigiendo una explicación.

—La habitación está paga.

—Sí, eso también me lo avisó Tadeo.

—Espero no crearle ningún inconveniente.

—A mí, ninguno, después de que las cuentas estén claras y que su proyecto no interrumpa su trabajo...

—No, señor, de ninguna manera. Por eso mismo alquilo la habitación, para aprovechar la energía escribiendo antes de que me agarre el cansancio. Si espero a llegar a casa...

—Sí, mijo, cuando se tiene que romper noche es mejor seguirlo de corrido. Uno termina viviendo al revés de los cristianos, durmiendo de día y trabajando de noche, pero ¿qué se le va hacer? Por eso es que yo me decidí a dejarle el negocio a mi hijo. Pero, de vez en cuando, me doy mi vueltecita por aquí, para vigilar. «Supervisión», le dicen ahora. A mí me gusta conocer a los empleados, saber que son gente decente y trabajadora, que quieren echar pa'lante. Perdone que le pregunte, pero ¿qué es lo que está estudiando usted?

—¿Estudiando?

—El proyecto que está haciendo, ¿no es para la universidad?

—No, es una investigación independiente.

El señor Tulán se cuadró sobre una de las sillas de la oficina. Empezó a mirarme de arriba a abajo con desconfianza. Estoy seguro de que en su vida había oído que alguien investigara o preguntara algo si no era para un fin práctico, tangible. Mejor ni mencionarle que esa supuesta investigación que me inventó Tadeo serviría para escribir una novela. No haría más que acrecentar desconfianzas. Porque, a fin de cuentas, ¿qué era un escritor para el señor Tulán, para cualquier señor Tulán que habitara sobre la faz del planeta? ¿Gente decente, trabajadora, que quiere echar pa'lante? Definitivamente, no. Excéntricos, vagos, medio locos, amorales, eso es lo que la gente piensa de los escritores, a menos que estén muertos o embalsamados en vida, que es lo mismo. Me sentí en presencia de un principal de escuela frente al cual tenía que justificar una travesura. La travesura de M., la travesura de mi escritura. Había que disfrazar la verdad.

—Don Esteban, fíjese, es que antes de venir a trabajar aquí yo era periodista. Al momento de mi despido, estaba trabajando en un proyecto acerca de… la historia de los barrios urbanos de la Isla. Creo que es un buen proyecto. Quizás, si lo termino y lo convierto en una serie de artículos, mejore mi portafolio y mi oportunidad de volver a encontrar trabajo en periodismo.

—¿Y qué barrios está investigando?

—Voy por uno que lo llaman Paralelo Treinta y Siete.

—¿Paralelo Treinta y Siete? ¿Como el de Corea?

—Ese mismo.

— Yo peleé en la Guerra de Corea. Un infierno, muchacho. Ustedes no saben lo bien que viven, lo que tuve que hacer yo para hacerme hombre de provecho. ¿Ha entrevistado a gente del barrio?

—En entrevistas es que baso mi investigación. Eso es precisamente lo que hago aquí.

—Mire qué bien. Este país necesita recordar su pasado. Aquí todo el mundo vive como si el mundo se lo hubiesen inventado esta madrugada. Y los viejos, los viejos no valemos nada. Nadie quiere oír ni recordar toda la experiencia que traemos guardada en el seso. Yo no soy hombre de mucha escuela, pero sé mis cositas. Cualquier día que tenga tiempo nos sentamos a charlar. Quizás no le pueda dar mucha información sobre Paralelo Treinta y Siete, pero de la Guerra de Corea, sí.

—Muy amable, don Esteban.

Respiré tranquilo. El viejo lo que quería era atención y daba señales de estar entrando en confianza. Por lo menos, de esta no me despediría. Yo seguí contestando una que otra pregunta y haciendo como que oía, aprovechando ese tiempo para pasar el susto del interrogatorio. Luego, miré el reloj, con un gesto dirigido a que el señor Tulán creyera que tenía cosas que hacer, pero que no quería interrumpirlo por cortesía y respeto.

—Bueno, mijo, no te quito más tiempo —me contestó, respondiendo a mi gesto.

Nos despedimos con un apretón de manos y una sonrisa. Pero ya cuando estaba franqueando la puerta de salida, el señor Tulán arremetió con otra pregunta:

—Oiga, ¿y sus papeles?

—¿Disculpe?

—Los papeles de su proyecto.

Me tomé un segundo para improvisar.

—Los habré dejado en la cabaña. Voy a recogerlos, si a usted no se le ofrece nada más.

—No se ocupe. Yo le digo a la muchacha de la limpieza que todo lo que encuentre allá arriba se lo guarde en la oficina en lo que usted llega por la noche. Aquí están seguros.

—Gracias —respondí, un poco preocupado por el detalle. ¿Y si la muchacha de servicio le informaba al viejo Tulán que no había encontrado nada? La mentira se desinflaría en medio aire. Quizás fuera mejor que subiera a la habitación y recuperara los supuestos papeles. Pero no podía insistir porque, al abrir la puerta del garaje, dejaría al descubierto el carro de M. estacionado bajo techo. Tenía que confiar en que al viejo se le olvidaría darle el recado a la mucama, en que alguna tardanza haría que no se cruzaran sus pasos, en que nadie se ocuparía de la existencia de los papeles garabateados de una supuesta investigación acerca de Paralelo Treinta y Siete.

Me despedí del viejo Tulán y regresé a casa, a dormir. Daphne ya se había ido a trabajar. La vería por la tarde, cuando regresara. Así era mejor. Ese día, tuve millones de sueños, no recuerdo cuáles, pero me levanté más cansado de lo que me acosté. Salí a cenar con Daphne. Conversamos de cualquier cosa. Pasaron dos días, sin novedad. Tal parece que el viejo y la mucama no se habían encontrado. Llegaron mis días libres. Al otro día, cuando entraba a trabajar, me topé con la mucama del turno diurno, que estaba cubriendo las tardes por hacerle un favor a una compañera.

—¿Encontró los papeles?

—¿Cuáles papeles? —respondí un poco distraído. Ya se me había borrado el asunto de la memoria.

—Los que dejó en la 23. Parece que alguien los había echado a la basura. Yo se los rescaté. Están debajo del mostrador, pillados contra la cajita del cambio.

—Ah, sí, muchas gracias.

Regresé a la oficina a buscar aquello que se suponía que eran mis apuntes. Mientras rebuscaba bajo el mostrador, me reía un poco pensando en cómo un giro del azar me trastocaba la mentira en realidad. Como si de mi boca fuera capaz de salir el verbo divino, el que dijo «Luz» y la luz se hizo. Contra la caja de metal oscuro que esconde el efectivo de la noche, había una libreta descuajada con un montón de papeles pillados contra las tapas. La letra no era mía. «Todo este laberinto vivido, para llegar las tres a morir a la misma orilla», leí y después, no quise seguir. Un sobresalto en el pecho me dijo que aquellos papeles eran de M.

Quizás los había dejado allí para probarme. Quizás esta era otra de sus carnadas para jugar a la mujer misteriosa. Quizás este cuaderno era la causa que la traía cada semana al motel. ¿Otra aspirante a escritora? Miré bien las hojas. No parecían las cuidadas páginas de alguien que quiere escribir una novela. Parecían más bien un despojo, un desahogo de tinta para sacarse algún fantasma del sistema. ¿Qué dirían aquellas hojas, qué ventana podrían abrir para poder, al fin, saber algo de esta mujer?

No quise sucumbir. Guardé el cuaderno en mi carro y proseguí mi rutina motelera, como si no pasara nada. Quería verla de cuerpo presente mientras yo leía, que me observara mientras yo pasaba las manos por los filos de aquellas páginas en que ella garabateó sus confesiones, que me mirara leerla. Que mi lectura de aquel cuaderno fuera una especie de entrega suya, un poder de mi parte, algún tipo de control. Iba a esperar al próximo miércoles para confrontarla. Pero a la vez que ofrecía resistencia, sentía que no quería atender timbres de entrada ni de salida, sonreírle a nadie, acercar llaves de habitaciones ni contemplar la luna y hablar con Tadeo hasta que llegara el próximo lentísimo cliente a curarse sus hambres al motel Tulán. Lo que el cuerpo me pedía era otra cosa: esconderme en la trastienda y no salir de allí hasta haber acabado con la última letra de aquel cuaderno destripado.

Pasó un día y después, otro. El cuaderno continuaba tirado en el asiento trasero de mi coche. Yo esperaba pacientemente, sin leer. De nuevo fue miércoles. Pero, esta vez, M. no regresó al motel.

Mulato de abuela Maru

Allí estaban mami y abuela Maru intentando convencerme de que no me divorciara, pero ni ellas ni sus consejos fueron suficientes para lograr un cambio en mi realidad. Iba a divorciarme. Luego no lo hice. Volví con él, no más que para terminar en lo mismo. Ahora digo que no me importa; casi me lo creo, pero antes, no. Antes, por más que trataba, no lograba esta fatalidad.

Diez meses, los estuve diciendo. Esos diez meses fueron una tortura. No soporté más que diez meses la primera vez que me separé de Efraín.

Aquellos diez meses... Me levantaba y me acostaba con mil palabras enredadas en la mente, como si se hubieran puesto todas de acuerdo para volverse en mi contra. No podía parar de pensar. Las malditas palabras me resbalaban garganta abajo, y terminaban infiltrándose en mis charlas de sobremesa, en el café del gimnasio o en el tiempo que pasaba en los tapones, metida en mi carro nuevo con aire acondicionado. Las tuve que empezar a decir para que se evaporaran en el aire. Algo me explotó por dentro, entonces, no pude volverme a callar. Todo el día me lo pasaba mascullando un discurso, una pelea eterna con Efraín, por lo bajo, esperando que al fin se secara ese chorro de palabras que no me dejaba dormir ni llorar, ni ser nadie más que una oración sin punto final.

Las nenas empezaron a alarmarse. A veces, me miraban asustadas, tratando de entender mis susurros, los inacababbles movimientos de mi boca. Me preguntaban:

—Mami, ¿qué te pasa? ¿De qué estás hablando? Dímelo a mí.

Rosaura se echó a llorar un día en el patio de la escuela y no quería montarse en el carro cuando la fui a buscar, porque no aguantaba más ver a su mamá hablando sola, como una loca. Tal vez para compensar, Talía dejó de hablar y hubo que llevarla al psicólogo infantil. Un día, se me ocurrió que, tal vez, podría volver a aquietar la boca si escribía mis malditos «soliloquios» mil veces en un papel, como si fueran un castigo de escuela. Las monjas del colegio donde estudié obligaban a escribir la falta cien veces para que aprendiéramos por penitencia. Yo me impuse, entonces, ese castigo. Pero el castigo se convirtió en otra cosa. Otras palabras se sucedieron y empezaron a llenar papeles y libretas. Estuve escribiendo meses enteros. Solo así recuperé el silencio. Todos los garabatos que escribí los boté. Eran mis pestes, mis excrecencias. Y ahora aquí estoy de nuevo, con la misma mala costumbre.

Claro que me importó la primera vez que me enteré. No fue hasta la segunda que me decidí. Pero la solución era igualmente terrible. El divorcio. La gente cree que divorciarse es como cambiarse de ropa interior. Como no hay un cuerpo físico que enterrar, a la viuda la tratan como si acabaran de encontrársela en el estacionamiento del supermercado después de haber hecho compra. Y una actúa igual cuando, en realidad, está hecha un desastre por dentro de tanto llanto, de tanto papel firmado para dejar constar que algo se destruye sin remedio, que algo acaba de morir. Cuando llegué llorando a casa de mami y, luego, al apartamento de abuela Maru, con las nenas empaquetadas y dispuesta a hacerme viuda, abuela me contó un cuento:

Ella tenía diecinueve años y él, veintisiete, y era músico de la Filarmónica, uno de esos mulatos ilustrados que quién sabe cómo se hizo virtuoso del clarinete. A ella la criaron como a toda una señorita. Pero me contaba mi abuela que nunca le pudieron reeducar ese gusto por la aventura que ella guardaba entre cuero y carne, como si por su sangre corrieran los vestigios de una ramplonería que desde sus primeros años supo que debía ocultar. Quizás fuera la herencia de una tía suya que había sido correcostas a principios de siglo y que, después, se hizo querida de varios hacendados del valle de Manatí. De ellos heredó fincas que, muy presta, puso a disposición de los nuevos gobernantes, cuando se establecieron en la Isla. A los americanos les vendió sus fincas a muy buen precio (ninguno de los amantes supo del otro; era tremenda hazaña mantener secreto de ese tamaño en pueblo chiquito). Ella se mudó a la capital, donde abrió un restaurante de lujo y un servicio de lavanderías, comida y otros menesteres para los soldaditos de Wisconsin que, de repente, se encontraban atrapados trabajando en el Hospital Militar de Ballajá. Casó a sus hermanas menores con señores de la nueva aristocracia y, con la ayuda de dinero y conexiones, limpió su pasado de querida y de madama a tiempo parcial. Sus hermanas se aprendieron al dedillo la coreografía necesaria para parecer señoras. Ella no lo creyó importante. Abuela Maru decía que, hasta entrada en años, ella vio a su tía recibir dos o tres amantes más en su casona del Viejo San Juan.

Una noche, mi abuela Maru fue acompañada de sus chaperonas a un concierto que la Filarmónica ofrecía en la Casa España para los emigrados que llegaban como moscas que huelen mierda (palabras textuales de la abuela) huyendo de la Guerra Civil. Su mulato entró tarde. Quién sabe a quién andaba seduciendo. La cuestión fue que hizo una entrada triunfal bajo los ojos severos del director, quien le dirigió unas palabras que se perdieron en la dudosa afinación de instrumentos que ya iban llenando el salón de conciertos. Haciendo caso omiso al regaño del director, el mulato de mi abuela sonrió una sonrisa burlona. Tenía tumbe de chulo y elegancia de señor de hacienda. La piel suya era del color de la almendra tostada. Quien lo viera fuera de la Isla pensaría que era portugués o gitano. Pero en esta tierra, los únicos gitanos que la gente había visto eran los que aparecían formando parte de algún circo realengo. Y esos eran gente blanca disfrazada de exotismo. El mulato de mi abuela parecía gitano de verdad. Lo único que lo delataba era la anchura de su nariz, demasiada brillantina aplacándole los rizos del pelo y quizás unos labios un tanto gruesos.

De más está decir que el concierto fue un desastre. Todos aquellos músicos de segunda fallaron una vez más en interpretar fidedignamente contradanzas y zarzuelas que en nada les conmovían. Sudaron, tratando de sentir la música, pero a leguas se les notaba que tenían el corazón en otra parte. Tal parece que ese es el destino de los nacidos en esta isla, poner el corazón donde no va.

Mi abuela lo puso en su mulato. Él tocaba el clarinete enfebrecido, y entre sus dedos las contradanzas sonaban a otra cosa. Tenían un timbre extraño, nuevo, que el director de orquesta intentaba aplacar. Cuando, contrariado, el mulato bajaba la intensidad de su ejecución, dejaba que sus ojos merodearan por los rostros del público, como buscando lo que no se le había perdido. Lo que no se le perdió jamás («Bueno, niña, jamás es una exageración, jamás en el transcurso de unas cuantas noches», corrigió mi abuela cuando leyó en mi cara la sorpresa) fueron los ojos de Maruca. La niña bien que una vez fue mi abuela, por más que trataba, no podía dejar de contemplar aquel

135

portento de hombre oscuro. Y el mulato, desde lejos, la leyó como un papel. Un calor empezó a treparsele a mi abuela por las enaguas de pomplín y un sudor leve, a perfumarle los encajes de Holanda. El mulato, con los ojos puestos en aquel rostro enrojecido, se puso a hacer saltar sonidos de las válvulas rabiosas de su clarinete. De nada valieron los muñequitos en el aire que trazaba el director con sus manos, intentando nuevamente que el mulato suavizara la intensidad de una escala, la ligereza de un arpegio enredado entre sus dedos finos, dedos que quién sabe si heredó de algún negro tejedor de pajilla, de algún negro albañil ponedor de mosaicos, perdida en lo más antiguo de su genética.

Mi abuela Maru fumaba mientras me contaba todo esto. De hecho, ella siempre fumó unos cigarrillos largos y morenos desde que cumplió los quince años. Se le pegó la costumbre de su tía («La maldita vena ramplona de la tía Adela», reía mi abuela, cada vez que encendía uno entre sus dedos arrugados). Pero como ella fue criada como toda una señorita, sabía que tenía que escaparse para fumar a los patios, baños o rincones escondidos de los lugares a donde la llevaban a confraternizar con los demás miembros de su clase.

Acabado el concierto, y sufriendo de una inquietud que la incomodaba por lo mucho que la hacía sudar («Las señoritas no sudan, así sea en una isla tropical durante tiempo de sequía», otra de las sentencias de mi abuela...), Maruca se disculpó, fingió un paso despreocupado, y se escabulló hasta los patios de la Casa España. Una vez a salvo, prendió uno de sus cigarrillos, el cual mantenía escondido en el fondo de su corsé. Aspiraba vigilante y, con su abanico, espantaba el humo exhalado para que no se le perfumara el pelo de tabaco.

Hasta allá llegó el mulato. Quién sabe si lo guio su olfato o si, en efecto, buscaba una esquina tranquila donde descansar de su puesta en escena.

—Víctor Samuel, dijo que se llamaba. Era un zorro. Mi abuela Maru habló con Samuel por un tiempo que se le hizo eterno. Extrañamente, nadie la fue a buscar. Ni recuerda qué fue lo que conversó. Solo sabe que, después de un rato, se encontró con la lengua de Samuel enredada con la suya y con sus dedos tocándole un arpegio de temblores en la espalda.

Las citas a escondidas se hicieron frecuentes.

—Y eso —me confesó la abuela— que ya estaba comprometida para casarme con tu abuelo Ramiro. Dentro de unos meses, su prometido regresaría de Francia con título de cirujano. Llena de pensamientos culpables, le confesó a su mulato los planes de boda.

—¿Y? —preguntó Samuel cuando terminó de oír a mi abuela—. Yo he oído decir que los médicos trabajan mucho, y que ganan bueno...

El romance con el clarinetista duró hasta bien entrado el segundo aniversario de bodas de mi abuela. Después, el mulato desapareció del panorama. Le contaron que dejó la Filarmónica y se metió a tocar charangas en bares, que había abierto un negocio muy próspero. Una vez, ya mayores, se encontraron por ahí y reanudaron amistad.

—Pobre Ramiro —suspiraba burlona la abuela Maruca—. Los cuernos que soportó. Valgan por los que luego tuve que aguantar yo. Pero, ya bien lo dice el dicho: "Ojos que no ven..." —Y así terminó su cuento.

De que me distrajo, me distrajo. De hecho, el cuento de mi abuela me distrajo y me alivió. Jamás iba yo a pensar que Maruca Villalona, señora tan correcta, tan de peinados de salón de belleza y vestidos importados desde Milán, iba a mantener a un amante hasta que la sustituyeran por un conjunto de charangas. Pero mientras mi abuela me miraba como si me hubiera regalado la panacea para todos mis males, yo me rascaba los ojos irritados de tanto llorar, y seguía pensando: «¡Qué carajos tiene que ver ese cuento con la amante que mantiene Efraín a todo lujo!». Cuando ya iba a abrir la boca para hacerle la pregunta, mi abuela perfumó la sala con una nube espesa de humo marrón y me hizo señas para que la dejara terminar.

—Hace ya veinte años, tu madre llegó llorando a este apartamento por un problema similar con el sinvergüenza de tu padre. El mismo consejo que le di a tu madre, te lo doy hoy a ti, que Dios me perdone. Hay que ser prácticas en esta vida, mijita. Además, si te divorcias, ¿de qué culos crees que vas a vivir? ¿De lo que le obligue la Corte a pagar a tu marido? ¿O de esa vaina de título que sacaste en la universidad? ¿Y los viajes a Europa? ¿Y los faciales? ¿Y la masajista? No, mi amor. Miéntele a los aros de diamantes que tienes en los dedos de la misma manera en que ellos te han mentido a ti. Y mientras tanto, disfruta. Ahora más, que con eso de la liberación femenina, una aventurita no te cuesta ni la reputación.

Miré a mi abuela con la cara desencajada. Me resistí; estuve meses resistiéndome, pero al final terminé siguiéndole el consejo. Era más fácil que tirarme de pecho a empezar una vida desconocida. Maldita abuela Maru, y maldita la boca arrugada de donde salieron aquellas palabras. Ojalá se le chamusque eternamente en el quinto infierno adonde de seguro fue a parar. Por culpa de ella, esta mierda de vida, por culpa de ella. Si me hubiera divorciado entonces, hubiera podido escapar…

Convalecencia

Pasaron dos miércoles antes de que me diera cuenta de que todo había terminado entre M. y yo. Y no sé si para boicotearme, esto se los juro que no lo sé, empecé un ritual a la espera de su regreso. Todos los días, trabajaba en arreglar mi relato, todos los días leía los papeles que M. había dejado en el motel. Al principio, me resistí a leerlos, pero mi empeño duró poco tiempo. Un buen día, no pude vencer la tentación y los leí completos, de un tirón. Después, desarrollé una extraña manía, la de juntar aquellos papeles con los míos, dejar que ambos manuscritos se entremezclaran creando uno solo.

Todas las tardes antes de irme a trabajar, barajaba las páginas, buscándoles órdenes imprevistos que cambiaban cada vez. Entonces, las colocaba sobre la mesita de noche del cuarto de Daphne y mío. Allí los dejaba, esperando el curso de la fatalidad. Una voz interna me advertía que era cuestión de tiempo hasta que Daphne los hojeara. Daphne es una mujer respetuosa, correcta. Pero en algún momento, la tenía que vencer la curiosidad. No eran pocas las tardes que me encontraba reconcentrado en la lectura de aquellos papeles, barajeando hojas, distante de ella. Los tenía que leer. Yo hubiera hecho lo mismo. Además, con ello estaba contando. Aquellos papeles me iban a delatar. Ellos solos, por su propia cuenta. Entonces, yo no tendría otro remedio que enfrentarme a la responsabilidad de la confesión.

Sobre la confesión tengo que admitir que estoy fuera de práctica. No soy un San Agustín en busca de ser redimido. Tampoco soy un ser desgarrado entre la macharranería y la culpa. No sé qué pasó con el acendrado catolicismo con que mi madre me formó, las horas de catecismo en el colegio católico, las confesiones de mi niñez frente a severos curas dominicos que intentaron instalarme en el pecho el temor a Dios, el peso del pecado en la conciencia. Francamente, no creo que hicieran buen trabajo. Si encuentro una explicación lógica o psicológica para mis actos, me absuelvo yo mismo y punto. Quedo limpio de toda mácula.

Sin embargo, después de la partida de M., sentí una horrenda necesidad de confesar. Dejarle ver a Daphne que algo andaba definitivamente mal entre nosotros. Poder sentir que otra cosa tomaba el lugar del pantanoso y confuso placer al que M. me había acostumbrado. Quizás la necesidad surgiera del querer espantar la sospecha de que mi vida retornaba a sus sencillas e inaguantables rutinas: trabajar, esperar a que se acabara un amor, esperar a que, mancha a mancha, apareciera la escritura. Y ahora, para colmo de colmos, trabajaba en un motel. Esto sí que me resultaba peligroso. ¿Y si pasaba lo de siempre, lo que pasó en el periódico? Es decir, que en un principio un trabajo me revolviera el diablo de tinta que llevo dentro para, después, dejarme al diablo nuevamente adormecido por la rutina, por la desilusión.

Eso fue lo que pasó con el periodismo. Aquel sueño ingenuo y primerizo, el de estar contribuyendo a informar, a entretener, a ampliar las mentes críticas de mi país, lo fui viendo desaparecer como un fantasma entre las correcciones que me hacía el jefe de Redacción, antiguo maestro mío, guía, modelo, mentor. Cómo me revolvía los órdenes de las noticias («Cinco hombres blancos asesinados en Sudáfrica») para lograr (según él) mayor impacto. El primer párrafo se debía a la contestación de las cinco preguntas clave: «¿Qué, quién, cuándo, dónde y cómo ocurrió lo acontecido?». Segundo párrafo, ampliación de los detalles y resumen de las declaraciones de los involucrados en el incidente. Tercer párrafo, algunas reacciones de los agentes del orden internacional y nacional. Y por último, al final, ya en el párrafo que nadie iba a leer: «Sesenta y cinco hombres negros también murieron en la reyerta. Varias mujeres zulúes evidenciaron muestras de haber sido violadas. Entre los muertos, hubo once niños negros de edades comprendidas entre los ocho y doce años».

Cada semana, lo mismo. Con la guerra de Kosovo, con las acusaciones de corrupción del Instituto del SIDA, con los enfrentamientos de los viequenses contra la Marina de guerra de los Estados Unidos. En las páginas centrales, muertes y más muertes violentas, porque eso es lo que le gusta leer a la gente, quién mató a quién por celos, dónde ocurrió, cómo (con lujo de detalles), cuáles fueron las reacciones de la madre de la occisa, de los vecinos, de la policía. En las primeras páginas, la noticia del día; mejor, si era de interés humano: la separación de unas hermanas siamesas; la desaparición de un niño raptado por una mujer loca por ser madre, por llenar el vacío de su vientre y de su vida de alguna manera; la muerte de una monja a la que pretenden canonizar. Pero las noticias de verdadero peso, las de relevancia real, terminaban tiradas al basurero o en las páginas y los párrafos que ya nadie iba a leer, allí escondidas bajo el manto de la objetividad. El resto, anuncios de ventas y rebajas, el horóscopo, el estado del tiempo.

No quería recordar cómo fui recogiendo esas noticias, prometiéndoles que algún día les iba a dar su lugar, quizás en un libro, donde lo humano se mezclara con lo real y las muertes adquirieran de nuevo su carácter trágico y doloroso, se despojaran de la naturaleza estadística en donde la habían acuñado, recuperaran su peso y su peculiaridad. Les prometí regresarlas a la página, una que les diera la capacidad de provocar indignación, reflexión, la compasión de su lector. Pero eran tantas. Tantísimas, que se me volvieron mierda en el pecho. Se peleaban por su turno. No me dejaban escribir.

No, no podía permitirme ese patrón. Ahora trabajaba en un motel. Aquí el diablo andaba suelto entre los cuerpos. Los cuerpos se sucedían uno tras otro, tantos como los cadáveres en las páginas del periódico. Pero el tiempo era otro, circular, en pausa. No había nada que producir en masa. Nada que corregir o editar, nada que ensamblar más que líneas de sábanas frescas que reemplazaran a las sudadas donde se cobijaba una escritura que no era para consumo general. Aquí sí podía detenerme a ver mi diablo actuar. Transcribir sus travesuras. No podía permitir que nuestra llama se apagara porque... ¿en quién me convertiría yo allí adentro sin mi diablo ardiendo? Este no podía ser mi lugar, este tan solo podía ser un lugar de paso, como lo era para Tadeo, para M., para el Chino, para los incontables amantes nocturnos, para toda la ciudad. El motel Tulán era un pequeño laberinto en donde perderme por un momento, donde hacer lo que me pedía el cuerpo y, luego, salir de él corriendo. Un lugar de paso. Eso había sido para M. Lo decían sus papeles.

Fue Franky quien me trajo a este motel por primera vez. Lo conocí en casa de Miñi Miranda, una tarde que me pidió que la recogiera para ir juntas al gimnasio. Cuando llegué, la loca de Miñi no estaba lista todavía. No sé qué cuentos de llamadas telefónicas con un decorador de interiores que le estaba consultando sobre unas alfombras nuevas para el cuarto de huéspedes. Yo no le creí nada. Con lo embustera que es Miñi. Lo más seguro, me hacía esperar para aparentar...

En eso, llaman a la puerta y tuve que abrir yo, porque la muchacha de servicio no aparecía por ninguna parte. Y ahí estaba Franky. Un bomboncito de canela. Tenía los ojos claros, color miel, y la piel quemada por el sol. Era más bien delgado, fibroso, digamos que de cuerpo atlético. Tenía más o menos mi estatura, así que, si me levantaba en la puntita de los pies, le podía ver la raíz de su pelo negro azabache que le caía despreocupadamente sobre los hombros. De inmediato, Franky se identificó como el tutor de los niños. No sé qué cara me habrá visto cuando abrí la puerta. Yo, allí, tan descarada, tasándolo.

Lo invité a pasar, le ofrecí un refresco, para que espantara el calor de abril que fustigaba afuera. Miñi seguía retrasándose, fingiendo hacerle preguntas al decorador por teléfono. Así que nos dio unos momentos para hablar. Franky me contó que era estudiante de Psicología en la Universidad. Recién empezaba su maestría. Pero su bachillerato lo había hecho en Química, así que de algo le habían servido los precálculos, porque con tutorías de matemáticas era que se estaba pagando el grado. No sé cuántos años tendría... Unos veintipico. Yo le pregunté la razón por la cual había decidido cambiar la dirección de sus estudios y él me contestó con un «No sé... alergia a las corbatas y a la vida de asalariado». Y se rio. ¡Señor puro de los siete vientos, qué sonrisa! Con ella era capaz de derrumbar una ciudad murada. Y yo, cual muralla de Puerta de Tierra, me sentí desmoronar bajo los ardientes destellos de la sonrisa de Franky.

Entonces, bajó la Miñi, empujándose en el talón la correa de un zapato, y alisándose la camiseta ancha con la cual se tapaba los chichos y el estruendo de colores de su ropa de ejercicios.

—Te agarré. No vengas a intentar robarme a mi tutor.

Yo, sonreída, ya había previsto el asunto, dándole una tarjetita con mi teléfono a Franky, con la excusa de estar buscando ayuda para las nenas, que estaban saliendo mal en las clases de Ciencias del colegio. Si Efraín tenía querida, ¿por qué no yo? Me despedí de Franky haciéndole prometer que me llamaría, por lo menos, para recomendarme otro tutor que se pudiera hacer cargo. Tan pronto estuve trepada en mi Montero, no pude resistir la tentación de preguntarle a Miñi:

—Nena, ¿dónde encontraste tú a ese monumento?

—¿A quién? ¿A Franky? —me respondió Miñi, haciéndose la boba—. Ay, mija, pero si ese es el nene de Felipe Arzuaga, el socio de mi marido. Si tú supieras los dolores de cabeza que le causa al padre. Ahora se le ha metido entre ceja y ceja que no quiere ser químico.

—¿De verdad?

—Sí, chica, quiere ser psicólogo, como si eso se pudiera comer con algo. Yo se lo dije a Felipe, que mandara a ese niño a estudiar afuera. En la universidad de aquí les llenan a los muchachos la cabeza de ideas y terminan creyendo que el dinero es obra del demonio. Por eso es que yo me afano tanto con los nenes míos. Tan pronto se me gradúen de cuarto año, los mando a estudiar a Boston.

Guiaba la Montero sin hacerle mucho caso a la perorata de Miñi. Ya me había dado toda la información que necesitaba. El niño no era ningún atorrante. Ahora, quedaba por ver de cuánto atrevimiento era capaz.

Franky se atrevió a más de lo que yo me imaginaba. A la semana, me llamó para recomendarse a él mismo como tutor. Se dio la cercanía, las risitas, el secreteo. Franky me confesó que las muchachas de su edad le aburrían. Habían vivido tan poco, sabían tan poco de la vida. Esa fue mi señal de ataque. Dos semanas más tarde, mientras lo despedía en el portón (para aquel entonces, Efraín jamás llegaba antes de las diez de la noche a la casa) le resbalé un beso muy cerquita de la boca que él supo interpretar muy bien. Tampoco era ningún tonto mi querido tutor.

Pero había que cubrir bien las huellas. Franky les explicó a las nenas que se acercaban sus exámenes de grado y que no iba a poder cumplir con sus obligaciones tutoriales. Le traspasó su puesto a una muchacha pálida y desabrida que estaba a punto de graduarse de Biología y necesitaba dinero para irse a hacer un internado de investigación en New Jersey. Entonces, me llamó para invitarme a tomar un café y (por Dios que no recuerdo cómo fue que la cosa degeneró en eso), a los tres cuartos de hora, estábamos pagando el alquiler de cabaña ejecutiva en el motel Tulán. Corrección: estábamos es mucha gente. La que pagó la cuenta fui yo.

Siempre que terminábamos en el Tulán, llegábamos como a eso de la una de la tarde. No sé por qué, le fui cogiendo cariño a este motel. Los cuartos no apestaban tanto a humedad, ni a gas de aire acondicionado defectuoso. Daba la sensación de que una se podía meter en la bañera sin temor a agarrar hongos misteriosos en lugares poco accesibles, un tanto difíciles de explicar. Y las alfombras no eran estas cosas felpudas de pelos renegridos por pies sudados en zapatos de plástico. Tenían la recatada elegancia de una alfombra de consultorio médico, aséptica, segura.

En el cuarto no había *love machines,* ni camas vibradoras, aunque sí sus espejitos en las paredes y en el techo. De algo sirvieron las miles de horas dedicadas a los abdominales y las pesas. Y la delicia *neo-hippy* de las nalgas bronceadas de mi tutor.

A los dos meses, Franky desapareció detrás de una muchacha, hija de un doctor que se fue a estudiar Ecoturismo en Costa Rica. Yo me alivié de su desaparición, podía descansar un poco la señal de alerta. Después de Franky, no regresé al Tulán, aunque, definitivamente, se convirtió en mi motel favorito, al único que fui en mi vida. Después de Franky, solo tuve otro amorío más, con un abogado que compensaba su falta de juventud con dinero suficiente como para invitarme a suites de hotel de cuatro estrellas. Pero nunca volví a sentir el agite y el frenesí de esas paredes olorosas a talco o a aromatizador barato con un toque de insecticida. Digamos que desarrollé una nostalgia por este lugar. Memoria de mejores tiempos, tal vez...

Las palabras de M. me atraparon como me atrapó su cuerpo. Eran densas, secretas, pero, a la vez, libres de autoconciencia, del continuo laberinto de la valoración. Tarde tras tarde, me encontré leyéndolas, como un adicto, incapaz de zafarme de su abrazo, con mis ojos pegados a la piel de papel como si fuera la de la propia M. Yo siempre quise escribir así, de manera desnuda; concentrándome tan sólo en el hecho de transcribir historias a un papel. Al igual que a M., el motel me daba un lugar para verlas magnificadas. Pero M. dejó las suyas tiradas en el basurero. Yo envidiaba su gesto de renuncia. Pero no lo quería emular. O tal vez sí, tal vez buscaba que mi intención de publicar fuera paralela a la de tirar mis manuscritos al basurero, sin importarme quién los leyera, quién los validara, liberándome, así, de la pesada autoconciencia que no me dejaba crear.

Para ello, tenía que escapar del motel, como lo había hecho M., como sugería Daphne, buscarme de nuevo un oscuro escritorio y regresar a mi antigua vida. Pero algo me decía que aún no era mi momento. Quizás estuviera esperando, a terminar mi relato, a que regresara M. En realidad, no lo sé. Pero, entonces, ¿por qué quería confesarme con Daphne, ponerlo todo en jaque? ¿Por qué, en vez de sacarme la mancha de mi traición yo solito, como siempre, confabulaba para confesar? Ni siquiera era porque estuviera enamorado de M. Imposible. Debía ser por otra razón. El cuerpo de M., sus papeles, las adúlteras parejas berreando, curiosos encuentros entre traficantes y abogados sindicales, y la voz de Tadeo me confundían. Andaba deleitosamente confundido entre el laberinto de cabañas del motel Tulán. Y no quería regresar a casa.

Además, leer los garabatos de M. me estaba marcando. A mí, al aspirante a escritor. A mí, que he leído tanto. Una vez, mi padre me aconsejó:

—¿Así que escritor? Pues tienes que leer a los grandes de aquí. Se lo debes. René Marqués, José Luis González, Emilio Díaz Valcárcel, Enrique Laguerre. Es lo mejor que tenemos.

Yo, diligente, me senté con los libracos en el estudio. Me los llevé a la playa. Los paseé por toda la ciudad. No me marcaron en nada. «Los de afuera, quizás», me dije un poco avergonzado por atraparme pensando lo que todo el mundo: que hay que vencer la estrechez de la Isla, que en este país pobre y apresurado todo está por hacerse y que lo hecho ya se jodió. Por ello, lo de afuera, por no ser de aquí, es por fuerza mejor. Leí a todo el mundo, sigo leyendo, desde Shakespeare hasta Tabucchi, desde Thomas Mann hasta Saramago. Y miren quién me viene a marcar.

Es curioso. Un escritor necesita ser marcado por otros escritores, como una página en blanco. Y después traicionar la mano que lo entinta. Solo entonces tiene acceso a la confesión, perdón, quise decir a la escritura. No, quise decir, las dos cosas, porque hasta cierto punto, la escritura es una confesión, la de una traición, la gran traición de un lector rebelde que no se conforma con ser el obediente receptor de las sabias palabras del Padre, de su verbo procreador, sino que quiere acceder a decir esas palabras también, a manchar vírgenes páginas, vírgenes pupilas en blanco. Por eso, se traiciona, es decir, se escribe, con el débil espíritu del culpable y el ambicioso coraje del traidor. Una cosa y la otra, halando en opuestas direcciones. Si no, la traición de la escritura no trasciende su naturaleza de invento retórico y mojigato. No llega a «moira», no se convierte en destino. Yo me he pasado una vida buscando lo que aspiro a traicionar. Y ahora, estos papeles que nunca aspiraron a convertirse en «verbo» me estaban enseñando cómo. Con sus garabatos de tinta, M. invitaba a una traición más viva que la que cualquier libro real. Allí estaba la página viva, latiendo como nunca antes la había visto; ni siquiera en las colecciones de cartas o autobiografías de escritores famosos. Porque esas publicaciones ocurrían después del «verbo», para descubrir los trabucos internos, las previas formaciones de una mente de escritor. Esto era definitivamente otra cosa.

Quizás me equivoco, quizás todo eso me lo he inventado posteriormente a los hechos, abandonándome a unas ganas de encontrarle sentido a mis acciones. Pero a estas alturas, nada de eso importa. Cualquiera que fuese la razón, lo importante es que Daphne terminó leyendo mis papeles, los papeles de M., y dictando sentencia.

—¿Tienes un momento? —dijo Daphne un lunes por la mañana. No tenía la cara torcida. Parecía incluso feliz, aunque no sonreía. Era la paz de quien se enfrenta convencida ante el otro, a decirle lo que tiene por dentro. Yo me tiré como un fardo al borde de la cama—. Hace tiempo que no estás conmigo.

—Es que el trabajo...

—No, no es eso. Desde antes del trabajo no estás conmigo. Ni yo contigo. No es culpa de nadie.

—Ahora estamos juntos.

—Ni aun ahora. Yo ya me fui.

—¿Qué me estás diciendo, Daphne?

—Que no quiero seguir contigo.

La sangre se me congeló por un instante entre las venas. Por un momento, dudé. ¿Era esto lo que en verdad quería? ¿Que mi relación se terminara así? Aquellos papeles cumplieron su propósito y ahora me veía con mi creación explotándome en la cara.

—¿Hice algo que provocara esto?

—Claro que hiciste. Dejaste de notar que vivía al lado tuyo.

—¿Eso tan solo?

—Eso es suficiente.

—¿Puedo hacer algo para remediarlo?

—Sí, pero ¿para qué?

—Daphne yo... —y me quedé con la palabra en la boca. De repente, la cabeza se me llenó de una lista inmensa de lo que perdía. Pasaba revista de las cosas, el apartamento, los horarios flexibles con esa mujer que por las mañanas iba a la farmacia a trabajar y por las noches me esperaba. Pasé revista

150

de su cuerpo entre mis brazos, cuando llegaba de madrugada y aún la encontraba durmiendo y yo, despacio, me acurrucaba contra su espalda. Pasé revista de su pelo contra mis mejillas, un pelo rizo y rebelde, color azul cobalto, de la pelusilla que se le formaba en las mejillas y de sus senos amplios y redondos, como dos frutas maduras guindándoles del pecho. Mi estómago recordó la suave presión de sus caderas anchas y carnosas, el cojín de su entrepierna llena y su pubis pequeñito, como de muñeca de juguete. De una mulatez casi abandonada por años de olvido sistemático, reviví el calor de su piel, olorosa a hierba recién cortada y no supe qué decir. No era que ahora la estaba perdiendo. La había estado perdiendo desde hace tiempo. Pero solo ahora, de golpe, sentí la nostalgia.

—Tú sabes que yo quería algo más de la vida que esperarte en lo que tú escribías —continuaba diciendo Daphne—, que hiciéramos cosas, proyectos, una casa, quizás un hijo, qué sé yo, pero definitivamente, buscaba algo más que esta espera.

—Entiendo. Me perdiste la fe.

—¿Fe?

—Fe en mi proyecto, en mis novelas.

—Perdona que sea tan sincera, pero... ¿qué me importan a mí tus novelas? Yo no me acuesto con ellas ni les hablo por las mañanas...

—Pero yo, sí.

—Conmigo también. Tú dormías conmigo también. No había que suplantar una cosa por otra. No había que cancelar la vida o irla a buscar afuera para poder escribir. La vida está aquí, es esto. Tú eres tus palabras.

—No entiendo lo que me pides.

—No te estoy pidiendo nada. Me estoy despidiendo.

No pude evitar sonreír ante la selección del vocabulario. Daphne me miró sombría.

—Esto no es un juego de palabras, Julián.

—Lo sé.

—Y otra cosa... Esos papeles...

—¿Cómo?

—El cuaderno...

—¿Leíste el cuaderno?

—Ahórrate el drama. Tú querías que yo lo leyera. Si no, no lo hubieras dejado donde lo dejaste.

—Daphne, déjame explicarte. Lo mío ya terminó. Hace tiempo que terminó, antes de empezar.

—Eso no importa, mi amor. No te dejo por esa mujer. Te dejo por mí.

Yo me quedé en silencio. No había nada que decir, francamente nada. Desde la cama, observé cómo Daphne sacaba las llaves de la cartera. Recogió un bulto de noche que ya estaba preparado, cerca de la puerta. De espaldas a mí, ya lista para irse, me dirigió sus últimas palabras.

—Me voy a quedar unas semanas en casa de los viejos en lo que tú consigues otro apartamento. Sobre los papeles, no es asunto mío, pero creo que deberías devolvérselos a tu amiga. O al menos, devolverlos al lugar donde ella los dejó.

Partes de M.

Amelia me lo aconsejó:

—Mija, a ti lo que te hace falta es ir donde mi terapista. Rebuscó en su cartera un rato, mientras yo seguía quejándome de esa sensación que tenía en la cabeza. Yo le explicaba que sentía que el cráneo me pesaba siete quintales y que tenía miedo de doblar mucho el cuello, no se me fuera a partir. Por eso me dolía tanto, como si estuviera cargando un fardo encima de los hombros todo el tiempo. Además, no podía parar de pensar. Era como si a mi mente le hubieran echado gasolina de alto octanaje. Se me llenaba de palabras todo el tiempo, mientras dormía, mientras comía, mientras me bañaba, mientras iba al mercado, mientras esperaba a que llegaran las nenas de la escuela. La grande ya tiene licencia de conducir y Efraín le compró carro para que se independizara.

—Tú hazme caso. Llama a mi terapista y saca una cita. Ya vas a ver cómo te sientes mejor —y me extendió una tarjetita un poco amarilla por los bordes, de tanto manoseo—. Es la última que me queda —me sonrió y cambió el tema—: ¿No te enteraste? Mario Andújar le regaló tremendo Lexus a su mujer de aniversario de bodas. Si todos los maridos fueran así... Era la señal del tapabocas. Yo, que quería hablar con alguien, en vez de estar tanto tiempo armando conversaciones conmigo misma.

Después de que dejé a Amelia en la casa, estuve un rato dando vueltas por la casa con la tarjetita de presentación en la mano. «Isabel Vigo. Psicóloga», leía, recordando la vez durante mi adolescencia que mamá me llevó a un psicólogo porque yo andaba insoportable por aquellos tiempos. No hacía más que pelearle, no atendía a consejos ni órdenes. Fue para el tiempo en que papá se enfermó. Fuimos mi madre y yo a siete sesiones a las que yo me resistí con pataletas, más peleas y silencio. Al fin, mamá se dio por vencida y se convenció de que la terapia no hacía más que empeorar la situación. Cuando papá se mejoró de la depresión que lo postró en la cama, las aguas retornaron a su cauce. Volví a ser la muchacha alegre y sesihueca de siempre, a sacar notas pasables, ir a bailes y salir con mis amigas. Mi madre respiró profundo. Del terapista no se volvió a hablar.

Las nenas llegaron del colegio. Servimos la cena. Efraín llegó tarde, como siempre, pero venía de buen humor. Hasta conversamos un poco de lo que pasaba en el trabajo e hicimos planes para las vacaciones de verano que se aproximaban. Quizás iríamos a Cancún. No hubo sexo, pero esa noche dormimos abrazados.

Sin embargo, a la mañana siguiente, me levanté otra vez con la cabeza llena de palabras. Aterrorizada, salí corriendo a buscar la tarjetita que había dejado sobre el tocador.

—Oficina de la doctora Vigo —contestó una voz simpática— ¿en qué puedo servirle?

Yo le expliqué que me la había recomendado Amelia Mendizábal; era un caso de urgencia. Que todo estaba bien en mi vida, o, mejor dicho, que todo iba como siempre. Hasta había señales de que mejoraba y, sin embargo, no podía dejar de sentirme con la cabeza desbocada. Hablaba y hablaba sin parar, me atragantaba con mi propio aire, la lengua no me dejaba quieta, ni las palabras.

—Muy bien, señora. Qué tal le parece si viene por el consultorio pasado mañana a las diez y media. Creo que puedo hacerle cupo. Y cójalo con calma. Todo va a salir bien.

Los días que siguieron me los pasé peleando contra mi cabeza. Cada vez que me empezaba a doler el cuello más de la cuenta, cada vez que sentía que iba a empezar a hablar sola otra vez, me sentaba en el cuarto o en la sala y me ponía a inhalar, uno, dos, y a exhalar, tres, cuatro, siguiendo una técnica de relajación que dieron en el telenoticiero matutino. Solo así me calmaba. Al fin, llegó el día de la cita. Ni sé para qué fui. Los tres meses de consulta no sirvieron para nada.

La doctora Vigo era una mujer redonda. Redonda su cara, redondas sus manos, ni los talones de los pies tenían esquinas. Al fondo de toda aquella redondez, unos ojitos de vaca cagona me observaban, pretendiendo comunicar comprensión, pero lo único que yo podía leer en ellos era aburrimiento. La primera sesión duró dos horas corridas. Me hizo que le contara mi niñez y yo se la conté toda, de rabo a cabo. Hasta me asombré de lo mucho que hablé. No me resistí con ninguna pataleta.

—Mi infancia fue lo que se dice normal —le conté a la doctora Vigo—. Así la pienso, según lo poco que recuerdo. Iba a la escuela. Jugaba a las muñecas. Mi madre se ocupaba de que nada me faltara y tanto ella como papi se ocupaban de llevarme y traerme del montón de clases en las que me tenían apuntada. Natación, piano, ballet... Para que descubriera mis talentos, decía papá. Para que desarrolles disciplina, decía mami. A mí me gustaban todas, ninguna más que la otra. Era buena en todo menos en la escuela. Lo que más me gustaba era compartir con la gente, quedarme mirando a las mamás de mis amiguitas, adivinar lo que pensaban mientras yo me lanzaba por el aire y aterrizaba en la piscina; ver la cara que ponían los demás cuando me salía bien un clavado. Eso era todo, ver y mirar cómo me contemplaba la gente. Pero podía estar sin practicar el piano por meses o quedarme fuera de las escogidas para el próximo recital de *ballet* o perder una competencia. No me importaba ser la mejor ni ganar medallas, ni siquiera complacer a mis padres en el intento. La experiencia de que me vieran a mí, y yo verlos mirándome me bastaba. Yo sabía que después de esa vendría otra y otra y otra experiencia más. Mis padres se ocuparían de eso.

Le contaba a la doctora Vigo que yo no tenía muchas memorias precisas de mi infancia. Pero recuerdo algunas: mis juegos con un pulpo de peluche que me regalaron de cumpleaños, la misteriosa desaparición de una botella de leche en un tablillero de juguete, el patrón de la colcha donde me ponían a dormir la siesta en el cuido. Creo que ese es mi primer recuerdo, el de la colcha de dormir. Como mi madre salía temprano a trabajar, teníamos una nana en casa que se ocupaba de mí hasta que tuviera edad de ir a la escuela. Doña Alicia... Era una señora de moño apretado, color caoba, el moño y la piel y los ojos también. Era como si alguien la hubiera cogido con una brocha y la pintara completa de un solo manoplazo. Nunca sonreía, era muy estricta. Como un reloj, después del almuerzo, me obligaba a dormir una siesta. Yo nunca he sido persona de dormir de día. Si de noche me da trabajo conciliar el sueño... Pero por más que pataleara o me quejara con mi madre, no había Dios que hiciera que doña Alicia me dejara tranquila; tenía que dormir. Tenía que tomar la maldita siesta. Como no podía, observaba los patrones de la colchita hasta aprendérmelos de memoria. Una franja de trapo rojo; otra, verde; otra, naranja; otra, color vino; otra, azul; de nuevo, la roja; todas cruzadas por unos hilos color crema que unía el tejido. Si cierro los ojos ahora mismo, me parece que la veo. Corría el tiempo, mucho tiempo, pero liviano; yo, entretenida con mis franjitas. Entonces, venía doña Alicia y yo me hacía la dormida, para ver si me levantaba la condena del sueño, que no me obligara a seguir allí hasta cumplir con el requisito. Era un petardo esa señora, pero solo cuando estaba en casa. Una vez nos la cruzamos en la calle. Ella esperaba transporte público en una parada. Hablaba con la gente y hasta se reía y tenía el moño despeinado. Parecía otra.

Pero la memoria más aguda que retengo vino después. Tendría yo seis o siete años cuando ocurrió. Yo acostumbraba a levantarme temprano algunas mañanas, medio asustada de levantarme en un charco de orín. Estuve mojando la cama hasta bien entradita en la adolescencia. No sé por qué. Lo mucho que me fastidiaron mi madre y doña Alicia con aquello de la meadera.

—Te tienes que controlar, levantarte cuando te entren ganas —mami me aconsejaba con el tono neutro con que se les habla a los perros de raza cuando los quieren amaestrar.

—Tú lo que tienes es que dejarte de ñoñerías de niña consentida— mascullaba doña Alicia cada vez que tenía que cambiar las sábanas; yo, con la cara echando fuego de la vergüenza.

Papi era el único que me consolaba.

—No te apures —me decía—, yo fui meón hasta los otros días.

Mami lo miraba con reprobación, con esa mirada suya que lo acusaba de no servir para nada.

Ella me quería. De eso estoy segura. Era un poco seca, reservada, pero nunca me faltó. Ella me daba todo lo que yo necesitaba, hasta lo que no necesitaba. Y contadas eran las veces, pero también me daba afecto. Con ella podía contar para todo, hasta para resolver problemas por no seguir sus consejos. Era que ella no quería a mi papá. No lo quería. A mí sí, pero a él, no. O era al revés. ¿Quién podía querer a mi padre como vivía, perdido en su tristeza...? O quizás era que sus amores se confundían en la casa, se cruzaban en el pasillo sin tocarse, se perdían por las recámaras y los baños, llamándose bajito, sin que el otro amor lo oyera, como si tuvieran miedo de encontrarse de verdad. Era como vivir en una serie de televisión, mi infancia. Todo estaba bien, todo era perfecto, pero en el fondo de aquella cosa que armamos los tres dentro de las paredes de la casa faltaba algo, los gritos, las peleas, una caricia sencilla, sin coreografía.

Hubiera dado lo que fuera por oírlos pelear, tirarse platos a la cabeza, que estallara aquel silencio, aquel susurro que yo sentía zumbar contra las paredes. Oírlos gemir enredados entre las sábanas de aquella cama perfecta, que no estaba apestosa a orín, como la mía, que todas las mañanas se levantaba recién planchada, como si nadie hubiera dormido en ella. Bueno, sí, eso era lo que iba a contar. Una vez los vi a los dos en la cama.

Era sábado o domingo. Lo sé porque, aunque era temprano, no recuerdo el correicorre que se armaba en casa cuando teníamos que salir para la escuela. Yo me levanté a orinar, aliviada de no haber mojado la cama. La puerta del cuarto de mis padres estaba entreabierta. Yo me acerqué a mirar por la rendija al oír que un sonido se escapaba de allá adentro. Entonces los vi, a los dos desnudos, uno junto al otro, tirados en la cama.

Mi madre reposaba sobre sus codos. Miraba a mi padre con unos ojos dulces y tristes, como si lo estuviera viendo por primera vez, o como si mi padre fuera un señor que ella acababa de conocer o con el cual soñó y que ahora descubría junto a ella, en aquella cama que se hacía nueva y desconocida. Mi padre también la miraba, echado sobre su espalda. Suavemente, alargó el brazo y con el dorso de la mano le acarició una mejilla. Mientras yo los espiaba desde mi escondite detrás de la puerta, sentí que el murmullo con el cual vivíamos, aquel susurro infernal, se estaba transformando en una corriente que salía de aquel roce de pieles, pero que las traspasaba, las trascendía, y que me incluía a mí, a la casa dormida, empolvada e incorrecta, pero latiendo tranquila en aquellos momentos. ¿Aquello era el amor? ¿Por qué ninguno de los dos me lo había mostrado antes? ¿Por qué se empeñaban en el trabajo de hacerme, de hacer o deshacer al otro, pero no se tomaban el tiempo para aquella celebración?

La doctora Vigo miró el reloj y dijo que ya se había acabado el tiempo. Que nos viéramos la próxima semana. Yo me fui a mi casa más aliviada y por una semana entera no tuve necesidad de garabatear cuadernos, ni de encerrarme en el carro o en el baño a hablar sola. Luego, hubo otra sesión en que le hablé de Efraín. Entonces, regresó la manía del papel. Ya no hablaba sola. Pero no podía parar los garabatos. Me pasaba noches en vela engarrotada en el estudio, bolígrafo en mano. Mi lengua ahora permanecía pesada en el fondo de la boca, y ahora solamente se movía para decir lo necesario. «¿Quieres que te caliente la comida?», «¿Cómo les fue en la escuela hoy?». Nada más. Pero de noche, sola, encerrada en el cuartito de los libros, escribía hasta que diera el alba. La tinta era como un torrente de sangre. Me iba a matar si no paraba. Me iba a desangrar. Desesperada y sin poder aguardar una sola semana más, llamé de emergencia a la doctora Vigo y volví a su consultorio. Le conté todo sobre Efraín, su dejadez, sus amantes, sus reproches.

—Efraín no me hace caso —le grité llorando a la doctora— ni en la cama, ni en la casa, ni en la calle. Soy como un trofeo, como una yegua domada. Está ahí, a mi lado, pero no me hace caso.

La doctora Vigo aprovechó mi llanto para hacer una pausa, limpiar sus espejuelos, acomodar su redondez de Buda más cómodamente en su butaca.

—Usted sabe que también trabajo con parejas, pero para eso tiene que venir su marido.

—Yo no quiero que él venga.

—¿Por qué?

—Porque eso no es lo que vine a solucionar.

—Entonces, ¿por qué vino?

—Porque la cabeza me quiere explotar. Además, no paro de escribir disparates. Antes al menos los decía, pero ahora…

—¿Qué le dice su cabeza?

—Vete, vete, vete.

—¿Por qué no le hace caso?

—¿Cómo voy a abandonar a mis hijas, a mi familia?

—Quizás no es a ellas a las que tenga que dejar.

—¿Dejar a Efraín?

—Quizás.

Dejar a Efraín… Si la doctora Vigo supiera que yo no soy tan boba ni tan débil como parezco, que ya he intentado dejar a Efraín varias veces, que ahora estaba a ley de nada para abandonarlo. Si supiera que ya había hablado con los abogados, visto un apartamento donde cabíamos las nenas y yo, que estaba a punto de poner la demanda de divorcio cuando encontré aquellos malditos papeles y tuve que abandonar mis planes. Abandoné todo por el terror, un terror tan inmenso que me obligó a dejar terapia, a pasarme horas batallando conmigo misma, a encerrarme en este cuarto a respirar. La casa entera se viró en mi contra, como si cobrara vida, se hubiera enterado de que también ella era cómplice de las trampas de Efraín: «Mierda es, mierda es que vas a encontrar dónde meterme aquí adentro. Mierda es que te voy a dejar vivir o morir entre estas paredes. Ahora te vas con tu peste y tus ahogos a otra parte». Quise volver a las libretas, pero la casa no me dejaba escribirlas. Y me encerré aquí. Aquí, donde comenzó todo.

Los papeles en el escritorio de Efraín... Qué voy a hacer, Dios mío. Lo perderemos todo... No, no quiero ni pensar en ellos ahora...

Esto no se lo he dicho a nadie, ni lo he escrito en ninguna parte, ni siquiera en libretas viejas o en los papeles que rompí. Un día, lo vi con ella. Yo sabía que «ella» existía, pero nunca me había atrevido a pasar por el edificio de apartamentos donde Efraín la mantenía a todo lujo y mirarla a la cara.

—Un *affaire*, querida. Y en la oficina. Con una secretarita que no te llega ni a los talones. Por ella Efraín no te va a dejar, eso tenlo por seguro. Pero de todas formas... —me confirmó Amelia, instigando el dramón.

Evitaba los lugares donde sospechaba que Efraín la llevaba a cenar (lugares carísimos a donde antes me llevaba a mí), para no topármelo, para no tener que verlos a los dos, quizás enredados en aquello que yo pensé que nos entrelazaba, qué sé yo, una luz, un chispazo invisible que se manifestaba cuando fuimos felices. Esa hambre compartida. El chispazo que empezó a faltar cuando Efraín comenzó a quejarse:

—Ya no quieres salir a ninguna parte.

—Es que yo me quiero quedar aquí en la casa contigo, Efraín. Ven, las nenas están dormidas.

—¿Por qué no salimos a bailar? Hoy hay fiesta en casa de los Graffam. Van a ir los Mendizábal, Amelia, tu amiga.

—Amelia es una pesada.

—Hay un cliente importante que quizás se aparezca.

—No estoy para amenizar. Vete solo, entonces.

Efraín se iba y yo me quedaba en la casa, con las nenas dormidas y el hambre despierta y grande, tan grande que no me dejaba dormir. ¿Por qué pasó esto? ¿Por qué, por más que me colgara de su cuello, Efraín seguía de largo sin apenas notar mis brazos empujándolo hacia la cama? Como la niña de antes, lo único que yo quería era que él me volviera a ver. Que me sostuviera con sus pupilas y su hambre en lo que yo hacía piruetas en el aire y caía de pecho en el agua, en la alfombra de la casa, entre las sábanas de la cama, en el mar de horas que nos separaban hasta que después, cuando se ponía el día, nos volviésemos a encontrar. Pero ahora el hambre de Efraín estaba dirigida a otras cosas. ¿O siempre fue así? ¿Fui yo quien no lo vio? Lo único que notaba era que Efraín no se sabía conformar conmigo; quería más. Más clientes, más amigos, más fiestas, más trabajo, otro carro más y otras vacaciones. Más pruebas de que él era Efraín, el poderoso. Y ella era su cómplice en esta trama. Jamás imaginé, sin embargo, cuán profunda era el hambre y la trama de Efraín. Y cuánto estaba utilizando también a esa otra mujer.

Fueron los papeles los que me decidieron a hacerlo. Un día, sin pensarlo siquiera, como una autómata, me encontré en una oficina del aeropuerto rentando un carro de cristales ahumados. Guié de nuevo hasta la zona industrial, esperé la hora de salida y seguí a Efraín cuando salía del trabajo. Lo seguí hasta un edificio de apartamentos carísimos con vista a la bahía. Vi cuando estacionó el carro y cuando subió por el elevador. Busqué el nombre de la mujer en el directorio y esperé. Me quedé en el carro por horas, llena de una extraña tranquilidad. Tenía la cabeza limpia, me zumbaban las piernas, los oídos, pero aquella sensación no era incómoda, era más bien el preludio de una paz. Ya cuando era de noche, Efraín bajó del apartamento, que quedaba en el octavo piso, y se alejó en su convertible. Como apoderada de una persona que no era yo, caminé resuelta hasta la entrada. Toqué el intercom. Parece que «ella» pensó que era Efraín, que olvidaba algo. Por el auricular oí un «Sube» sin condiciones y una chicharra que anunciaba que se abría el seguro de la puerta. Entré al elevador. Caminé hasta la puerta del apartamento y volví a tocar el timbre.

Una mujer delgada y pálida abrió la puerta. Parecíamos de la misma edad, aunque, de seguro, ella era más joven que yo, algunos años más joven, diez a lo sumo. Tenía una melena larga y negra, como la mía. Tenía unos labios anchos y unos pechos apretados que se le salían de la camisa de manguillos que intentaba cubrirlos. Tenía las piernas largas y lisas, con las uñas de los pies pintadas de azul. Pero en la cara se le notaba que hacía rato había perdido esa frescura que da la vida cuando una no la conoce todavía. «Ella» me reconoció en el acto. Quiso cerrar la puerta, pero yo se la sostuve con el brazo, con una fuerza que no sabía que tenía en el cuerpo, como si estuviera poseída, lo juro, como si todos aquellos años de natación, *ballet*, gimnasio, de repente, se convocaran en mis hombros. No iba a haber dios ni criatura terrestre que pudiera cerrar aquella puerta. Primero, había que romperme el brazo a machetazos. Ni siquiera mi cabeza me podía convencer de hacer cosa contraria, de, al menos, preguntarme un «¿Qué haces, cómo te rebajas a enfrentarte a la querida de tu marido, qué diablos te ha picado por dentro? Date tu lugar». Ni siquiera ella me podía contener.

Después de un breve forcejeo, ella soltó la perilla y caminó de prisa hasta el teléfono. Marcó, esperó tono y dijo:

—Efraín, querido, ¿a que no adivinas quién me vino a visitar? Tu mujer.

Luego, se aguantó del auricular, como escuchando direcciones. Lo colgó y me miró con desafío, como dispuesta a responder a cualquier injuria, a devolver cualquier golpe que yo estuviera dispuesta a darle. Yo seguía mirándola desde la puerta en el más completo silencio. Creo que hasta le sonreí. Mi sonrisa la desconcertó porque, entonces, comenzó a cubrirse con las manos, a buscar con qué taparse, a mirar por las ventanas, de seguro, esperando a que Efraín llegara y la rescatara de ese predicamento. «Pobrecita», recuerdo que pensé, y después: «Tú estás del carajo. ¿Cómo le coges pena a esta cualquiera?» Así que resolví no decirle nada de lo que había averiguado en el escritorio de Efraín. Que se hundiera sola, como ella quiso que me hundiera yo.

—Efraín viene para acá —me desafió, retadora; yo guardé silencio—. Así que lo que me vino a decir, me lo dice y el resto lo resuelve con su marido, que eso no es cosa mía.

—¿Ah, no?

Ella volvió a desviar la mirada por la ventana. Yo la seguí observando desde la puerta. La miré un largo rato hasta que me la aprendí de memoria.

—¿Sabe una cosa...? —le dije después—. Mejor hable usted con Efraín. Y le aconsejo que le pida que le hable claro. Y me le da mis saludos. Yo ya no tengo nada que decirle.

La dejé con la palabra en la boca. Mientras caminaba de nuevo hacia el elevador, oí un portazo y después un murmullo de llanto encerrado. Yo, por el contrario, no necesitaba llorar; estaba limpia. Aquel día, dormí como una bendita. Hice compras, paré en el gimnasio y mudé las cosas de Efraín para el cuarto de la visita. No sé si Efraín regresó aquella noche. No me importó corroborarlo. Él hacía todo lo posible por evitarme y yo, también. Ya algo se había roto sin remedio.

Cavilando

—Daphne me dejó.

—¿Cuándo fue eso, titán?

—Hace tres días.

—Óigame, hermano, a la verdad que la comida del pobre llega toda junta.

—Se llevó la ropa, unas cajas, los floreros. Dejó la casa desahuciada. Milagro que no empacó las sartenes y las ollas también.

Tenía que decírselo a alguien. La ausencia de Daphne estaba virando el apartamento en mi contra. No podía comer, no podía dormir. Todas las cosas me recordaban que se había ido. La cafetera, los ganchos donde colgaba la ropa, ahora vacíos. Y los papeles de M. reposando sobre la mesa de noche me hacían ver mejor que nunca el lugar (adentro, afuera de mi pecho) que estaba siendo desocupado. Otra vez ese sentimiento de intemperie. Necesitaba un lugar, el que fuera, para no sentir tanto frío.

Tadeo siguió oyéndome el cuento con la cara reconcentrada. Me acompañaba en mis sentimientos. Se mordía el labio inferior. Se identificaba con mi pérdida y conmigo bajaba al hondo silencio que me hacía frenar en busca de aire, ocuparme de encontrar el Norte de una brújula loca que no me decía qué debía hacer con mi vida ahora. ¿Pero no era esto lo que yo quería? ¿No lo provoqué dejando los papeles de M. al descubierto? ¿Por qué ahora tanto sentimiento de fatalidad?

—Yo no tuve la oportunidad de conocerla, pero, hermano, por lo que me cuenta, parece que Daphne era una buena mujer.

—Sí que lo era.

—Y entonces, ¿por qué la dejó ir? Vaya y búsquela.

—No, no, Tadeo, es que ya lo de nosotros iba mal. El horario, mis proyectos. Quizás sea mejor así.

—Bueno, usted sabrá…

Un largo silencio se quedó con la noche. Esa noche lenta, la del martes, miércoles de madrugada. Si llegara M., aunque fuera para distraerme con esa hambre suya tan voraz y tan distante. Si me utilizara para lo que le diera la gana.

Tadeo también andaba sombrío. Había algo que definitivamente me quería comentar, pero que las circunstancias le obligaban a callar, en espera de un mejor momento. Era cuestión de tiempo. Tadeo no es hombre de estar dispuesto a esperar mucho para hacerse entender.

A los tres cuartos de hora, entró un carro sedán gris por la cuesta de subidas. El corazón me dio un vuelco dentro del pecho ¿M.? Pero no, era el tipo que, semanas antes, se había bajado de otro carro para entrar en negociaciones con Efraín Soreno y compañía. Socio del Chino Pereira. Tadeo se levantó lentamente de su silla, de donde miraba la noche como enfermero, corroborando el fluir de un suero lento que le entra por la vena a un paciente terminal. Caminó hasta el carro con pasos vacilantes y se agachó frente a la portezuela del conductor. Pasaron unos minutos, diez, quince. Parece que la conversación, aunque calmada, resultaba de peso. Finalmente, de la ventanilla salió un sobre que Tadeo sujetó con ambas manos. Luego, se encendieron de nuevo las luces y el carro partió como mismo vino, perdiéndose por la cuesta de salida del motel Tulán.

—La suerte está echada, caballero. Me voy pasado mañana para Miami.

—Coño, Tadeo, ¿tú estás seguro de que eso es lo que quieres hacer?

—Es lo que tengo que hacer si no quiero pudrirme aquí de vergüenza, si algún día quiero regresar a Baní.

—Pero ¿qué te impide regresar?

—Una promesa que no puedo cumplir, lo que le prometí a mi vieja, Julián: una casa decente, donde ella pueda sentarse tranquila a tomar fresco. Una vida decente, donde ella no tenga que escarbar la tierra como los perros para poderse echar algo a la boca. No, hombre, no, yo ya estoy harto de vivir como los perros. Y estoy harto de no cumplir mis promesas.

—Pero no es porque no hayas tratado, es porque no has podido.

—Eso no importa. ¿A usted no le pasa, titán? ¿No le pasa que por las mañanas no le da el alma para mirarse al espejo por temor a empezar a escupirse la cara de la rabia? ¿No le pasa que ya se le está haciendo rala la mentirita del «Con calma, sigue tratando, algún día lo lograrás»? No, coño, Julián, es tiempo de tomar al toro por los cuernos. Aquí está mi oportunidad. No es la que yo esperaba. No es la que escogería. Pero mi madre no tiene cincuenta años, y yo no podría vivir con la vergüenza por dejarla morirse así.

Guardé silencio. No porque no tuviera mil cosas qué argumentar, señalar riesgos, peligro de deportación, años de cárcel si lo atrapaban. No porque no quisiera detener a Tadeo en esa empresa desesperada, sino porque sabía exactamente de lo que estaba hablando. Esa sensación de que debías haber sido otro, que no eras suficiente ni para cumplir con lo mínimo que debe cumplir un hombre: proveer para sus mujeres, probarse ante sus semejantes o, por lo menos, estar satisfecho ante los ojos propios que del otro lado del espejo ven y miden. Que al menos aquellos ojos no miren con sorna. Que al menos aquella mirada íntima (si es que lo era) se mostrara alentadora, feliz. No había argumento que esgrimir. Si para algunos de nosotros quedaban lugares donde esconderse, para otros no. Para Tadeo, por ejemplo, los escondites eran pocos y las oportunidades de jugarse la vida cogiendo al toro por los cuernos, más escasas aún. Mi toro (para mi suerte y mi desgracia) estaba hecho de papel y de palabras.

—¿Y quién te va a reemplazar mientras estás de viaje?

—Usted se acuerda de aquel muchachito flaco que fumaba sin parar cuando el Chino vino a endecar acá. Bimbi, creo que le mientan.

—Tadeo, ¿pero cómo me vas a dejar con ese mamarracho? ¿Y si desfalca la caja mientras no estoy mirando? ¿O aun con el ojo echao? Ese niño es un delincuente.

—¿Y nosotros, no?

—Sí, pero nosotros somos delincuentes decentes, como la mayoría de los ciudadanos de este país.

Nos reímos, no porque mi chiste fuera particularmente bueno, sino porque nos hacía falta. Había que disipar la pesada atmósfera que se nos venía encima, el cuadro patético que formábamos estos dos hombres, hermanados por la noche y por las miserias particulares. Yo, abandonado por la mujer. Tadeo, jugándose la vida por su madre. Era hora de reírse.

Sacamos dos cigarrillos. Los encendimos. Exhalamos al unísono el humo denso que agolpaban nuestros pulmones y esperamos a que la noche pasara. Otra vez, el silencio se ocupó de nuestras bocas y los ruidos de la noche hicieron gala. Los coquíes y los grillos chillaban en todo su esplendor. Abajo de la carretera 52, subía el ronroneo de los carros acelerando por la avenida, como si un río inmenso emitiera sus golpes de agua, uno tras otro, formando extrañas olas que bañaban las costas con una brea soñolienta. El aire tenía el peso de un barrunto. Esta madrugada, de seguro, llovería.

—Parece que lo de la Autoridad se está poniendo caliente.

—¿Ya anunciaron cuándo empieza el paro?

—¿Usted no se ha enterado? Salió hoy en todos los periódicos.

—Tadeo, tú sabes que yo no leo periódicos.

—¿Ah, no? Yo pensé que, como había trabajado en uno, era de los que se papean los cuatro que sacan en este país. ¿O son cinco? En Santo Domingo sacan dos y va en coche. ¿Quién iba a pensar que en una isla tan chiquita se gastara tanto papel en chismes de política?

—Cinco, son cinco —le corregí—. Y precisamente porque trabajé en uno de ellos es porque no le creo a ninguno.

Otra vez, la sensación de intemperie me estaba apretando el pecho. Al principio, me leía todos los periódicos de aquí y el *New York Times* de los domingos. Hasta los cables que llegaban de Agencia EFE me los devoraba como si fueran desayuno. Pero después…

Había que cambiar el tema, invitar a una cerveza, hacer un chiste, preparar una rayita de droga, algo que espantara ese desasosiego amplificado por la noche lenta en el motel. No quería ponerme a ponderar cómo, día tras día, mes tras mes, leer las noticias me convirtió en un cínico.

—¿Qué fue lo que pasó? —le pregunté a Tadeo, sacudiéndome de encima el fantasma de mi desilusión.

—Pues que anoche explotaron siete transformadores en el centro de la Isla y el Gobierno está culpando a los de la Autoridad de Energía de sabotaje.

—Quizás eso era lo que estaban tramando Soreno y sus secuaces aquí.

—Puede ser, titán, puede ser... Pero, entonces, ¿para qué se reunieron con el empleado del Chino?

—¿Para comprar explosivos?

—No, Julián, lo del Chino no son los explosivos. Droga, sí; armas. ¿Pero explosivos? No creo.

—Pues quizás lo que Efraín quería era comprar algunas armas, por si había que protegerse y disparar con pistolas que no estuvieran registradas.

—Lo más seguro, titán. Oiga, creo que dimos con el motivo.

Apareció un carro por la cuesta. Era César, el antiguo príncipe bantú de mi primer día (noche) de trabajo en el motel Tulán. Llegaba con su amante habitual, aquel apacible y enamorado señor que le prometió salvarlo de cualquier catástrofe que provocaran sus idilios. El muchacho se veía sonriente, más confiado de su presa. Y el señor, quizás ya agotado de tanto amor, le seguía los pasos como un cordero manso que llevan a la pira de sacrificios. Pero no había recelo en su mirada. Ni tampoco temor. Era como si hubiese aceptado su suerte, la que fuera, con tal de estar bajo los embrujos de aquel niño una noche más.

Le dimos la cabaña 23, la antigua cabaña de la Dama Solitaria. Me sentí como si cometiera una traición, o quizás una venganza contra M., por haberme dejado solo tres semanas. Si volvía, tendría que esperar. Tendría que asumir que perdió sus privilegios de cliente habitual, que volvía a convertirse en un alma en pena intentando sobrevivir la noche. Tendría que caer en las manos decididoras de Tadeo, en las mías. Nuestra compasión le daría techo, le ofrecería una habitación de paredes blandas como papel, para que sus pujos y despechos quedaran al descubierto, o, para evitarle el ridículo, le otorgaríamos alguna cabaña sólida, donde sus ojeras y desnudeces estuvieran a salvo de risas, de escrutinios. Nosotros éramos los que decidíamos. Y la Dama Solitaria tendría que acatar. Eso, si regresaba. ¿Los papeles? ¿Y si regresaba por sus papeles?

—Si usted viera lo orondo que salió el Efraín Soreno retratado en los periódicos de esta mañana. Camisa de hilo, reloj de marca. Un titán. A ése sí que no le da grima verse en el espejo todas las mañanas.

—Efraín —repetí en voz alta. ¿Dónde había leído yo ese nombre recientemente? O quizás fue que lo escuché en la radio. Saqué mi libreta de apuntes.

—A que le robo el nombre cuando me vaya en el avión. Quizás me traiga suerte. Y si levanto sospechas, que lo busquen a él. ¿Eso se puede hacer, mi hermano?

—Si averigua cómo, avíseme, que yo también me cambio el nombre —le respondí, distraído. ¿No era Efraín como se llamaba el marido de M.?

—Pues allí estaba, en las páginas centrales, detrás del síndico de la Autoridad. El tíguere negaba cualquier imputación de sabotaje, reachacándosela de vuelta al Gobierno. Que si querían difamar a la Autoridad, que si buscaban quitarle el apoyo del pueblo. Tú sabes, los dimes y diretes de siempre.

—¿Y las negociaciones?

—Paradas por la investigación. Los de la Autoridad dicen que ellos no van a enviar a ningún técnico a reparar los transformadores hasta que el Gobierno se comprometa con una fecha de reunión.

—Pues, entonces, no fueron los de la Autoridad.

—¿Tú crees que fue el Gobierno?

—Al Gobierno es al que más le beneficia que esos transformadores hayan explotado.

—Entonces, se nos acaba de caer nuestra teoría sobre Efraín Soreno y el Chino Pereira.

—Al contrario, mi querido Watson. Quizás Efraín está jugando un doble juego.

—Julián, mire que esto no es una película de detectives. Lo más seguro, lo que vimos fue una compra grande de coca para una fiesta particular…

—O quizás Efraín Soreno tiene motivos privados para que se tranquen las negociaciones. ¿No estaban hablando de que iban a privatizar la Autoridad? Quizás Efraín quiera invertir en ese negocio.

—Con el dinero del Chino Pereira. No, no, espérese, que no me va a hacer caer a mí en ese laberinto. Ya me está dando dolor de cabeza.

—Ande, Tadeo, si total, es para entretenernos. ¿Quién carajos nos va a hacer caso a nosotros si presentamos esta información?

Nos pasamos el resto de la noche ponderando teorías. De repente, nosotros, el dúo que hacía unas horas se conmiseraba de su suerte, nos convertimos en dos honestos detectives intentando parar a los corruptos y poderosos. Una lucha entre el bien y el mal, donde las fronteras (por una vez aunque fuese) eran precisas, claras, delimitadoras. Tadeo y yo, con la mera superioridad de nuestra astucia, desenmascaríamos a los farsantes. Ni su poder, ni sus influencias podían superarnos. Nos daba gracia nuestro juego adolescente, tan necesario para espantar la gris adultez que, en vez de hacernos hombres, nos infantilizaba más y de peor manera.

Dio la mañana. M. no apareció por el motel. Tadeo recogió las colillas del piso con una escoba y yo me senté a cuadrar caja. La mañana sorprendía a algunos clientes que se habían quedado a pasar la resaca de la noche entre nosotros. A plena luz del amanecer, sus cuerpos y sus caras parecían las de náufragos depositados por el oleaje urbano en la infinita brea. Yo miré a Tadeo con un cariño infinito, parecido al que se establece entre dos compañeros policías, o dos soldados que sobreviven a los bombardeos en el fondo de una húmeda trinchera. Nuestras caras, nuestros cuerpos aún eran reconocibles. Sobrevivimos la noche.

—¿De verdad que se me va a Miami?

—Van a ser dos días, no más. Y no se preocupe por Bimbi. Él no se va a atrever a meterse en problemas con el Chino.

—No, si no es eso. Me preocupo por usted.

Un breve, brevísimo silencio se apoderó del momento. La escoba de Tadeo era lo único que rompía el eco de nuestros pensamientos, con su ritmo cadencioso sobre el cemento que bordeaba la oficina.

—¿Oiga compadre, yo nunca le he preguntado, pero, usted cree en Dios?

La pregunta me pareció interesante. ¿Creo yo en Dios? ¿Creo que existe una conciencia superior que acomoda nuestros actos de manera coherente, consecutiva, llevándolos hacia un fin orquestado, para nuestro bien o nuestro mal, o, por lo menos, para el bien o el mal de la especie, de nuestra existencia en la Tierra? ¿Creo, por el contrario, en que todo esto que llamamos vida es una sucesión de errores,

174

una trampa tras trampa tras traspiés de seres que chocan como bolitas de energía contra las paredes de un átomo, de una célula, de un sistema, por el mero hecho de seguir haciendo correr esas energías, odios, pasiones y premuras, hasta que el propósito de esa energía sobre la faz de la tierra cese y, entonces, sobrevenga la nada, así porque sí? ¿No creo yo en Dios? ¿Creo? ¿Hace falta que yo crea?

—A veces.

Tadeo paró de barrer. Contempló un punto lejano por encima de las lomas, por encima inclusive de los cables de alta tensión donde se posaban los primeros pájaros de la mañana. Parecía conversar con la carretera negra que atraviesa la Isla y por donde corrían los autos hacia la ciudad. Luego, dio un largo suspiro, volvió a agarrar la escoba y, sin mirarme, murmuró:

—Pues apúntese una de esas veces a mi nombre, y rece por mí.

Una noche con Bimbi

Había llovido. La calle estaba resbalosa y abajo, en la carretera 52, el oleaje de carros acelerantes transportaba a una playa nocturna, si uno cerraba bien los ojos. Por la callecita de entrada, caminando justo por el medio, se acercaba con un tumbe estudiado de matón adolescente mi nuevo compañero motelero. Bimbi, sin nombre ni apellidos. Venía hablando por celular:

—Las gatas, pana, que no dejan a uno tranquilo.

En la muñeca exhibía un Rolex de oro definitivamente nuevo. Lo acentuaba la coreografía de manos con que el Bimbi buscaba la luz para que su reloj rutilara contra los postes del alumbrado. El Rolex me hizo recordar al Chino Pereira. Él tenía uno igual.

—Nunca le des el número del celular tuyo a una gata, viste, porque después te quiere controlar —fue su consejo de bienvenida.

Yo lo saludé silencioso, de entrada extrañando a Tadeo. Juzgando la pinta del Bimbi, sus diecisiete años mal llevados y la sombra del bigotito que, por poco, no lo cualifica como hombre, lo más seguro, quien lo llamaba era su mamá.

—Es que desde que estoy con el Chino, negro, me llueven las ofertas. Ahora mismo, Jackie me acaba de invitar para un *party* en Sellés, tú sabes, en el caserío. Pero, mano, esta suerte que yo tengo… Tenía que ser precisamente hoy, que me tocaba venir acá, yo que a esa gata le vengo echando el ojo desde hace tiempo.

Luego, Bimbi aderezó el panorama con una descripción exacta de la Jackie alta, oscura, con unas trenzas que le llegan hasta las nalgas, «son extensiones, viste, pero le quedan como si hubiera nacido con ellas», y una mirada que derrite a cualquiera. Jackie era delgadita, como una vara de matar gatos, aunque ya tiene un nene. Quien la viera en uniforme de escuela, chupándose una paleta de helado al medio día, jamás sospecharía la calle que tiene. «Es tremenda, esa mujer, ¿a que no adivinas la edad?» Quince, quince años.

Volví a auscultar a Bimbi. Quizás todo lo que me contaba era cierto, quizás aun con barros, sin terminar de echar pelo, con ese cuerpito enclenque y malnutrido a fuerza de *fast-foods* y dulces de farmacia, este chamaquito sí cualificaba para hombre. En el punto, sí; en la carne apretada de una muchachita de caserío impresionándose con celulares y Rolex, sí; en la cárcel de menores donde caería, con suerte; sin suerte, en las páginas de en medio de algún periódico de prensa amarilla. Inclusive en *La Noticia*. Allí sí cuenta como hombre, es decir, como estadística. Imaginé la parte de prensa que le hubiese escrito yo, Daniel, algún otro de los redactores, para informar al público lector de su cuerpo inerte… «Esta madrugada, a la altura del km #15 de la carretera 52, fue hallado el cuerpo sin vida de José Pérez, alias Bimbi, residente del caserío Los Lirios, de diecisiete años de edad. El cadáver presentaba cuatro impactos de bala a la altura del pecho y otro detrás de la oreja izquierda…». Luego, seguiría la información de la policía, notificación de los testigos, los motivos del crimen, para vertiginosamente pasar a otra noticia de otro cadáver inerte de dieciocho, de veinte, de dieciséis años, el pan nuestro de cada día. Me empezó a dar pena el pobre muchacho, empecé a cogerle simpatía. A fin de cuentas, él no tenía la culpa de contar para hombre tan temprano.

—Esta es tu silla, y esta la mía. Aquí enganchamos las llaves de las cabañas. Al fondo del pasillo queda la despensa, donde guardamos todas las botellas para los clientes. Y esas son las cabañas del ilustrísimo motel Tulán; acá, la primera y la última, pegada al cerro.

No era mi voz la que recitaba las instrucciones; era la nostalgia de Tadeo apoderándose de mí. En su ausencia, me resultaba más palpable el genuino cariño que le tenía, esa camaradería profunda, como jamás la sentí con otro hombre de mi especie. Quizás era porque con él yo me estaba jugando más que lo que usualmente me había jugado en mi vida; algo más que mi reputación o que algún dinerito con el que no contaba, porque los padres o la familia siempre podían sacarme de aprietos. Ahora me jugaba algo más serio, allí, en aquel motel, con Tadeo como aliado. Mi vida anterior ya no contaba, ni tampoco los riesgos anteriores, desde que lo conocí. Ahora mi vida era la de un hombre mucho más frágil, con muchas menos redes de seguridad y, por lo tanto, mucho más hombre. Y, por eso, Tadeo era mi retaguardia y yo la suya. No había más. El no tenerlo cerca me dejaba al descubierto.

—¿Cuándo empieza la acción, socio? —me preguntó Bimbi con ojos de sátiro como si el trabajo fuera un *sneak preview* del estreno de una película pornográfica.

Le traté de explicar a Bimbi las artes moteleras como me las enseñó Tadeo. Que no llamara la atención, que tratara de ser invisible, que usara la mirada periferal. Quizás le convenía quitarse el reloj, no fuera a provocar tentaciones innecesarias.

—Mano, si me lo puse hoy para estrenarlo. Nonono, el que se meta con mi Rolex, se mete conmigo, viste. Yo le pongo las manos arriba rápido. Y por si las moscas… —el

Bimbi se levantó las faldas de la camisa enorme siete vueltas, que parece que eran de su predilección. Allí, la culata de una cuarenta y cinco brilla en la oscuridad.

No dije más. No iba a decir más porque no quería explotar, salir a zancadas hacia el carro y dejar el motel en manos del niño aquel con su plante de macho. Me alejé a la esquina a mirar cuesta abajo, pretendiendo estar a la vigilia de clientes. Encendí un cigarrillo y me puse a fumar. Yo iba a tomar el primer turno, y el segundo y el tercero. Tomaría todos los turnos y, aunque tuviera yo que reponer caja, si Bimbi le echaba mano, mantendría al tipo fuera del contacto con los clientes. Ya me imaginaba el caos que formaría, dirigiéndole una mirada propasada a alguna acompañante, mirando de soslayo a algún *gay* que se apareciera con su amante u ofreciéndosele a una pareja de lesbianas. Entonces sí que se armaría el fotingue, como si el único que anduviese armado de noche en un motel fuera él.

Llegó la primera pareja de la noche.

—Tráeme la llave de la ocho —le grité desde mi esquina al Bimbi, quien, de inmediato, desapareció en la oficina y llegó corriendo con el llavero en la mano. Venía sonriendo, mirando por encima de mi hombro para agarrar un buen vistazo de la pareja.

—Me cuentas, macho, cuando regreses, me cuentas.

—Tú vela bien la caja y me llamas rápido si entra otro cliente.

—¿En dónde lo meto?

—¿Qué?

—¿Al otro cliente, si llega, en qué cabaña lo meto?

Le hice un gesto con la mano y me alejé a atender a los que ya llevaban varios minutos esperando en el carro. Si me viera Tadeo. Eso nunca pasaba con los dos aquí. La precisa maquinaria que éramos ambos, silenciosos, dirigiendo a los adúlteros a sus cabañas de secreto, sin hacerlos esperar, sin casi darles la evidencia del sonido de nuestras voces. Todo se había roto con el intruso, interrumpido en su desenvuelta ejecución. Perdí un poco la tabla. La llave se me encajó en la cerradura. Los clientes (un señor con cara de vendedor de efectos médicos y una mujer que, definitivamente, era secretaria; lo evidenciaba el rojo subido de su melena y las manchas de tinta entre las uñas de acrílico) tuvieron que preguntarme cuánto era por la cabaña, porque por poco me retiro sin cobrar.

—¿Cómo era la gata? ¿Qué hizo cuando le abriste la puerta?

Bimbi me atosigaba con preguntas de regreso a mi sillón. Yo las despachaba con un «Nene, no jodas, si esto es como cualquier trabajo. ¡Qué me voy a fijar yo en las mujeres que vienen aquí!».

—¿Tú nunca has tenido ningún brete con alguna de esas que no les da con el marchante, lo despachan y quieren más?

—Con ninguna —mentí. En las manos, el recuerdo de unos dedos fríos y en la mente, la visión de millones de arruguitas misteriosas que me hicieron hacer locuras hace ya tanto tiempo. ¿Dónde estaría M.? ¿Acaso jamás la volvería a ver?

Bimbi interrumpió de nuevo el silencio.

—Tadeo se fue esta tarde.

—Sí, ya lo sé. No quiso que lo llevara al aeropuerto.

—Es que no podía. Chino lo mandó a buscar para llevarlo con todo y equipaje.

—Ojalá no le pase nada.

—¿Qué, está enamorado del dominicano ese, o qué? No le va a pasar nada.

—¿Qué sabes tú de eso?

—Mi pana, más de lo que te imaginas. Mi primo Culey hizo de mula, Pezuña fue mula. Envidia le tengo yo al Tadeo ese. Por el paseíto, te forran de billetes.

—Pero si te agarran, vas pa'dentro.

—Si te agarran aquí, si te agarran afuera, el detalle es que no te agarren. Lo demás es cuestión de geografía.

Otro silencio incómodo se hizo entre nosotros. A lo lejos, la alarma de una ambulancia se apoderó de la noche.

—Pero Tadeo es indocumentado.

—¿Eso lo sabe el Chino?

—Me imagino que sí.

—La verdad es que necesita a alguien que no relacionen con él. Yo mismo me le ofrecí.

—¿Y por qué no te escogió?

—Porque y que soy menor, de Los Lirios, y rápido iban a sospechar de él. Que esperara a que la cosa se calmara.

—Las probabilidades bajan de que lo conecten con un indocumentado.

—Esos están metiendo las manos en la masa que es una barbaridad. Yo creo que ya hay una mafia dominicana establecida aquí, con conexiones y todo. Son la changa, esos dominicanos.

—Son como todo el mundo. Quieren comer.

—Yo ya como, pero lo que me sirven no me llena la muela.

—Y por eso tú haces lo tuyo y ellos, lo de ellos.

—Es claro. Pero y tú, ¿qué tripa te pica a ti para estarte prestando de esta manera? Porque tú no te ves muerto de hambre.

—Depende de a qué hambre te refieras…

Sonó el timbrecito del celular de Bimbi. Era el Chino Pereira. No sé qué instrucciones le diría a Bimbi, pero fueron cortas, lo suficiente para arreglar con varios monosílabos. Un sí, un no, un silencio consentidor. Aproveché ese momento de tranquilidad para descansar un poco de mi acompañante. La noche se alargaba vacía y la compañía la vaciaba aun más. Se oía clarito ese zumbido de generadores y grillos que aturde el silencio en la suburbia. Me toqué las manos y me las noté húmedas. La humedad de la noche tropical, ese caldo en donde nadamos tantos seres solitarios, vacíos.

Una mano sobre mi hombro me despertó de nuevo a la incómoda compañía del Bimbi. Con una sonrisita socarrona que no supe leer, el chamaco me extendía el aparato telefónico. Yo me le quedé mirando con una expresión tan vacía como la noche.

—Que lo cojas, chico. Chino quiere hablar contigo.

Chino Pereira. Conmigo. Hablar… Al otro lado del auricular, una voz hecha de no sé qué consistencia, de granos gruesos y entrecortados, de algún tipo de cemento sonoro, me saludaba.

—¿Cómo estás, varón, cómo van las cosas en el motel?

Yo contestaba, pendiente a otras cosas. Pendiente, por ejemplo, a medir que mis palabras sonaran tan exactas como las comandaba aquella extraña fuerza que, desde lejos, me estaba convidando a una conversación. Cada palabra que cayera redondita desde mi boca, sin titubeos, sin duda alguna, sin embelesamientos ni arabescos de adorno.

—Todo bien —mentí— el Bimbi es tremenda ayuda.

¿Para qué dar quejas? ¿Para demostrar que no podía hacerme cargo de una situación, controlar a un chamaquito con guille de macho?

—¿Te acuerdas que los otros días te hice una invitación?

A la verdad que no me acordaba. ¿A una fiesta, a una comida, a una barra? No, Chino no era de esos que ocupan su tiempo en los mismos ritos fatuos en que lo ocupa «*the leisure class*». Él, al igual que muchos otros hombres de mi tiempo, tiene que ser de los que toman cada oportunidad para hacer negocios. El resto es para la familia (pero el Chino no la tiene), para las mujeres. Quizás algún domingo corriendo *jet-ski* en la playa y dándose la cerveza con los panas. ¿A qué fue lo que me invitó el Chino Pereira hace tanto tiempo ya, o hace tan poco?

—Hay tambor este domingo. Tú dijiste que nunca habías ido a uno, así que a este vas. Paso a recogerte a las cuatro de la tarde. Déjale la dirección al Bimbi.

De mi parte, otro monosílabo. De la suya, la señal muerta del celular.

Una corriente maleva volvió a correrme por la sangre. Decidí ni pensar. Ni decirme una palabra. Verbalizar cualquier cosa en momentos como este significaría perder el control. Y lo menos que necesitaba yo en esos momentos era más vulnerabilidad, sobre todo frente al Macho Alfa, el Chino Pereira que, aun desde lejos, hacía que la sangre me temblara en las venas. Y no, no podía ser que yo, como un perrito esperando el castigo o la caricia del amo, como una seducida gata panza arriba, fuera a creer que esa corriente era el espejo de mi descontrol. Ni un solo titubeo más; al menos, ni uno que se hiciera visible.

Al otro lado de mi silencio, Bimbi hojeaba los periódicos del día.

—Porque ahora es cuando puedo, pana, tú sabes, con las gatas llamando y el negocio caminando, no es hasta la noche que me entero de lo que pasa en San Juan, USA, la ciudad de la melaza.

Otro fiel servidor a las hojas muertas, otro que, como tantos, se cree lo que dictan esas páginas y que, sin vacilación, piensa que se informa al leer esa tinta garabateada fuera de forma y de su cauce verdadero. Reconcentrado en su tarea, la cara del Bimbi cambió, ya no era la de un machito con pinta de matón, sino la de un niño viendo la programación infantil. Entonces, pensé que quizás para el Bimbi el periódico representaba otra cosa, una especie de película de acción-obituario itinerante. Algo así como un *TV Guide* que, de vez en cuando, mezclaba los nombres de aquellos que, como él, arriesgaban vida y hacienda en la guerra de la calle, pero que, por magia de tinta y papel, reaparecían recubiertos con una especie de niebla, con la fama de los forajidos, esa magia que solo los niños y los ajenos a su vida pueden cubrir con un vago oropel. El periódico, un televisor de papel, una manera de matar el tiempo de los que el tiempo aún no mata, iluminó la cara del Bimbi. Sonrisa tenue, ojos inquietos y rutilando un extraño brillo. Bimbi se entretenía viendo las fotos de la Chica del Momento, el nuevo anuncio del calendario de la *vedette*-modelo de moda, algún especial de *pampers* para el nene o el sobrinito, los especiales de aires acondicionados, «Pa'l calor, mi hermano, con la próxima paga le compro uno a la vieja», y las noticias difamadoras de políticos/artistas. Entre líneas, corría el capítulo del día del estreno cotidiano: los muertos en accidentes, *carjackings*, guerra contra las drogas. Y ahí sí, Bimbi podía soñar con los otros forajidos, ver si conocía a alguno de los muertos o capturados del día, compartir vicariamente con ellos sus quince minutos de fama. Quince minutos, lo que cuesta redactar ese tipo de noticias.

Por Bimbi me enteré que otro generador explotaba en la planta eléctrica de Palo Seco. Le achacaban este nuevo acto de «terrorismo» a los del sindicato de Energía Eléctrica. La amenaza de huelga se ponía aun más caliente. Miembros del sindicato avisan su desacuerdo con ciertos representantes de negociaciones porque dudan de su honestidad en la mesa de negociaciones. El portavoz de la hermandad argumenta que lo de los sabotajes al equipo eléctrico es táctica del Gobierno, que usa agitadores internos para desacreditar a los miembros de la junta de síndicos. Pero aún hay rumores de que ciertos elementos de alto rango en el sindicato están respondiendo más a otros intereses que a los del convenio colectivo. La foto de portada muestra, entre varios rostros, el de Efraín Soreno, abogado sindical, como sospechoso estrella de traición obrero-patronal. En sus declaraciones, obviamente, él lo niega todo.

—Mira p'allá como está el país. De día, abogaducho y to' cuento. De noche, se mete raya tras raya de coca en la casa de un bichote.

—No jodas, Bimbi.

Por toda respuesta, Bimbi dobló la página del periódico, que estalló entre sus dedos como un tronco crujiente de algo seco y muerto. Señalando la foto de página con su dedo de uñas comidas, añadió:

—Este es cliente nuestro.

—Y nuestro —contesté yo.

—Así que también es un tumbajevas. ¿O lo mismo pinta que raspa? ¿Con quién ha venido aquí?

—Con otros del sindicato.

—Será a meterse el material que nos compra a nosotros. Después, bajarán la nota explotando generadores.

—¿Coca es lo único que les compra a ustedes?

—A nosotros, sí. ¿Qué más nos va a comprar un abogado? ¿Heroína, *crack*? No, pana, los blanquitos no se meten otra cosa. Lo de ellos es la coca, algún diablillo y, si les gusta discotequear, su gotita de ácido. Nada más. Después, terminan embollaos hasta los tereques y yéndose a Betty Ford, dizque porque tienen problemas de alcoholismo. Aunque, fíjate, una vez tuvimos un cliente riquitillo de esos, abogado también, que le dio por puyarse. Pero esos no duran mucho y no compran en grande. El Soreno ese es peje gordo. Pica mucho y constante.

—Cliente nada más.

—Hasta donde yo sé. Aunque nadie quita que también sea socio benefactor. Tú sabes, mano, yo soy soldado de fila. Al frente mío sólo se discuten ciertas cosas. Pero eso va a cambiar más rápido de lo que te imaginas. Ya tú verás. Cuando el Bimbi empiece a subir, va subir como la espuma.

Yo empecé a pensar en pompas de jabón, en lo frágiles que son reventándose en pleno aire. El Bimbi sacó un cigarrillo de su cajetilla y, de manera nerviosa, empezó a chupar el filtro, como un infante hambriento el pezón adolorido de una madre. El humo desaparecía como una amorfa burbuja turbia y sin peso. Decidí acompañarle el hábito a Bimbi. Encendí mi propio cigarrillo y, así, los dos comenzamos a esperar la llegada de otro cliente mientras leíamos los arabescos que soltaban nuestros pulmones. Yo no sé el Bimbi, pero entre los míos no encontré ninguna revelación.

En mi cabeza, no dejaba de repasar la información reciente de Efraín Soreno. Asiduo cliente, cómplice quizás del Chino Pereira. Era inquietante cómo las redes del poder terminaban atrapándonos sin darnos cuenta. ¿Hasta dónde llegaría el poderío del Chino? ¿Cuántos hombres más estarían en su nómina, uno sin sospechar del otro? El Bimbi, Tadeo, yo, Efraín Soreno y los del sindicato, M. tal vez. O quizás sería al revés. Quizás era Efraín Soreno el verdadero poderoso, el que, secretamente, con el simple movimiento de su más inconsciente voluntad, nos tenía atrapados a todos en esta red de desencuentros, a mí, a Tadeo, ahora jugándose la suerte en medio del aire, como antes otros poderosos lo obligaran a jugársela en medio del mar. Quizás ni el Chino Pereira pudiera escapar a las malignas influencias de los poderosos de verdad, de aquellos que no tienen por qué mancharse las manos de sangre, ni siquiera de tinta, de los que no tienen que entretenerse viendo la película de papel que se vende en los cruces de los semáforos urbanos y que, pulmones contaminados por el esmog, anuncian como la versión más directa y pura de la verdad. Ellos no, ellos tienen el poder en sus manos. Siempre encontrarán cómo pagar u obligar a otros a llevar sus manchas por ellos, las de sangre, las de tinta, el terrible peso del plomo y el papel.

Esa noche no llegó un cliente más. El silencio nocturno se puso pesado, como cargado de presagios y de malas intenciones. Ni el secreto que a precio módico vendía nuestro motel era suficiente para cobijar lo que se cocinaba a fuego lento en aquella noche suburbana. A lo lejos, en las colinas que bordean la carretera 52, sonaron unos cuantos tiros. Ni Bimbi ni yo reaccionamos con alarma. Fue como escuchar un coquí, un grillo, otro habitual sonido de la noche.

—Calibre cuarenta y cuatro… —susurró el Bimbi

—¿Cómo fue?

—¿Cuánto apuestas a que esos tiros fueron de una calibre cuarenta y cuatro? ¿A que no te atreves? Mira que nadie me ha ganado una apuesta todavía. Ni el Pezuña, que se ocupa del arsenal del Chino, me gana en adivinar tiros. ¿Cuánto apuestas?

—¿Tú juegas a esto frecuentemente?

—Qué pregunta más pendeja. ¿En dónde tú te crees que yo crecí, en una urbanización con control de acceso? En Los Lirios, desde los ocho años, los chamacos juegan a esto. Así me compré yo mi primera lonchera.

—No voy, Bimbi. Yo sé admitir cuando estoy en presencia de un maestro.

—Eso es ser inteligente. Ah, antes de que se me olvide. Dame tu dirección para pasársela al Chino. Me lo encomendó expresamente. Parece que le caes bien.

Esto me lo dijo con una mezcla de envidia y picardía. Yo lo miré justo en el centro de los ojos. No era para intimidarlo, pero creo que el Bimbi lo interpretó así. En realidad, buscaba información, trataba de leer allá adentro, en sus pupilas, si este pobre ser con pantalones sabía algo que a mí se me escapara. Si quizás él tenía la respuesta que pudiera desentrañar, explicar de modo alguno mi manera de reaccionar cada vez que estaba bajo la influencia del Chino Pereira. Quizás a él le pasaba lo mismo. Ese temblor en la sangre, esa cosa tan parecida al deseo y al temor. O quizás sabía por qué y cómo el Chino Pereira lograba que yo sintiera lo que sentía y podría explicarme los motivos del traficante. ¿Por qué este interés repentino en mí? ¿Qué andaría buscando el Chino Pereira conmigo, con este ex redactor larguirucho y pálido, hijo de mamá y papá, blanquito venido a menos? ¿Qué papel jugaba yo en el entramado y las intrigas? ¿Sería yo la presa o el anzuelo? Tanta intensidad de interrogantes terminó por abrumarme la mirada. Y para mi sorpresa, el efecto que causó en Bimbi fue el contrario al esperado. Lo intimidé. Bimbi, de matoncito nervioso y armado, terminó metiéndose el rabo entre las patas, eludiendo mi mirada. Mi mirada, la mía, para nada autoritaria, para nada amenazadora, para nada segura y controladora, sino anhelante, perdida, náufraga. El cortocircuito, al fin, obraba para mi bien.

Bimbi se levantó de la silla de Tadeo a contemplar la noche y esquivar mi ojo.

—No te vayas sin darme la dirección. Te pasa a recoger a las cuatro —escupió al aire con su humo y, en voz baja, repuso—: A ese es mejor no cruzársele. No hay que ser muy inteligente para saberlo.

Oró, Moyugba

¿Qué se pone uno para un tambor? Yo, de blanco definitivamente no me iba a vestir. No quería parecer creyente, pero tampoco dejar de parecerlo. Es decir, quería camuflarme, pero no perderme; estar afuera, pero quedarme adentro. Para algo soy puertorriqueño, es decir, isleño hasta cierto punto, negro negado y blanco sin serlo. Un híbrido, la mitad de algo, el doble del doble. Es decir, un ser acostumbrado a deambular por el laberinto que tejió sobre los mares el hambre de los monarcas, monarcas europeos, monarcas africanos, monarcas gringos. Es difícil vivir en un laberinto sobre el agua que promete una salida por Europa; otra, por África; otra, por Nueva York; otra, por Asia. Más difícil aún cuando ya no cargas con la linterna de la nostalgia. Eso era lo que me pasaba. Que no cargaba con linterna. Nunca quise ser español, africano, francés ni chino. Nunca quise renegar del calor e irme a vivir a los niuyores. Es decir, nunca quise ser gringo, aunque la inmensa mayoría en el Caribe quiere serlo. Pero en eso no nos diferenciamos del resto del Planeta. Ahora bien, el hecho de que no quiero abrazar la *red, white and blue* y su emblema de modernidad, productividad y progreso tampoco significa que quiero ser «caribeño, caribeño». Es decir, «caribeño auténtico», ponerme el sombrero, largarme al campo, rezarles a los dioses de la tierra, vivir de lo que pesco en el mar. Es demasiado tarde para eso. Demasiada la hibridez, el laberinto. No quiero ser auténtico. Nunca quise serlo. Por eso, me encontraba en el dilema de no saber qué ponerme para ir a un jodido tambor.

Nervioso, revisaba mis exiguas posesiones, los estirados e incompletos pares de medias en las gavetas, los tres harapos que cuelgan de mi ya demacrado armario, para ver si contenía una camisa limpia y decente con que ir al tambor. Mientras rebuscaba entre los ganchos, por la cabeza corrían fragmentos de aquella distante película de terror, *The Serpent and the Rainbow*; escenas de un documental sobre el vudú que vi en el *Discovery Channel*; las partes de en medio de *The Devil's Advocate*, con Al Pacino y Keanu Reeves; algo del antiquísimo video *Thriller* de Michael Jackson. Allí, en mi cabeza, aquellos poseídos, brujos y zombis eran lo más real que podía evocar en torno a las palabras «tambor» y «santería». La televisión y las películas tomaban el lugar de la realidad con un peso infinitamente mayor al de cualquier recuerdo, mención o experiencia propia que tuviera de esa religión. Y yo, que pasé año y medio en un periódico intentando construirme una imagen más precisa, más tangible del Caribe que la que había conseguido a través de mi escuela (privada), mis años de colegio (en los Estados Unidos), del encierro urbanizado de mi infancia, ahora me encontraba con que cualquiera sabía más que yo de esta isla. Hasta los traficantes sabían más, hasta los inmigrantes indocumentados. Abrí la computadora. Marqué el módem. De algún modo, esta carrera había que empatarla.

Regla de Ocha, santería, una religión afrocaribeña que nació en las mismas costas en las que nací yo, de entre la sangre y las lágrimas de los descendientes del reino de Ilé Ife, etnia yorubá, pero con las influencias de los igbos, ashantis, hausas, fulás, ewés, congos y carabalíes que fueron mezclando sus panteones con el del Gran Reino de Oyó, con el de los blancos pobres, rosacruces, masones, espiritistas seguidores de las oraciones a la Piedra Imán y al Ánima Sola. Como resultado, nació Sarabanda, Madre de Agua, Palo Mayombe, la Madama, los Cuadros Espirituales, Siete Rayos, los Ángeles de la Guarda y los múltiples Orishas de la Regla de Ocha. Eso al menos decía la página de santería a la que pude acceder por Internet. Pero toda aquella explicación antropológica no calmaba mis nervios. Ni mi ignorancia. Ni mi sentido de desconexión, la brújula loca de mi vida. Había miles de entradas más que informaban acerca de la religión. Y libros, y páginas de referencia. Allí, al alcance de todos. Una cosa que se supone que fuera oriunda mía, la vengo a conocer por Internet. Me dio la tentación de seguir leyendo. Pero ahora no era el momento de corregir ignorancias milenarias. Pasarían a recogerme a las cuatro de la tarde. No quería dejar esperando al Chino Pereira.

Al fin, encontré una camisa clara que ponerme y un pantalón de algodón de Gap hecho un ovillo al fondo del armario. Había que buscar (y encontrar) la plancha (¿no se la habría llevado Daphne?), conectarla, prender el ventilador (para espantar el calor y no terminar sudando las prendas planchadas) y esperar. ¿Desde hacía cuánto no me vestía con ropas decentes, ropas de trabajo oficinesco, de un hombre de mi supuesta posición social, con estudios universitarios, con un plan de vida, con una misión? «El hábito no hace al monje, pero lo identifica», se pasaba diciéndome mi madre cada vez que me veía salir a la calle desaliñado y ojeroso. Y recordaba cómo, cuando niño, yo era un ejemplo de compostura y elegancia. Gracias a ella, claro. Me vestía de domingo hasta para sacar la basura al patio. De domingo me vistió la vez que me obligó a acompañarla a ver a una espiritista. Doña Haydée, *beautician* retirada y mediunidad de la suburbia. Tenía guindando del techo de su marquesina un amasijo de plátanos y plumas que me puso los pelos de punta. Velas, santos enyesados, cocos y un aroma difícil de identificar. El sonido de un mazo de cartas barajándose sobre una mesa, unas manos llenas de venas arterioscleróticas y la noticia de que mi padre tenía una amante que esperaba un hijo fue lo que recuerdo de la visita. Al fin, encontré la plancha, pero tuve que esperar un poco. Me empezaron a sudar las manos. ¿De dónde había salido aquel recuerdo de doña Haydée, la *beautician* espiritista que le descifró su oscuro presente a mi madre y selló el tenebroso destino del divorcio de mis papás? Porque resultó ser verdad. Mi padre sí tenía una amante y yo, un hermano bastardo. Y después de la visita a la Madama, también tuve una familia coja, el amor desesperado de una madre, en la semana, y de un padre distante y avergonzado, los domingos por la tarde. A mi medio hermano no lo conozco. Sé quién es pero no lo conozco. A veces, me lo topo por ahí y nos saludamos de lejos, como dos extraños vecinos de una rarísima urbanización cuyas calles y verjas residenciales están hechas de sangre, pero de una sangre no común, no compartida. Ir a un tambor era exponerse a peligrosas premoniciones. Pero cancelarle al Chino Pereira era sellarse un futuro más peligroso aún. Definitivamente, había razones para que las manos me sudaran, con el calor de la plancha o sin él.

El Chino pasó por mí a las cuatro y cinco.

—¿Listo? —fue todo lo que dijo cuando me llamó desde su celular a mi teléfono estacionario.

Me asomé por la ventana y allí estaba, con la ventana baja de su BMW blanco (¿cuántos carros tendría, de qué colores?) apagando la señal del celular. De camino al tambor, hablamos poco. Yo pensé que, por lo menos, íbamos a fumarnos un porrito, pero tal parece que la santidad de la fiesta desalentaba esa actividad. Entraron dos llamadas o tres al celular, que el Chino atendió con la parca celeridad de siempre. Mientras tanto, Busta Rhymes sonaba alto en el sistema de estéreo del BMW.

El trayecto fue corto. En un pestañeo de ojos, un portón de control de acceso, con su teclado electrónico y cabina de guardia cerrada al vacío, se interponía entre el carro y el tambor. El chofer del Chino marcó el código preciso y el portón empezó a retraerse como cola de serpiente o, mejor, como puerta mágica que dejara entrar a Alí Babá y a sus cuarenta ladrones a la caverna de los tesoros. Solo que, esta vez, no íbamos a una cueva llena de riquezas que no fueran las espirituales. Además, los forajidos en volandas no éramos cuarenta ladrones, sino tres, si a mí se me podía contar, aunque fuera azarosamente, en esta categoría.

Debo admitir que, del otro lado del portón de acceso, se hizo el asombro. De un lado y otro de las ventanillas se sucedían casa tras casa de un cuarto, medio, un millón de dólares, con sus fachadas posmodernas (neocolonial de los treinta, con mucho bloque de cristal y vigas de aluminio) y sus jardines manicurados por manos expertas en combinar plantas ornamentales importadas del sudeste de Asia con buganvillas y limoneros del país. No me esperaba este panorama. No me esperaba autos europeos con logos de Euclides o del Colegio de Abogados (la balanza, la mano ciega) en las tablillas automotrices. Ni me esperaba que estas callecitas bien cuidadas de la protegida suburbia sirvieran de escenario para un toque de batás al que iba invitado por un traficante sanguinario. No sé, quizás la imagen de la casa de doña Haydée aún acompasaba mi imaginación. Quizás la peste a velas, a miel, a sangre y a ron, el amasijo de plátanos y plumas en una puerta descascarada de marquesina enmarcaba mi experiencia con lo extrasensorial y la enmarcaría para siempre. O serían las películas. O quizás, había una explicación más de este mundo. Tal vez, el narcotráfico y la santería habían, secretamente, alcanzado el estatus de profesiones sin que nadie se diera cuenta.

La casa donde se celebraba el tambor era la más rica de toda la urbanización. La circundaban dos cuerdas de terreno que colindaban con un pequeño monte lleno de malezas, residuo de lo que alguna vez fuera campo, quién sabe si repleto de capás prietos, flamboyanes y árboles de tabonuco. Allí se levantaban no una, sino dos estructuras de cemento, prestando alojamiento a sus residentes carnales y espirituales. El jardín era una delicia de jengibres colorados, helechos, canarios y plantas de cruz de Malta, por donde pululaban cacatúas blancas, pavos reales (sí, pavos reales en medio del Caribe), guineas, gallos y gallinas con sus respectivos pollitos. Al fondo del patio, se erigían dos enormes jaulas. Me fui acercando a una de ellas, aún asombrado por el entorno en donde me encontraba, para darle espacio a Chino, que hablaba con toda una serie de hombres, me imagino que colegas de su rama de negocios. La jaula estaba habitada por una familia de monos tití, o araña, o de no sé qué especie (no soy biólogo). La otra sí que era algo espectacular, porque adentro, paseándose con toda la naturalidad del mundo, dos parejas de ciervos blancos, con cuernos y todo, de vez en cuando, se acercaban a un estanque lleno de peces dorados, a abrevar.

Tuve que frotarme los ojos. ¿En dónde putas estaba? ¿En qué tierra de Oz? ¿En que mansión de circo? ¿A quién, en su sano juicio, se le ocurría coleccionar animales exóticos en un patio de dos cuerdas de una urbanización crucificada por avenidas, panaderías, tiendas de discos y de alarmas para carros? ¿O es que estos animales formaban parte de un código que yo no podía desentrañar, un código mucho más que santero, mucho más que religioso, alimentado por episodios de *Lifestyles of the Rich and Famous*, revistas, mitología de la farándula (la carnal, la religiosa) que, poco a poco, se fuera infiltrando en la sintaxis secreta de los deseos para crear esta amalgama yuxtapuesta de cosas inconexas: cemento, pavos reales, altares, profesionales, cacatúas y teléfonos celulares bajo un sol tropical? ¿En qué mundo estoy, qué tierra es la que piso? ¿Por qué aún late bajo mis pies y lato yo sobre ella cuando, por pura tensión de los opuestos, todo lo creado debería estallar en mil pedazos, en tierra, en sombra, en humo, en polvo, en nada, para volver a comenzar? Sin las aberraciones que nosotros, los seres humanos, hacemos.

Una mano se posó en mi hombro, una mano fuerte de dedos anchos y firmes. Mi nariz percibió un aroma a perfume de maderas; el rabillo de mi ojo, un Rolex rutilando en la muñeca.

—Julián, no te me apartes mucho, que tú eres nuevo en este ambiente. Ya va a empezar el tambor.

Yo, trastabillante, le seguí los pasos al Chino Pereira. Él, como los ciervos blancos, caminaba cómodamente por aquel patio de fantasía como si allí se hubiera criado, como si los monos tití y las cacatúas blancas posándose en los cables de alta tensión hubieran sido sus animales tutelares desde siempre, y esta, su selva de concreto.

—Si te habla un santo y yo no estoy cerca, mándame a buscar. Yo te traduzco lo que te digan.

Me le quedé mirando al Chino con cara aún más desconcertada. ¿Hablarme un santo a mí? ¿El Chino Pereira servirme de traductor, de mediunidad? ¿En qué idioma hablarían con el Chino los dioses del panteón yorubá depositándose desde un remoto cielo africano en las cabezas de sus fieles de estas islas? ¿Qué mensajes ocultos le dirían de mí que tan solo él podría descifrar y que, como sagaz traductor, editaría a su conveniencia? La mera idea de que se presentase un orisha a hablarle de mí al Chino Pereira, a dictarle todos mis tormentos, mi traspié, esa corriente que me corre por la sangre cada vez que lo tengo muy cerca, terminó por espantarme. Me encontraba absolutamente sin referencias. Perdido. A la intemperie y con el más inclemente testigo a quemarropa.

Del baúl del carro, el cómplice del Chino empezó a sacar cosas peregrinas que yo ayudé a cargar: dos bandejas de entremeses, una piñata gigantesca negra y roja, repleta de juguetes y sorpresas, un saco de peras y manzanas verdes. Me explicaron que el tambor era para Obatalá, dueño de las cabezas, montaña escogida, el guerrero justo; blanco su color, blanca su barba de misericordia; para él y para sus hijos se celebraba este tambor. Eso me explicó, serio como siempre, el Chino Pereira. Prosiguió su lección… De su boca supe que los hijos de Obatalá son seres cerebrales, dueños de una sabiduría que les llega directo del creador de todo lo que respira en el cielo y en la tierra, Olofi Olodumare. Y que Obatalá era el secretario de Olofi en la tierra. Pero que carga una pesada cruz. Cuentan que Obatalá también es el creador de los seres humanos, los hechos y los contrahechos. Que una noche en que estaba terminando el modelo, Obatalá tomó demasiado vino del corazón de una palma, perdió la cabeza, la concentración, y del molde desmemoriado del orisha borracho salieron los tucos, los tullidos, los albinos, los ciegos, los mancos y los anormales. Por eso, los hijos de Obatalá no pueden probar bebida alguna, droga alguna. Por eso tienen que mantenerse lo más alejados posible de los borrachos. Porque pierden la cabeza con facilidad. Su mente siempre está a dos pasos de la locura, del error; como mi cabeza. Tal parece que el Chino me invitó al tambor ideal. De ser creyente, un orisha como Obatalá me escogería como su caballo.

Adentro, cerca de la piscina, un cuarto de cemento y madera daba techo al trono. Allí sí que estaba presente la belleza. No se puede decir de otra manera, aún cuando se tema estar rayando en la cursilería, en el cliché. Aquel salón del trono era belleza pura, una nunca antes vista por estos ojos educados para la armonía y la mesura platónica. Era como si un bodegón barroco explotara en el piso. Un bodegón entre lo barroco y lo *kitsch*. Decenas de peras, de manzanas verdes aderezaban el piso, haciendo islas alrededor de cuatro bizcochos blancos con flores de azúcar duro adornándoles los bordes. Botellas de sidra, algunas de *champagne*, completaban las ofrendas. Uvas blancas se derramaban de vasijas plateadas que trataban de contenerlas. De las paredes, del altar colgaban tules níveos y telas de satinado del mismo color blanco, con bordes plateados. Frutas y más frutas se desbordaban por el piso del trono. En el mismo medio, sobre una mesa con un mantel de hilo bordado, estaba presente el misterio, Obatalá parido en una vasija china del grande de un jarrón. Un mazo de collares de cuentas blancas chorreaba de su cúpula. De vez en cuando, una cuentecilla color coral adornaba toda aquella pulcritud. En el telón de fondo, unas insignias bordadas en hilos plateados dibujaban un arabesco incomprensible para mí, parecido a un código de armas. Y, colgando del techo, un enorme rabo de animal con un mango adornado con cuentas de colores le daba un toque de respeto y de sublime realeza al conjunto. Obatalá, rey de las cabezas, dueño del orí, blanco el color de su barba de misericordia…

No se me desencajó la mandíbula porque todavía sé fingir, es decir, porque mi madre me enseñó buenos modales que aún recuerdo. Pero aquel trono me impresionó aún más que la pareja de venados, que las cacatúas blancas volando por el cielo alambrado de esta tarde de urbanización. No sé, era como si todo aquello me fuera extrañamente familiar, como si me hubiera echado a la boca un manjar desconocido, pero que, bajo todas sus especies, pululara un distante sabor a algo propio, un sabor de infancia. Me fui calmando poco a poco y, aunque aún me sentía fuera de contexto, ya no me espantaba la amenaza de oscuras predicciones. Creí haber descubierto algo hermoso, algo que de alguna extraña manera conversaba conmigo. Ahora que lo pienso, no puedo precisar qué fue lo que se apoderó de mí en aquel lugar. Me dejé llevar por la emoción, por esa sensibilidad estética que siempre me mata. No lo puedo explicar con claridad. Lo único que sé es que me calmé y decidí que cualquier premonición nefasta valdría la pena, por haberme permitido ser testigo de todo aquello.

El Chino, de repente, se echó al piso, con la cabeza primero, tocando el suelo. Yo me volví a sobresaltar. Frente a su cabeza, un hombre pequeño, casi un enano en tacones de botas blancas le tocaba, primero, un hombro; después, otro, y le decía en voz alta unas palabras incomprensibles de las que solo pude escuchar algo parecido a «Didé». Acto seguido, Chino Pereira, el invencible, se levantó del piso, cruzó sus manos sobre el pecho y saludó, primero, hacia un hombro y después, hacia el otro, al hombrecillo. Este se perdió en el abrazo musculoso del Chino, quien después de una sonrisa corta, titubeante, me dijo:

—Este es mi Padrino, Ojuani Jekún.

El hombrecillo me estrechó una mano ensortijada, para después proseguir con su ceremonia de abrazos. Una música empezó a sonar afuera. El tambor daba comienzo.

Fue una tarde larga, larguísima, llena hasta el borde del sonido seco de los tambores retumbando contra el residuo de cerro de la residencia de Ojuani Jekún. Porque aquel hombrecillo era el dueño de la hacienda, de las cacatúas, los monos tití, las parejas de ciervos blancos y de una temible fama que lo hacía uno de los babalaos más poderosos de la Isla, brujo certero cuando hacía falta, sanador infalible con treinta años de santo coronado y otros veintitantos en Ifá. Ojuani Jekún, negro, chiquito, poderoso, había sido el padrino de innumerables ahijados a los cuales salvó de enfermedades, cárceles, muerte. En pago por sus servicios, había recibido todo lo que hoy constituía su hacienda. Y hoy, día de su santo, daba las gracias infinitas a su padre Obatalá, sin el cual él seguiría siendo vendedor de efectos electrónicos y corredor de apuestas ilegales.

¿Cómo describir el sonido de aquellos tambores? Intricadas variaciones de tonos invadieron el aire, haciendo imperceptibles los cambios entre canto y canto. ¿Cómo describir a la gente que se dio cita en aquel confuso lugar, lleno de todo lo bueno y todo lo malo, de niños, madres, jovencitas prepúberes, gente humilde, visiblemente de barriadas, y profesionales? ¿Cómo tratar de nombrar las veces en que aquellos tambores resonaban en los oídos, a veces en pechos de ojos cerrados, de ojos abiertos o de manos elevadas en actitud de súplica? A veces, las bocas abiertas en cantos yorubás y los cuerpos danzantes en pasos jamás representados en toda su magnificencia en las películas, en los documentales, fueron rezando. Aquella era una atmósfera de fiesta secular, con sus chistes y su relajo poco sacro. Piernas apoyadas contra bonetes de carro, colillas de cigarrillo en el piso. Botellas de ron fueron apareciendo de los baúles. Los ojos rojos de algunos que llegaban al tambor, ya traían su fiesta particular encendida. Pero todo aquello daba paso a la presencia de lo sagrado, que también celebraba su llegada en aquel lugar. Niños tratando de hacerles comer papitas fritas y salchichitas de Viena a los monos tití interrumpían a una matrona que le danzaba a su madre Yemayá para que la ayudara a enfrentar la muerte que se le acercaba. Todo junto, todo entremezclado, el cuerpo y el espíritu, la música y la fe, la sensualidad y el alma atribulada, buscando consuelo. Todo enmarcado por aquellos tambores febriles, solemnes, felices, que no se callaban jamás; por aquellos cantos en un lenguaje de esclavos muertos. Y los cuerpos, moviéndose y las pieles, sudadas de decenas de sus descendientes, ya blancas, ya mulatas, ya negras, danzaban al ritmo de aquella música tan terrena y tan sagrada. Aquella música era el latido de un corazón. En el tambor, cada latido contaba. Perder algún latido de aquella música era como perder el pulso de la vida.

—Canto a Elegguá, el primero y el último, dios de la suerte y de los caminos, y después a una retahíla de deidades, de agua dulce, agua salada, del viento, de las entrañas de la tierra, del fuego... Terminó la primera parte del tambor, el oró —me explicó el Chino. Ahora se presentarían los que recién salían de hacer santo.

Era una fila interminable. Trece, catorce recién nacidos al santo, todos vestidos de blanco, caminaban escoltados por alguien que, con una jícara de agua, les refrescaba el camino. Todos, hombres y mujeres tenían sus cabezas rapadas al cuero, cubierta por pañuelos y, en la mano izquierda, un brazalete de cuentas con los colores que identificaban al ángel que ahora habitaba en su cabeza. Uno a uno, se acercaban al tambor con la mirada baja y allí bailaban su primer baile ante la congregación, su primera oración de cuerpo entero, ofreciendo no tan solo su cabeza, sino su piel y sus entrañas para ser vehículos, caballos del santo. Para que el santo los monte si quiere, para que los use como instrumento de su eterno poder, para que en ellos se manifieste su primigenia fuerza, las fuerzas de la naturaleza, el fuego, el aire, el mar, el viento, la lluvia, todas hablando por lengua humana a los seres de esta tierra.

Luego, empezó la ceremonia para la que habíamos venido. Yo sentí inmediatamente que había empezado, porque el aire se cargó de otra densidad. No era la paz, la majestuosidad, la fe de hace unos momentos. Ni siquiera era la bullanguería que se hacía y deshacía a las orillas del tambor. Era otra cosa, otra presencia la que entraba en aquellos aposentos. El aire se empezó a calentar. Todo el mundo sudaba.

Primer toque, segundo; al tercero, un cuerpo allá, a lo lejos, empezó a convulsionar. La cara se contraía, los ojos se cerraban y abrían desmesuradamente. El tipo parecía un roble, fuerte, pero temblaba como una hoja. Los ojos se le fueron en blanco. La gente comenzó a formar un cerco para que el caballo no se escapara. Algún orisha lo había escogido para hacerse presente aquella noche, allí mismo, en el jardín de las incongruentes delicias de Ojuani Jekún. Era un mulato oscuro, altísimo, uno de los congregados. El cantor se le aproximó, dejando su lugar habitual. Le gritaba en el oído del tocado unas palabras, palabras de bienvenida:

—Padre mío, *eni o gbogbo so rojú, babá so rojú, babá so rojú*, preséntate a esta casa tuya —repetía el Chino para que yo entendiera.

Entonces, y solo entonces, Obatalá bajó a la Tierra. Lo otro fue el aquelarre. Una electrocución masiva. Muchos más cayeron presa de sus orishas de cabecera.

—Ahí van tres Yemayás, una Ochún, un Changó —dijo uno de los que andaba con el Chino.

—Eso no es nada, mira quién viene por ahí.

En el desmadre aquel, yo no me había dado cuenta cuando unos adeptos se habían llevado al hombre roble, tocado por Obatalá, a la trastienda. Ahora lo devolvían vestido de gala. Ya no era el mismo. Ahora era el dios en persona, en toda su magnificencia, con corona y traje de satín blanco y ribetes plateados, con su rabo de caballo adornado de cintas y collares, y su paño para limpiar de toda mala energía a los que así lo necesitaran. El tambor no dejó de sonar ni un instante. Exagero, los tamboreros respiraban de repente y, de repente, se hacía el silencio. Pero el silencio era tan ínfimo que no apagaba el retumbe de aquellos tres tambores en mis oídos, en mi pecho, en algún lugar escondido de mi conciencia, haciendo que mis sentidos estuvieran más despiertos que nunca, más alertas, pero sin miedo. No, no tenía miedo. La curiosidad ocupaba todo el espacio que dejaba libre el tambor. Aunque no me apartaba del Chino ni un segundo, no lo hacía por precaución, ni por estar bajo su influencia. Lo hacía para poder preguntarle cosa tras cosa, qué significaba aquel canto, cuál era el orisha que acababa de bajar, qué debía hacer cuando, en un salto, una de las mujeres temblorosas se echaba al piso a saludar al tambor, porque la gente, entonces, tocaba el piso en reverencia. Y era él, el Chino Pereira, traficante de día y humilde creyente en estos lares, el que me guiaba. Su lengua, esta vez un poco más generosa, me descifraba los misterios que se develaban ante mis ojos, me abría el camino.

—¿Quién es tu patrono?

—¿Patrono?

—Sí, tu dios protector.

—Ah, mi ángel de la guarda. Elegguá, dios de los caminos. Y mi madre es Oyá —me terminó de explicar.

—¿Y quién es Oyá?

—La dueña de los cementerios.

Entonces, pasó lo temido. Obatalá, con pasos decisivos se acercó a la esquina a donde conversábamos el Chino y yo. A mí me cubrió el cuerpo con su manto. Me hizo dar vueltas mientras me sacudía con el paño y, luego, con el rabo adornado con cuentas. Luego, se pasó las manos por su cara sudorosa, por la cara sudorosa de su caballo. Yo me quedé observando aquellas manos amplias, duras como una piedra. Húmedas de sudor, pasó aquellas manos por mi cara.

Luego, Obatalá miró al Chino con el rabo del ojo. No se le paró de frente. Ni de frente le habló. Como si estuviera dirigiéndole la palabra a otra presencia, con una voz gruesa, dijo:

—Orí o va a caer. Gbogbo orí van a caer más pronto de lo que tú piensas. Meta orí marcan la caída de la tuya. No sigas apartando a la gente de su camino. No sigas Omo Elegguá. Ikú anda detrás de tu hombro.

Obatalá repitió con el Chino la misma ceremonia que conmigo, más le dijo que otro dios, no sé cuál, quería una ofrenda de sangre, un carnero. ¿En dónde diablos iba Chino a conseguir un carnero? Eso hubiera preguntado yo, pero el Chino no se amedrentó y, humilde, prometió hacer lo que Obatalá le ordenaba sin más miramientos. A mí la cara me picaba del sudor del Santo. Aquella humedad ajena y gratuita me había despertado de mi embeleso. Me parecía la cosa más asquerosa por la que jamás había pasado y las escenas de doña Haydée y de las películas de horror se acumularon de nuevo en mi conciencia. Ya ni oía el tambor. Ya lo único que quería era irme a casa a ducharme, quitarme con esponja y mucho jabón aquellos humores de la cara, sudores imprevistos e invasores que yo nunca di permiso para que se aposentaran en la piel de mis cachetes. No entendí qué fue aquello y no quise preguntar, cualquiera que fuere la razón por la cual el santo me sudara, no había derecho, ni sagrado ni secular, para que nadie irrumpiera así en la pulcritud e integridad sudorífica de una persona. ¿Es que acaso no bastaba con mi propio sudor. ¿Tenía que obligársele a ser mezclado con sudor ajeno?

Una mujer enmelenada a la que había tocado Yemayá empezó a bailar con un cubo de agua entre las manos, salió a mitad de patio, echó el agua afuera y entró de nuevo a poner el cubo al revés, sobre su boca. Ese rito marcó el final del tambor. A mí todavía me picaba la cara. Quería irme a casa, pero el Chino me informó que aún quedaba la comida. Además, él tenía que consultar con su padrino cuando podía darle el carnero a Ochosi.

—¿Ese fue el santo que te pidió el sacrificio?

—Sí, ése fue. Tú quédate aquí con Gabo, que yo regreso ahora mismo. Tan pronto termines de comer, nos vamos.

Con la excusa de tener que ir al baño, me escabullí a lavarme la cara. No podía con el picor, ni con la sensación viscosa del sudor ajeno en la cara. No podía pensar en nada más.

—¿Julián Castrodad?

—Don Vicente

Cuando regresé a donde estaba el cómplice del Chino, él me esperaba con un plato de comida servida en la mano. No pude rehusar. Fricasé de chivo y pollo, arroz blanco, habichuelas negras, ensalada, bizcocho. Ya alguien adentro estaba repartiendo las frutas del trono. Los niños se arremolinaban alrededor del Chino que abría su piñata y la sacudía para que los dulces y los juguetes cayeran parejos entre la muchachería gritona que le tiraba de los pantalones. Me senté a comer en el borde de una jardinera y conté los minutos para irme a casa.

De vuelta en el carro, el Chino se volvió aún más taciturno. Yo no me atrevía a romper el silencio que lo rodeaba. Pero ya con la cara lavada y la tripa llena, regresó mi curiosidad y aquella paz protectora que me invadió cuando estuve en presencia del trono de Obatalá.

—Chino, dime, qué significa «orí». —Me envalentoné.

—Cabeza.

Así que *gbogbo orí* debería significar muchas cabezas…

—¿Y *meta*?

—Cuatro.

—¿E *ikú o irú* o como se diga?

—*Ikú* es la muerte.

La cara del Chino nunca se volteó al contestarme.

«Muchas cabezas caerán. Cuatro cabezas marcan la caída de la tuya. La muerte camina a tus espaldas.» Di con el significado completo de las palabras del santo. Entonces, tuve más prisa por bajarme de aquel carro acompañado por la muerte, y llegar sano y salvo a mi casa.

Sonó el teléfono celular del Chino Pereira. Unos cuantos monosílabos. Era el Pezuña. Llamaba para informar que había habido un contratiempo con la operación, que Tadeo había sido interceptado por Aduana en Miami. Lo tenían preso, aguardando el veredicto para la deportación. El cargamento perdido. Todo esto me lo dijo el Chino como si me estuviera informando de un alza o baja de la bolsa de valores. Con el retumbe de los tambores ahora agitándome el pecho, sentí unas enormes ganas de llorar.

Había caído la primera cabeza.

La desaparición de la santa

Fue en el mar. Nos habíamos perdido. El que guiaba la lancha parecía novato aunque les había jurado mil veces que el trayecto se lo sabía de memoria.

Yo no soy hombre de mar. Lo mío es la tierra, titán, esa cosa fija que no se mueve debajo de los pies. Me imagino que aquellos farallones de olas negras levantándose desde el piso del mar me estaban volviendo la cabeza loca.

Tronaba, hacía viento; frío, no, pero el viento nos empapaba los huesos, nos los remojaba en sal. Éramos once. Sólo una mujer, lo que es raro, porque ahora las que más se enyolan son mujeres, aunque no para Puerto Rico. Ahora las mujeres se van más lejos, a España, a Holanda, lejos, donde nadie las vea haciendo lo que tienen que hacer para sobrevivir y mandarle unos cuantos cheles a la familia, que si las ven haciendo lo que hacen, no les hablarían más. La distancia hace que cualquier dinero sea aceptable.

Creíamos que no llegábamos. No se veía la luz de ninguna boya en el mar, ni la del faro de Isla de la Mona, que era lo que nos avisaba que íbamos a mitad del camino. La de la proa de la yola a veces se escondía debajo de una ola. La mujer empezó a gritar. Al principio, creí que era por el susto. Pero después, oí como unos pujos y jadeos y más gritos. Miré para donde horas antes se había instalado la mujer. Y lo que vi fue un emborujo de cuerpos encima de ella.

—Eran cuatro. Pedrito, el que se vino conmigo desde Baní, la sujetaba por una pierna. Otro que dijo que era de Montecristi la tenía por las manos y la pobre andaba con otro encima, con el pantalón a media pierna. Lo único que se veía era las nalgas del tipo para arriba y para abajo, y ella berreando que por favor la ayudaran, que por amor de Dios. El resto de la yola era un silencio y un aire como de cosa terrible y de hecatombe, yo no sé, mi hermano, como si en cualquier momento algo peor fuera a pasar. Parecíamos condenados a muerte.

Los otros veían el mar, las olas enormes aquellas de aquel infierno de agua subiendo y bajando, las nalgas del tipo subiendo y bajando, y alguien pasaba una botella. El tipo que manejaba la yola seguía estrechando los ojos, tratando de ver si por algún lado, si quizás algún milagro le dejara divisar la lucecita. Sólo se interrumpía para gritar un "Tígueres, miren a ver si bajan la voz, carajo, que me ponen azaroso". Y la muchacha gritando como una res a la que fueran a desollar.

No pude más. A tambaleos y tropezones llegué hasta donde estaba la muchacha. Ya el tercero estaba encima de ella, y le tenía la boca cogida en un mordisco. Yo empecé a empujar. La iba a salvar, la tenía que salvar. Alguien tenía que hacer algo por ella.

—No jodan, cabrones, ¿y si esa fuera su hermana, su madre, ah?

—Igual me la tiro, bacán —me contestó Pedrito—, que la muerte me agarre clavándome a una morena.

Entonces, ella me miró. Tenía unos ojos de terror llenos de lágrimas y una cara… una cara de no sé qué. Pero no era humana aquella cara. Era la cara de alguien que alguna vez fue humano, pero que ya no lo era, que ya nunca podría volver a serlo.

Y yo no sé qué fue lo que pasó, pero me empezó a entrar un fuego en el cuerpo, una rabia, una desesperación de tanto estar trabaja que te trabaja, para terminar siendo comida de tiburones. Empeñé los muebles de la vieja, las ollas, el arito de matrimonio, que era el único recuerdo que le quedaba del viejo, para tirarme a buscar un mejor vivir. Y ahora Dios me pagaba así, con esta moneda de agua prieta llena de monstruos esperando mi carne. Este infierno de sal.

Yo no iba a dejar que Dios se llevara mi carne así porque sí, tiernecita, blanda, limpia de toda mancha. Si algo le iba a quitar a la suerte, era mi propia bondad, que la muerte me agarrara envilecido.

Me volví como loco. Las olas zarandeaban la yola más y más. De un empellón, le quité a Pedrito de encima a la muchacha y, con la carne en punta, me le trepé yo. Ella no supo qué hacer, ya no sabía qué hacer. Aquella carne adolorida y mojada era como una tumba en la que yo solito me iba a enterrar. Pujé dos o tres veces adentro de ella, que me miraba con toda la pena del mundo. Pero no terminé. Como que la conciencia me regresó al cuerpo a los pocos minutos. Me la saqué de abajo y me agarré la cabeza con ambas manos. Me la amasé frenético una y otra vez. La muchacha se arrastró detrás de mí, y allí se quedó sollozando. Yo saqué un cuchillo que tenía en el bolsillo, una navaja, y miré a los demás hombres de la yola con unas ganas de sangre que sonaron largas y claritas.

—Quien la toque se lleva esta cuchilla espetá en la barriga, p'al fondo del mar —grité, desafiante. Y nadie más la molestó. Yo abría y cerraba la navaja pensando que quien debía ya servirle de vaina era yo mismo. Por mi madre santa que sí.

No sé cuánto tiempo pasó. La tormenta se fue aplacando. Seguíamos perdidos, pero ahora un aturdimiento y un cansancio nos hacía cabecear, como los posesos cuando caen en reposo después de un tambor. Olía a vómito, a alcohol, a sangre y a leche derramada. Todos, menos el capitán perdido, nos quedamos dormidos. Hasta que la sirena nos despertó.

De repente, unas lucecitas empezaron a brillar en alta mar. Era un barco de la guardia costanera. Nos venían a arrestar, nos llevaban de nuevo para Santo Domingo. A mí me daba igual. Todo me daba igual, hasta seguir o no seguir respirando. Pero, de repente, pensé en la cara de mi madre cuando me viera regresar después de haber perdido todo, todo lo mío y todo lo nuestro, por aquella pirueta en que la había arrastrado de compinche y en la cual ella había querido rehusar:

—No se vaya, santito, mire, no se enyole, que si me lo devuelven con la panza hinchada, el corazón no me va a querer latir más.

Los de la guardia costanera ya sacaban los altoparlantes y ordenaban al capitán a detener la lancha. Las olitas que levantaron me hicieron sonreír. Ya nunca más un vaivén de estos me iría a asustar.

Nos arrestaron a todos. A todos menos a la muchacha. Cuando empezaron a jalarnos de la yola, miré hacia la proa, para ayudarla, para excusarme, para pedir perdón, para decirle que nos acusara a todos, qué sé yo. Pero ella ya no estaba allí. No sé cuándo desapareció. Quizás allá, en el fondo del mar, se sintiera más segura, las olas ofreciéndole una navaja más filosa y confiable que la mía.

A veces, pienso que hasta nos la imaginamos. Pero no, un zapato, una bolsa de ropa dejaban la evidencia. Esto no se lo he contado a nadie, titán. Pero aquí encerrado, esperando a que me deporten, si no me lo saco del pecho, se me explota. Se lo cuento a usted. Por eso no me quejo de que me hayan atrapado. Quizás esto era lo que tenía que pasar. Una justicia mucho menos severa que la que me tocaba por lo que le hice a aquella muchacha, lo que le hicimos todos y yo no pude parar. Por lo que no pude arreglar balanceando las cuentas con mi madre. De alguna manera tenía que pagar. Dios me dio suficientes oportunidades para que arreglara y no pude. Y así es ahora como me llega la cuenta.

No se preocupe por mí, no se preocupe. De alguna manera yo salgo de ésta. Y quién sabe, quizás hasta nos encontremos uno de estos días por ahí, por la cafetería. Yo ya más con el agua a su nivel, limpio de esta culpa que cargaba y que me hacía hacer cosas que no me las podía luego explicar. O quizás no. Yo no sé si valga la pena volver a tratar ser de otra manera, vivir de otra manera. Quizás tenga usted que venir a verme (después de una máxima de seis, no se le olvide). A la verdad que me encantaría que usted me viniera a visitar. Ya para entonces, y eso lo juro hasta por el hijodeputa de Dios, la casa de Baní va a tener luz en todos los cuartos.

Entrada de diario

Sé que él está aquí, en alguna de estas cabañas. Después de recoger a aquel hombre, vino para acá. No se pudo meter en otro motel, no se pudo escabullir. Él no conoce el carro en el que ando. Por eso lo alquilé. Por eso dejo el mío en casa y me escapo en taxi y alquilo otro carro, para que si alguno de sus amigos, alguno de sus alcahuetes tiene como tarea pasar por casa, piense que estoy allí metida, esperando.

Pero no. Yo estoy aquí, en una de estas cabañas, haciendo lo que él hace en la pared vecina. Igual que él. Traicionando. Viviendo una mentira parecida a la suya. Tramando cómo deshacerme de él. Pero no me voy de su mundo sin cobrarme la cuenta que me debe. Primero esto, calculadamente; luego, lo otro.

Por todas las noches en que me dejó sola, por todas las mentiras y todas las verdades a medio decir, por las veces en que me hizo sentir menos que una mujer, menos que nada, por la mentira que me forzó a vivir para taparse, para poder seguir siendo el cacique de la finca, el más poderoso.

Luz y asma

«Huelga.» Una sola palabra aparecía en todos los titulares de periódico. Más información en las páginas centrales. La Autoridad de Energía Eléctrica había decretado lo que todos temían. A partir del mediodía de aquel miércoles, la Isla se quedaría sin servicio de electricidad.

La ciudad se transformó en un caos. La gente sacaba dinero de los bancos, corría a las ferreterías a comprar plantas de luz, a llenar sus tanques de gasolina, a hacer compras, a corroborar sus balances de ahorros. La gente, confundida, salía de las tiendas con más de lo que fueron a comprar, maquillaje para los ojos, toallas, latas de carne en conserva, como si se acercara un huracán o como si aquellos artículos pudieran darles, como por arte de magia, algún consuelo mientras la ciudad se quedaba sin luz y, por lo tanto, sin vida. La gente compraba baterías para energizar juguetes con qué espantar el tedio, radios de pilas, televisores minúsculos. Llenaban sus carritos de compras de decenas de cartuchos de pilas doble A, C, D, temiendo que el silencio se los fuera a tragar como una fiera para después escupir sus restos a la intemperie de la noche. Se decretaba un paro nacional. Las negociaciones estaban trancadas. La Isla se quedaba a sus expensas.

Para colmo, el abogado sindical Efraín Soreno no aparecía. En la segunda plana del periódico, foto de cuarto de página que mostraba a Efraín Soreno y su familia, fuentes de la policía informaban que hacía unos cuatro días no se sabía nada de él. Que se había ausentado el viernes de las reuniones del sindicato sin ningún paradero conocido. Su esposa (segunda a la derecha) les indicó a los oficiales de la uniformada que ese mismo viernes no regresó a la casa. Desde hace tiempo, sufrían de desavenencias matrimoniales, así que no pensó más sobre el asunto. Y aquella foto, en colores, que mostraba a dos niñas, una mujer de espesa melena negra y cara de ojos profundos con millones de arruguitas era, definitivamente, sin lugar a dudas, M.

Aquella foto me sacudió. Al fin, una corroboración. Entre los papeles de M. seguía apareciendo un Efraín, aquel Efraín, como un espíritu inasible. Así que aquel Efraín era Soreno. Entonces, el motel Tulán nunca fue una guarida, sino su sitio de intrigas y tramas. Quizás habían llegado ambos allí por pura casualidad: ella, persiguiendo un momento de sosiego; él, usando el motel como cuartel. Pero entonces, ella lo descubrió. Y comenzó a tramar su venganza. Yo mismo lo había leído. El último fragmento de sus papeles, una pequeña nota, juraba que se las iba a cobrar a Soreno, una a una. Pero entonces, ¿qué relación guardaban estos hechos con el Chino Pereira? ¿Por qué no daba señales de vida? Ese también andaba desaparecido, aunque ningún periódico daba noticias del hecho.

Para nada había dormido bien. La noticia de que Tadeo había sido capturado en Miami me tenía inquieto, torpe incluso. Cada vez que intentaba desplazarme por el apartamento, no hacía más que tropezar con las mesas, las sillas. Tenía los muslos y los brazos cubiertos de moretones. El Chino me dijo la noche que regresamos del tambor que lo llamara, para ver qué cosas resolvía para ayudar a Tadeo en su predicamento. También había recibido una llamada de Tadeo. Una llamada con una terrible revelación. Desde entonces, me había dedicado a tratar de comunicarme con el Chino. Lo llamé al móvil, el único número de teléfono que le conocía. Pero nunca contestó. Pasó un día. Después,

215

otro. Llamé de nuevo. Una voz me decía que su servicio de celular había sido desconectado. Él tampoco aparecía, ni por los centros espiritistas. ¿Dónde estaría? Y mientras tanto, Tadeo, muriéndose de pena y de remordimiento en la cárcel.

Ya eran tres los desaparecidos: Efraín Soreno, el Chino Pereira, Tadeo. Ahora, la foto de la cuarta desaparecida resurgía de entre la tinta puntillosa del periódico. Tuve una corazonada. Si lograba de nuevo comunicarme con M., conseguiría contactar al abogado y, a través de él, al elusivo traficante. Todo para salvar a Tadeo. Al menos, eso pensé yo en aquel momento, aunque una secreta parte de mi conciencia temía que mis intenciones fueran otras, que en realidad yo estuviera usando a Tadeo como excusa para ver de nuevo a M.

Pero, esta vez, no me dejé amilanar por mis elucubraciones. El Chino me había dado su palabra. No abandonaría a Tadeo a su suerte. Iba a hacerlo cumplir. Aunque, ¿qué valía la palabra de un hombre como el Chino Pereira? Podría compartir la consistencia de un duro mineral o ser de aire puro, de burbujas de jabón. No tenía ni la menor idea.

Empecé a vestirme. No me apetecía ir a trabajar. No sabía si ya se habían enterado los Tulán de lo de Tadeo. La incertidumbre de una nueva compañía me quitaba las ganas. Pensé que había llegado mi momento para renunciar.

Entonces, recibí una llamada. Todo el sector de la carretera 52 se había quedado sin luz desde tempranas horas de la madrugada. Había problemas con la planta de emergencia. Hoy no habría trabajo. Que me mantuviera alerta para mañana, cuando los problemas técnicos estarían resueltos. La Autoridad me estaba regalando una oportunidad de reintegrarme al día, aunque fuera en el caos de la vida cotidiana huelgaria. No desaprovecharía esa oportunidad. Me cambié la camiseta inconsecuente de humilde motelero por una del antiguo trabajo. Bajé las escaleras a saltos. Enfilé el rumbo de mi carcacha hacia el periódico.

Por suerte, Daniel estaba en su cubículo. Me tropecé con todo lo que encontré por el camino antes de llegar a él.

—Julián, muchacho, ¿qué te pasa? ¿Se te olvidó caminar? ¿Y qué, cómo te van las cosas? Espero que mejor que a nosotros aquí.

—Ya quisiera yo.

—Aún no te tengo noticias sobre tu puesto. Con esto del paro... Afuera andan todos los reporteros cubriendo la huelga. Y nosotros, aquí, esperando noticias para corregir acentos. El jefe nuevo anda como tres en un zapato.

—Vengo a pedirte un favor de otra índole.

—Viniste en mal momento.

—No, pana, escucha. Quiero seguirle la pista al Soreno. Creo que tengo información que a ti te puede interesar.

—A mí, ¿por qué? Yo soy un simple redactor.

—¿Tú no quisiste ser siempre reportero?

—Eso fue hace tiempo.

—Pues te traigo una exclusiva, por si acaso aún quieres levantar el culo de esa silla y participar en descubrir una verdad.

Daniel me miró de arriba abajo con cara de sospecha. Los ojos le empezaron a brillar.

—¿Qué te traes entre manos? ¿Tú no estabas trabajando para una agencia de zonificación?

—Se podría decir que sí. No sabes lo que encontré metido allá adentro.

—¿Qué tiene que ver lo que encontraste de Soreno?

—Te lo cuento todo si me consigues su dirección residencial.

—Él no está allí.

—Pero está su mujer.

—Qué tiene que ver ella con su desaparición.

—Sospecho que muchísimo más de lo que se imagina la gente.

De repente, la oficina se llenó del rumor de máquinas de fax, teléfonos sonando y teclados de computadora. La energía que hacía trabajar a todos esos aparatos zumbaba, pesada entre sus cables y enchufes, como si le costara trabajo darles vida. Me figuré que el periódico estaba trabajando con la planta eléctrica encendida. Afuera, distantes, se oían las bocinas de los autos en la carretera y un zumbido ensordecedor.

—Acompáñame.

—¿Adónde vamos? —le pregunté a Daniel, pero él me contestó levantándose del escritorio, apagando la computadora y tocándome en el hombro para que me apartara de su camino. Yo lo seguí silencioso por el laberinto del periódico hasta llegar al fondo de un pasillo de donde salía un olor espeso a cigarrillos, a pesar de que estaba prohibido fumar en las oficinas de aire acondicionado que apresaban a los que laboraban allí. Era una oficina escueta. No había cuadros, ni plantas ni luz natural. Una bombilla alumbraba todo con la luz fría que desfigura los contornos de las cosas. Un radio de onda corta sintonizado a la banda de la policía sonaba a todo volumen. Al fondo de aquella oficina, que más bien parecía un armario, estaba sentado un hombre fofo, que, frente a un teléfono y un cenicero repleto, revisaba unos negativos con lupa. Su nombre, Francisco Pedraza.

En mis años de redactor, había oído hablar de él. Creo que lo vi dos veces o tres, arrastrándose lentamente por algún pasillo o montándose en su vehículo, ya de salida de turno. Nunca cruzamos palabra. Pocos intimaban con él. No sabía que Daniel fuera uno de los privilegiados. Pero su historia sonaba por todos los cubículos de *La Noticia*.

Francisco Pedraza era la viva estampa de un hombre acabado. Lo curioso era que no estaba muerto. Fumaba sin cesar, entre taza y taza de café, que era lo único que algún ser humano en *La Noticia* lo había visto ingerir alguna vez en los años que llevaba trabajando allí. Eran muchos los años, muchísimos. De fotógrafo de calle, había pasado a ser jefe de su división y, desde entonces, no salía a hacer ni una sola foto. Tan solo se dedicaba a enviar a subalternos a las escenas, a concertar los «incentivos» al contado que se le pagaban a los policías que informaran de los crímenes más sangrientos, y a revisar, como una oruga, negativo tras negativo, asegurándose así de que las fotos que salieran impresas fueran las de mayor impacto. Desde que *La Noticia* se impuso derrotar a la competencia en prensa amarilla, cada vez salían más fotos sangrientas en el periódico. Y el responsable del espectáculo era Pedraza. Nadie le ganaba en descubrir la foto que te hiciera vomitar. Se podría decir que Francisco Pedraza vivía de la carroña presa en el acetato. Y quizás por eso vivía como un cadáver.

Cuentan que no siempre fue así; que cuando más joven, Pedraza ganó premios internacionales por sus fotos. Fue un fotoperiodista de renombre dentro y fuera de la Isla. Pero luego, tan solo se dedicó a cubrir crímenes y cadáveres. La gente en *La Noticia* dice que no fue tan solo una movida comercial. Se debió también a que, en la cima de su gloria, Pedraza empezó a desarrollar un extraño padecimiento que lo fue carcomiendo, hasta que perdió el foco. Desarrolló un tipo de narcolepsia fulminante. Podía morir dormido, simplemente se le olvidaba respirar cuando intentaba descansar. Desde entonces, nunca más pudo gozar de un sueño profundo. Cuentan los del periódico que, por eso, fuma como un desesperado, toma café a lo loco y siempre tiene prendido el radio de onda corta en la frecuencia de la policía, hasta en su casa. No sé si lo hace para, con el ruido, espantar el sueño, o quizás para espantarse su propia conciencia con pesadillas y, así, asegurarse de que nunca dormirá el sueño de los justos.

—¿Desde cuándo haces migas con Pedraza? —le pregunté a Daniel por lo bajo, ya acercándonos al escritorio.

—Cuando te fuiste, él entró en la rueda de la coca, mi hermano. Parece que el café ya no le basta para quedarse despierto.

Pedraza se levantó de su asiento y, con una mano acuosa y sin tensión, me dio la bienvenida. Lo pensé dos veces al estrechársela. Por encima de la radio sintonizada en la frecuencia policíaca, escuché cómo Daniel hablaba con él y concertaban la próxima compra de cocaína. Había que hablar con Gutiérrez o si no, con Palacios, pero ese presentaba problemas porque ahora estaba en huelga. Palacios trabajaba para la Autoridad de Energía Eléctrica. Así que, definitivamente, era Gutiérrez el escogido. Me extrañó el nombre del contacto. No sonaba al que anteriormente usábamos cuando trabajaba yo en Redacción. Pero, bueno, en estos tiempos, ni los traficantes duran mucho en su puesto de trabajo.

—Yo lo llamo al radio de la patrulla —se ofreció Daniel. Para mi sorpresa, el nuevo suplidor de *La Noticia* era policía.

Ya me impacientaba. Tal parece que ni Daniel ni Francisco Pedraza se sentían para nada interesados en mi presencia en la oficina. Me preguntaba si Daniel había olvidado para qué fuimos allí, concentrado como estaba en concertar la próxima entrega de cocaína con su nuevo cómplice usuario. Aquella charla despreocupada que llevaban, enmarcada por los 10-4 de los policías anunciando «nueve detonaciones en la Barriada Trastalleres», pidiendo refuerzos para la investigación o informando sobre hurtos de carros y choques automovilísticos, me estaba haciendo perder el piso. Todo parecía un episodio de alguna serie que alguien alguna vez hubiera imaginado; una serie titulada *Periodistas en acción*, que narraba las desventuras de un joven redactor frustrado que intenta hablar con su jefe ya embarrado de corrupción hasta la cejas, algo así como lo que pudo haber sido mi vida, si no me hubieran botado antes de *La Noticia*. Y Daniel, interpretándose como nunca, era ese joven periodista que ve una oportunidad de redimir su alma. Yo soy el invitado especial del episodio. Pero tiene que jugar bien sus cartas, mostrarse desinteresado, casual, para no dejar ver su verdadera intención y que, luego, el jefe, con todo y vicio compartido, le pase su pista a otro periodista de mayor empuje. Por eso el aire de dejadez y la conversación fatua. Recobré un poco la compostura y la paciencia, y miré a Daniel con otros ojos. Hasta me enorgullecí de su maña. Quizás por ello, él seguía con trabajo en el periódico y yo, no.

—Pedraza, y pasando a otros temas, ¿has sabido algo del paradero de Soreno?

—¿Qué interés tienes tú en el caso?

—Tú sabes, yo siempre metiendo la cuchara en lo que no me importa.

—Resucitando los viejos sueños de periodista. Créeme, Daniel, tú no quieres ser periodista. Quédate tranquilo en tu terminal de computadora, enterándote de las monstruosidades del mundo a través del papel, como el resto de la humanidad. No pierdas el sueño persiguiendo la verdad. No vale la pena.

—Entonces, ¿qué es lo que vale la pena? —interrumpí yo. Pensé que ya era tiempo de intervenir en la escena.

Francisco Pedraza me miró como entre sombras, como si todo aquel tiempo yo no hubiera estado allí. Por un momento, lo vi forzar los ojos, rojos de humo, buscando algo allá atrás, en la trastienda de su pensamiento. Boqueó, como pescado fuera del agua. Después, lanzó un enorme suspiro.

—Qué sé yo. Pero ignorar es mejor que saber. Te ayuda a seguir viviendo.

—Porque impulsa a seguir persiguiendo.

—¿A perseguir qué? ¿La verdad? La verdad es eso que queda cuando terminas de tener pesadillas, esa sensación de que te estás ahogando.

—Según usted.

—Sí, según yo. Lamentablemente, hace tiempo que dejé de remitirme a autoridades mayores. Eso fue cuando descubrí que aquellas otras autoridades tampoco tenían a quien referirse sino a ellas mismas.

—Pero volviendo a lo de Soreno…—insistió Daniel, mirándome de reojo, como lanzándome una advertencia.

—Mira, Castrodad, así es como te llamas, ¿no? Últimamente, me falla la memoria.

—Llámeme Julián.

—Pues sí, Castrodad. Permíteme el atrevimiento de compartir algo que he estado pensando. La verdad no existe, ni existe la razón, ni el orden lógico del universo.

—Sí, ya sé.

Temía que este tipo también me soltara el consabido rollo posmoderno.

—Lo único que existe es la experiencia de la verdad, y esa experiencia es única e intransferible.

—Ahora sí que nos jodimos —me susurró Daniel.

—¿Cómo que intransferible? —contesté yo, haciéndole caso omiso a las quejas de Daniel—. ¿Y la literatura, la historia, la fotografía, este mismo periódico?

—Intentos fallidos desde el inicio. Todas estas patrañas son facsímiles razonables que queremos hacer pasar por «los hechos», o por lo que se esconde detrás de los hechos, como un raro diamante latiendo en el corazón de una montaña.

—Ya te me pusiste platónico, Pedraza.

—No, platónico no, mi querido Daniel, porque al menos aquellos pobres griegos eran lo suficientemente ingenuos para creer que, dándole aliento a la copia, existía la Idea. Los platónicos existieron porque el mundo aún era joven. Pero ahora, ¿quién se traga esa vaina?

—Estoy en desacuerdo.

—¿Conque la Idea no existe?

—La Idea, así, con I mayúscula, no existe, gracias al cielo. En eso estamos de acuerdo. En lo que difiero es en que la experiencia de la verdad, la experiencia que cada uno vive de la verdad se puede comunicar.

—Déjeme preguntarle algo, señor Castrodad, ¿su vida, tiene sentido para usted? ¿Acaso usted no la vive como si fuera una mentira, como si todo lo vivido no fuera sino un estorbo para entender esa cosa que se supone que queda más allá de cada hecho, eso que sin que usted sea capaz de notarlo, pero que intuye, crea una red de asociaciones, un orden por debajo de lo que lo hace respirar, mentir, buscar otros cuerpos, ir al baño, trabajar, hacer una contribución a la sociedad?

—Efectivamente.

—Pues esa búsqueda es la única experiencia que usted tiene disponible de lo que pudiera llamarse la verdad.

—Entonces, la verdad existe y es comunicable.

—Como búsqueda.

—Sí, como búsqueda.

—El problema es que en esa búsqueda uno termina perdiéndose a sí mismo.

—¿Y eso es malo?

—A veces es un gran alivio.

—Bueno, espero que hayan terminado con la dosis recomendada de filosofía de oficina. Porque yo todavía me remito al facsímil razonable de la verdad y me gustaría saber, Pedraza, si tienes alguna pista del paradero de Soreno.

—Daniel…

—Jefe, le agradezco que se preocupe por mi salud mental y mi bienestar metafísico, pero hace siglos estoy trabado allí en Redacción, muriéndome del aburrimiento. Yo no invertí cinco años en la Escuela de Comunicaciones y dos préstamos que todavía estoy pagando para corregir acentos. Mi amigo aquí presente me dice que tiene datos confidenciales que pudieran convertirme a mí en el que dé con el paradero del abogado, en plena huelga sindical. Yo no sé por qué ni cómo dio con la pista, ni qué gana con desentrañarla. Tampoco me interesa preguntarle. Esa es su experiencia de la verdad. La mía es que, si no salgo de Redacción en poco tiempo, voy a empezar a matar gente.

Nos reímos los tres un rato de la picardía de Daniel, que parecía estar al borde de halarse los pelos en cualquier momento. La risa alivianó la situación. Ya Pedraza había abandonado el aire filosófico y derrotista de hacía un rato.

—¿Se puede saber cuál es la pista que te trae tu amigo?

Daniel me miró con atención. Este era mi momento para hablar. Así que les conté todo.

«Todo» es una exageración, por supuesto.

Nada dije de Tadeo. Nada de mi trabajo de motelero. En la versión que de repente salió por mi boca (no sé si por pudor, por orgullo, por discreción), terminé convertido en amigo de Esteban Tulán hijo, a quien le ayudé por un tiempo administrando el motel homónimo mientras él se tomaba unas merecidas vacaciones. Nunca tuve el *affaire* con M., ni leí sus papeles, pero la vi entrando cada miércoles en el motel, encontrándose con un amante misterioso una vez, una vez tan solo, para, luego, desaparecer del panorama. Tampoco narré cómo Tadeo terminó involucrándose cada vez más en las telarañas del Chino Pereira, pero era él, sin nombre ni apellidos, transformado en un simple empleado del motel, a quien descubrí guardándole paquetes de droga al Chino, que, de vez en cuando, enviaba a su personal a buscar el muerto. En mi cuento, me vi, entonces, en la disyuntiva moral de avisar a la policía. De un momento a otro, Don Esteban Tulán regresaría de sus vacaciones. Entonces, le informaría y él podría decidir lo conveniente. Todo esto lo narré para llegar al meollo. Y eso sí lo narré con lujo de detalles. Fue el día, la noche, digo, en que sorprendí a aquellos dos carros parados en el rellano de la cuesta de llegadas, intercambiándose un paquete con la rapidez de un rayo, de ventanilla a ventanilla; los autos de Soreno y del Chino Pereira.

—Eso es lo que tengo, compañeros.

—Pues tienes más que la policía.

—¿Tú crees, Pedraza?

—Estoy seguro —respondió, señalando con el dedo amarillento de nicotina el radio de onda corta—. Lo que sí saben desde hace como una hora es que Soreno ya no anda en su carro. Encontraron una cuatro por cuatro abandonada en una carretera rural rumbo a la ruta 52.

—El motel queda en la carretera 52.

—La cuatro por cuatro era de Soreno.

—¿Manchas de sangre?

—Ninguna. No se descarta que lo hayan secuestrado. Pero no ha habido comunicación con la esposa o con el sindicato pidiendo dinero, y así no se estilan los secuestros aquí.

—Puede ser que se haya citado con alguien en esa carretera. Que anduviera huyendo. Que quien lo recogió lo haya matado.

—Puede ser. Pero, ¿quién se beneficiaría de ver muerto a Soreno?

—El sindicato.

—No, Daniel —respondió Pedraza, antes de tragarse un espeso buche de humo y bajarlo con café—. Ahora, con la huelga, al sindicato no le conviene en lo más mínimo que uno de sus abogados sindicales aparezca muerto, no importa cuántos fondos se haya robado o en qué líos ande metido. Más fácil es denunciarlo, conectarlo con el Gobierno.

—Pedraza, Daniel, ¿acaso no me oyeron? —interrumpí acalorado—. Es obvio que quien se lo llevó fue el Chino Pereira.

—Lo dudo mucho, Castrodad —me respondió Pedraza con toda calma.

—¿Cómo que lo duda? —respondí un poco alterado—. Soreno andaba en negocios turbios. Quizás usó dinero del sindicato para mantener su vicio de coca, quizás le lavaba dinero al Chino. Quizás le compró armas o explosivos a Pereira, o lo contrató para vandalizar los transformadores de la Autoridad de Energía. La cuestión es que hubo una desavenencia que terminó con la desaparición de Soreno. ¿Quién más podía ser el responsable?

—Su interpretación de los hechos es muy encomiable, Castrodad, pero le falta un dato.

—Pedraza, ¿cuál dato?

—Hace poco han empezado a aparecer distribuidores de coca en la Autoridad. Y la policía ya anda enterándose. Los de la Autoridad aprovecharon la huelga para enfriar su operación.

—Julián, te voy a ser sincero —dijo Daniel, levantándose de la silla—. Cuando llegaste a mi cubículo con la historia de Soreno, yo ya andaba dándole vueltas a una idea en la cabeza. Por Pedraza y nuestras conexiones, me había percatado de que algo había en la Autoridad. Pensé que el sindicato andaba metido porque me parecía demasiada coincidencia que se decretara paro cuando se iba a desatar una investigación por narcóticos en los predios de la agencia. No se lo comenté a nadie más que a Pedraza, para ver cómo veía que yo investigara la historia por mi cuenta. Ahora que me vienes con la historia del Chino, todo cae en su sitio. Soreno no ha sido secuestrado, ni ejecutado ni ocho cuartos. Se está escondiendo.

—Pero, Daniel, si ahora es cuando menos debe esconderse. Ahora es cuando más seguro está.

—Castrodad tiene un punto a su favor, Daniel.

—¿Crees que lo del secuestro tiene mayor peso?

—No, en eso Castrodad también anda equivocado. Si Soreno debe dinero o si hay desavenencias entre él y el Chino, el traficante no lo va eliminar ahora que todos los ojos del País están puestos en la Autoridad. Ahora que la policía también anda investigando el negocito que ambos habían levantado.

—Entonces, ¿en dónde anda Soreno?

—Anda con el Chino —insistí. No les iba a revelar que el Chino tampoco aparecía, que, en realidad, Soreno no me importaba un pepino angolo. Él era la carnada que necesitaba para llegar al Chino, para salvar a Tadeo. Quizás hasta para llegar a M. de nuevo, verla una vez más.

Pedraza se levantó del escritorio y caminó torpemente por el cuadrángulo de su oficina. Vació el cenicero, prendió otro cigarrillo, nos miró a ambos como un maestro mira a dos pupilos que no pueden resolver una ecuación matemática para la cual él tampoco tenía respuesta, pero sabía al menos que las teorías de sus pupilos eran descartables. De hecho, como si esas teorías él las hubiera descartado ya, hacía siglos, aunque no supiera la contestación.

—Aquí hay alguien que quiere que se descubra todo, alguien a quien le interesa que la policía cierre el punto, alguien que quiere deshacerse de los dos, del Chino y de Soreno. La pregunta es quién.

En esos momentos, dudé de decirles lo que había descubierto. Pero no había otra opción. Si no, jamás conseguiría la dirección del abogado. Y yo tenía que ver a M., tenía que verla. Así que tomé asiento, encendí un cigarrillo y, con toda parsimonia y una pesadez de cautela en el pecho, les comenté a Pedraza y a Daniel lo que había leído en los papeles de M.

La moneda

Hoy fui al laboratorio. Llamé por teléfono, hice cita, me bañé, me perfumé, me vestí, saqué el carro del garaje con toda la intención de llegar hasta las oficinas, esperar mi turno. Pero, de repente, me encontré en el estacionamiento de la oficina sin poderme bajar del carro. Tenía la cara hirviendo. Me temblaban las manos. No podía evitar pensar: «Esta vida no es la mía. Mi vida no puede ser esto, ni desenvolverse de esta manera. Esa es la vida de otra mujer». Otra vez, sentí que la boca empezaba a hablar sola, a dejarse invadir por montones de palabras independientes de mi voluntad. En el tapón, me oía decir: «¿Qué pasó con el acuerdo que teníamos la vida y yo? Yo no le iba a pedir la felicidad; me conformaría con el sustituto que me servía. Ella, en cambio, me dejaría tranquila. Y mira lo que me hace. Maldita vida traicionera». Me asusté. No podía ser; de nuevo la crisis de las palabras. Así que esperé a que fuera de noche y volví al Tulán.

Anoche encontré los papeles. Andaba por toda la casa, buscando una libreta donde escribir, a ver si lograba sosiego para mi cabeza.

Entré al despacho de Efraín, a rebuscar entre sus gavetas. Aquel era su territorio exclusivo, vedado para el resto de la familia. Pero yo me suponía que, en alguna gaveta de su escritorio, guardaría libretas. Además, ¿para qué respetar sus territorios exclusivos, si él no me respetaba a mí? Quería molestarlo. Quería que supiera que habían invadido su santuario. Así que desorganicé todo cuanto pude. Abrí y cerré gavetas, moví carpetas de orden. Encontré las dichosas libretas que buscaba y tomé todas las que quise. Todas.

Cuando agarré un paquete, noté un cúmulo de papeles pillados contra una cubierta de plástico. Me senté en su butaca a leerlos. Eran estados de una cuenta que no estaban a nombre suyo, ni de los dos, ni del bufete, ni del sindicato. Aparecían bajo un nombre de una compañía inventada, en donde Efraín aparecía como socio fundador. Otros recibos aparecían bajo el nombre de «ella». La cantidad de dinero que mostraba en el estado de cuenta era impresionante. Con razón Efraín podía darse el lujo de mantener dos costosísimas casas, una para la señora y otra, para la querida.

Fui a casa de la abuela. Le enseñé los papeles. Que ella me ayudará a resolver de dónde había Efraín sacado tanto dinero. Del bufete, imposible. Desde que trabaja para el sindicato, Efraín se ganaba un sueldo fijo. Alto, pero no tanto.

—Ay, mija, esto no pinta bien —murmuró la abuela. Yo sentí que el corazón me daba un vuelco en el centro del pecho.

La abuela me prometió que ella se encargaría de todo, que llamaría a sus contactos para preguntar por esa compañía. Y que me avisaría cuando tuviera algo más concreto. Mientras tanto, había que esperar. La cabeza me iba a explotar. Tenía que ocupar mi mente en cualquier cosa. Así que decidí ir a hacerme la prueba al laboratorio, comprar los tranquilizantes, endrogarme.

Hice mi turno. Respondí secamente cuando me llamaron con el tono de profesionalismo objetivo que se supone que reconforte a una y le quite el miedo al pinchazo. La enfermera leyó el referido de pruebas.

—¿Xanax?

Y se me quedó mirando con la cara vacía esperando contestación. Yo no le ofrecí ninguna. Que piense que soy otra mujer histérica, deprimida, una adicta legal, lo que le dé la gana. No me importa un carajo lo que piense. Ya me cansé de estar pendiente. Estoy harta de mí. Ojalá me maten o me muera. Ojalá en estas pruebas me descubran algo extraño en el sistema.Ojalá tenga sida. Ojalá esta vida me fulmine de una vez por todas y pueda librarme de tanta batalla.

Y allí, junto a aquel mostrador de laboratorio, me sentí como si estuviera parada frente a un muro. El muro era transparente, pero duro como la piedra más gruesa y sólida de la faz de la Tierra. Un muro hecho de un diamante que nadie quiere, que no cuesta millones y millones, como si, de repente, el capricho de los hombres hubiera decidido que ahora los diamantes valen lo que una mierda de perro y todos hubieran salido corriendo a moler sus diamantes, a mezclarlos con agua para hacer este muro inmenso, transparente y filoso donde cualquier cosa o cualquier grito se pueda romper. Y yo estaba parada frente a él. Del otro lado, una sombra me llamaba, una sombra que era yo, la otra, esa que quiere que la dejen tranquila, que Efraín se vaya con sus negocios, su amante y su puñetera vida a las ventas del infierno. Que se lleve las nenas, la casa, el perro, los carros, los chismes, la oficina, sus miradas de hastío, su cansancio, sus ganas de ser el campeón. Que se vaya. Yo contemplo el muro y, a través de él, esa sombra que me llama. Y entonces, me dan unas ganas de coger impulso, de correr con todas mis fuerzas hacia lo más filoso del muro y estrellarme contra él. Dejar mi carne y mi sangre y mis tripas del otro lado y, con la parte más sola y más alegre de mí, traspasar ese muro e ir a reencontrarme con la que me llama.

Lo vi clarito, en el vestíbulo de aquel laboratorio. Vi mis ganas de dejarme atrás y vi mi hambre, un hambre inmensa que me arde en la piel, sobre todo, la que queda entre las piernas. Yo me lleno de cosas para que esa hambre se calme. Voy al gimnasio, me hago masajes, saco a pasear al perro, vigilo a Efraín mientras duerme, busco amantes. Visito a Amelia, hablo mal de todo el mundo. Voy a casa de mi madre a buscar peleas porque nunca me quiso cuando niña, porque lo único que hacía era trabajar, porque abandonó a mi padre, su marido. Hago citas con la terapista que le sigue poniendo nombre a mis dolencias: problemas de autoestima, problemas de codependencia, problemas de adicción sexual. Salgo de su oficina pensando: «Estoy loca, estoy loca» y sintiéndome más aliviada. Pero, entonces, este torrente de palabras me inunda la cabeza, empiezo a mover los labios sola, en el carro, en la casa, en la carretera. Me entra un miedo inmenso y tengo que venir aquí y sacar una libreta y escribir todo esto y emborracharme para poder sostenerme en lo que me calmo, se me calma esta hambre de querer llenarme con lo que sea, de querer atiborrar el abismo que crece entre mis piernas y, a la misma vez, querer que me rajen entera y me rescaten de donde estoy metida, engarrotada de miedo, que me quiten de encima esta vida que me ahoga y no me deja ser la sombra que se aleja, que alguien venga y me traspase, me empuje hasta el fondo de mí misma, me empuje hasta sacarme del otro lado de mi vida, libre de mí.

Universitarios ambos, de padres profesionales ambos, se les notaba. No tendrían más de veinte años. Oyéndolos de rebote, me enteré que buscaban confirmar si esperaban hijo. Si hubieran sido de los otros, de los que viven por ahí, comunes y silvestres, recién graduados de vocacionales o trabajando en restaurantes de *fast-food*, ni siquiera se hubieran molestado en ir a un laboratorio. Pacientemente, esperarían la regla o irían a comprarse una caja de maltas calientes y una botella de aspirinas, para obligarla a bajar, o andarían por ahí con camisetas anchas ocultando la panza ante los ojos del padre, que, de enterarse, iría, pistola en mano, a obligar al culpable a que reconociera al hijo y pagara *child-support*, que él no iba a mantener muchacho ajeno. La moneda en el aire. A mi izquierda, una señora con su hijo retardado esperaba los resultados de una biopsia que la enviaron a hacerse en un seno. Dios quiera que el tumor no fuera maligno porque qué iba a hacer ella con su hijo, quién se lo iba a cuidar cuando ella se fuera. Más allá, una pareja de jamaiquinos o de curazoleños, o de quién sabe qué isla aún menor, peleaba con la enfermera para que les tuviera los resultados más temprano. Ellos habían volado hasta acá a hacerse unas pruebas porque en sus islas no tenían el equipo. El hotel estaba caro. No podían seguir esperando. Cara o cruz. Llegó mi turno. Me senté tranquila en la sillita donde sacan sangre y enrollé las mangas de mi camisa. Aguanté el pinchazo sin pestañear, mirando cómo el tubo transparente se llenaba de sangre, una sangre espesa, como si estuviera hecha de un barro color vino de tan lenta que fluía; parecía estar añeja y viva y llena de misterios y de un fuego apagado, pero, precisamente por eso, más potente. La enfermera llenó un tubo y luego, otro. El barroso mar de sangre siguió manchando las orillas del tubo y yo, entretenida, mirando aquella cosa fluir de mis adentros, pensé: «Una buena dimensión», no sé por qué. La enfermera me quitó la goma y la agujita de las venas, me dio una gasa y un vendaje. Me dobló el brazo por el codo.

—Los resultados estarán listos en dos semanas —dijo—. Por favor, pase por el mostrador.

La moneda aún da vueltas en el aire. Yo tengo que esperar para saber de qué lado va a caer la suerte. Esperar por las noticias de mi abuela, por las pruebas de laboratorio para que me den las pepas. Esperar. Mientras tanto, ¿cómo hago para llenar mi tiempo? Acaban de llamar a la puerta a traerme una orden que pedí. Cuando abrí para pagar, por poco el muchacho del motel se despescueza escaleras abajo. No está mal el tipo. Es alto y flaco, como a mí me gustan, y tiene una cara inofensiva en la cual se puede confiar. Un poquito perdido el chico, un poquito inocentón. Qué bruta soy. Qué loca. Eso mismo pensé de Franky cuando lo conocí. Pero no importa. Ahora mismo, en esta espera, ¿qué carajos me va a importar a mí?

Banda allá

Tan pronto me levanté, hice un par de llamadas al celular del Chino Pereira. Lo que me esperaba: teléfono desconectado. Las manos me empezaron a sudar. Terminé de tomarme mi taza de café y me tiré a la calle a encontrar la casa de M.

Fue un acto de desesperación o un acto de intuición. Realmente no sabía lo que esperaba encontrar en aquella casa, ni qué iba a hacer una vez diera con su localización. Mi relación con M. no era de las que permiten un simple bajarse del automóvil, tocar el timbre e intercambiar saludos en la puerta como si nada. «M., ¿cómo estás?, tanto tiempo sin verte, pasaba por aquí y decidí hacerte una visita. Como tú no te dejas ver…». Habíamos compartido el cuerpo, y algunas conversaciones, pero eso no me daba derecho. Ese es el tipo de relaciones que pare la ciudad, los moteles. Qué ironía. Poder hurgarse el cuerpo y las salivas y, después, no poder ni decirse hola en la calle, no poder ir a la casa de la otra persona a pedirle un favor que podría salvarle la vida a un amigo.

«Urbanización Las Palomas, calle 15, casa G-53…». Cuando di con el lugar, me percaté de que era una urbanización con control de acceso. Frente a mi carcacha, un portón eléctrico cerraba el paso contundente, irremediablemente y, de la caseta de seguridad, un guardia armado me miraba con sospecha, preguntándome la dirección, el nombre, la matrícula de mi auto, para dónde iba, cuáles eran mis intenciones. Pero yo, de repente, descubrí que andaba preparado con municiones de alto calibre. Nunca me había deshecho de mi carné de prensa y este era el momento de usarlo nuevamente. De mi boca, como por sorpresa, salió una voz llena de aplomo que respondió a todas las preguntas claramente:

—Julián Castrodad, Prensa Asociada, BFX 875, voy a la casa de la señora Soreno, ella me espera.

Y, quizás por lo frecuente de ese tipo de visitas desde que el abogado había desaparecido, el guardia de entrada me dejó pasar, sin mayores pesquisas. Fue un verdadero milagro.

Encontré la calle, el número de la casa y vi que adentro, en la marquesina no había un solo carro estacionado. Nadie, nada. Un *golden retriever* trotaba tranquilamente por el patio. Decidí aguardar un rato a que llegara alguien. Me acomodé como pude en mi carcacha, alargando las piernas más allá de los pedales del acelerador, del freno, y ajustando la ventana, para que no entrara mucha resolana.

Pasaron cuatro horas y nadie llegó a la casa. Toda la mañana la perdí vigilando aquel montón de cemento manicurado y al perro que seguía paseándose por sus colindancias. Casi me fumé la cajetilla entera de cigarrillos. Decidí aprovechar la tarde e ir al periódico. Quizás Daniel tuviera algo más interesante que contar.

Entré a las oficinas de *La Noticia* como Pedro por su casa. Olvidé por un instante mi estatus de visitante. Era como si, de repente, estuviera trabajando de nuevo allí. Al fondo de la línea de cubículos, estaba Daniel, hablando por teléfono. Me miró como si me esperara

—Vente, vamos donde Pedraza.

Yo lo seguí con pasos firmes, como tragándome aquel inmenso pasillo con los pies. Daniel llevaba unos papeles en la mano.

Dentro de su oficina, Pedraza examinaba unos negativos bajo lupa. Era como si hubiera estado allí, haciendo lo mismo desde el día en que hablamos, como si la conversación aquella no hubiera pasado, el tiempo diera una voltereta sobre sí mismo y desembocara exactamente en el mismo momento en que acudí con Daniel a verlo para conseguir la dirección de M.

Daniel se ocupó de cerrar la puerta de la oficina y, entonces, con aire triunfal, depositar los papeles que traía en mano encima del escritorio de Pedraza. Pedraza tomó una pluma negra y empezó a tachar algunas líneas de lo que Daniel había escrito.

—Pero, ¿qué pasa, jefe?

—Que esto no se puede publicar todavía. No tenemos confirmación de Forense.

—Si yo hago la salvedad. Se cree que los cuerpos encontrados podrían ser los del abogado sindical Efraín Soreno y el empleado Eugenio Palacios, desaparecidos ambos la noche del primero de septiembre…

—¿Encontraron a Soreno? —en mi pecho, el corazón era un potro desbocado.

Daniel y Pedraza me miraron en silencio. Tomaron un minuto para medirme, tratando de decidir si debían compartir la información con la que habían dado a través de las pesquisas de Daniel y del radio de la policía.

—Hará cosa de media hora, la policía encontró dos cuerpos carbonizados en un cerro del centro de la Isla. Llamó un anónimo. Parece que es Soreno. El otro no se sabe quién es. Forense no ha confirmado —dijo Pedraza.

—Ese es Palacios, de seguro que es Palacios.

—Daniel, no saltes a conclusiones.

—Coño, Pedraza, si cuando llamamos para la entrega, el pana de Palacios nos avisó que la cosa estaba caliente y que a Palacios nadie lo había visto desde el viernes en la mañana, el mismo día que desapareció Soreno.

—A la verdad que ese tipo hablaba mucho, para ser tirador.

—Que si hablaba... Lo más seguro se metió en problemas por el fronte y le limpiaron el pico.

—A un tirador menor...

—Sí, a un tirador menor que podía destapar una gran caja de gusanos. Acabo de hablar con el chamaco del sindicato y a que tú no sabes...

—Dime, sabelotodo.

—La Junta de Gobierno accedió a aceptar las demandas de los empleados, pero rebajando consistentemente el alza de salario. Y tal parece que el sindicato va a aceptar la contraoferta y a terminar la huelga. ¿Por qué, digo yo, si todo esto se orquestó para una mejora salarial, ahora el sindicato se echa para atrás? Pues, porque si no, la policía les saca el trapo sucio del narcotráfico en el que se han envuelto empleados de una agencia pública. Y entonces, el sindicato se las va a ver y se las va a desear. La peste puede llegar al Capitolio, acelerar planes de privatización. El acabose.

—Pero, entonces, ¿para qué matar a Soreno? Esa muerte resulta muy evidente, llama demasiado la atención.

—Tú que te la pasas abjurando del orden lógico de las cosas, no te das cuenta, mi querido jefe, que hasta las mentes más corruptas cometen errores, se dejan llevar por la desesperación. Lo más seguro, los corruptos del sindicato quisieron que Soreno cerrara el operativo. Y lo más seguro, el tipo se vio entre la espada de sus cómplices legales y la pared de su suplidor ilegal. Uno de los dos lo liquidó.

—¿Esa es tu historia?

—Sí, Pedraza, esa es mi historia.

Mi cabeza era un laberinto. La teoría de la conspiración gubernamental de Daniel parecía muy coherente. Pero, como Pedraza, yo también intuía que otra mano removía el caldero desde lejos, buscando provocar las exactas conclusiones a las que llegaba mi amigo. ¿Quién era el poseedor de esa mano? M. no podía ser. Toda nueva adquisición tendría que ser confiscada hasta que se determinara si fue adquirida con dinero sucio, proveniente del narcotráfico. Su nombre para siempre se vería vinculado con el de Soreno en la imagen pública. «Aquella es la esposa del narcotraficante», dirían todos, la Amelia esa que ella mencionaba en sus diarios, las esposas de sociedad que frecuentaba, su padre, el nombre de su familia…

—Julián, ¿encontraste a la viudita?

—No está en casa, pero tarde o temprano la voy a encontrar.

—Mejor temprano que tarde —respondió Daniel en un tono de poder que jamás le había oído antes. Hablaba con un aplomo inusual, como si fuera otro quien se expresara por aquella boca—. Esta noticia sale tan pronto Forense dé la confirmación. ¿Verdad, jefe?

Pedraza no dijo ni sí ni no. Se limitó a volver a examinar los negativos que tenía en el escritorio. Yo miré el reloj y me despedí de ambos. Ya casi daba la hora de irme a casa intentar de nuevo llamar al celular del Chino y prepararme para otra noche en el motel.

Apagón

No podía creer lo que veían mis ojos. Una fila de autos que se extendía por toda la cuesta de llegadas hasta la carretera esperaba, pacientemente, cupo para entrar en el Tulán. Adentro, la oficina era un caos. El hijo administrador, su esposa, un primo y hasta el propio Esteban se repartían la noche en tajadas idénticas y aun así no daban abasto para atender a todos los clientes de la noche. Cuando llegué, ni me mencionaron a Tadeo. Tan solo respiraron con alivio y me enviaron a acomodar clientes en los pocos garajes bajo techo que aún quedaban vacantes.

«Urbanizaciones enteras se han quedado sin luz, y la gente quiere dormir en aire acondicionado. Suerte que arreglamos la planta.» Esa fue toda la explicación que me dieron del fenómeno. Jamás, en todo el tiempo que llevaba trabajando en el motel, lo había visto tan lleno, a capacidad.

Llenamos las treinta cabañas. El maremágnum de gente se alivió. Tan pronto encendimos el letrero de «Sin vacantes», los carros arremetieron de nuevo contra la avenida a ver si llegaban a tiempo a otro de los moteles que abrían sus techos para los acalorados citadinos en busca de un lugar iluminado donde dormir. Ya no eran las parejas aprovechando la quietud para escaparse, ni los terribles antropófagos de la noche, encontrando su escondite. De los carros, se bajaban familias enteras, hombres de negocios, madres solteras con infantes, como si todos fueran una banda de refugiados de guerra o de un huracán buscando el amparo de la electricidad.

Nadie desocupó las cabañas. La familia Tulán me dejó con el primo, para hacerme cargo del resto de la noche.

Aunque aquel era el momento de entablar conversaciones, yo tenía la cabeza muy llena de cosas y, todo hay que decirlo, aquel miembro fantasma de la familia de propietarios no me convidaba a la conversación. No bien los Tulán desocuparon la oficina, el primo se arrellanó en la butaca de Tadeo. Yo no pude menos que pensar en dónde estaría Tadeo sentado ahora, en qué piso frío de celda, en qué campo de detención. El puro pensamiento me agitó el pecho, la noche se llenó de la nostalgia de Tadeo.

Tenía que organizar mis pensamientos. Soreno o el cuerpo que querían hacer pasar por el suyo había sido encontrado en un profundo cerro de matorral. El Chino Pereira estaba perdido. Entre los papeles de M. que yo poseía había pruebas de que Sereno lavaba dinero sucio. Yo lo había visto con el Chino. Bimbi me confirmó la conexión. ¿Y si el otro cadáver era el del Chino? Tadeo estaría perdido. Tenía que organizar mis pensamientos. Saqué mi libreta de apuntes. Tomé la pluma. Encontré un rincón en la oficina donde protegerme de las miradas condescendientes del primo Tulán. Me dejé ir.

Empecé por una lista somera de los hechos y las incógnitas. Recapitulé. M. llega al motel. ¿Por qué? Yo llego al motel. ¿Por qué? Soreno hace negocios con el Chino ¿Qué tipo de negocios? Se abre un punto en la Autoridad de Energía Eléctrica. ¿Quién se lo propuso a quién? ¿Con el dinero de quién? ¿Con el material de quién? La policía investiga. Se declara una huelga. Soreno aparece muerto ¿Quién lo mató? Yo encuentro los papeles de M. ¿Por qué yo, por qué se acostó conmigo? Hasta allí era su venganza, pagarle con la misma mala moneda por negarse a verla haciendo piruetas en el aire, a verle el amor, a dejarla sola con sus palabras enredándose en la cabeza. Lo traicionó bajo un techo conjunto. ¿Y Tadeo, su madre, el trabajo de dejarla sola desvencijada, la prisa de cumplirle su regreso? Todas estas pasiones me parecían suficientemente desastrosas como para provocar una muerte, quizás dos. ¿Dónde estaba el Chino Pereira?

Y manó de entre mis dedos tinta oscura. Como un manantial, como un desangre, como si la brea se estuviera colando por entre mis uñas. No podía parar, tenía que escribirlo todo. Esa era mi última salida. Que el papel me pudiera decir lo que la mente, los hechos, la gente se negaban a desentrañar.

Seguí escribiendo, pero ya obedecía a otra fuerza que se iba apoderando de mí como un frenesí. Las notas se me convertían en otra cosa entre las manos. De vez en cuando, me interrumpía para atender alguna llamada de cliente, que si papas fritas, que si una Coca-Cola, pero, luego, regresaba a mi rincón de oficina, olvidado de todo, del primo, de la noche, de las razones por las cuales me encontraba enredado en un torbellino que no podía desentrañar. Y enredado en M., en el recuerdo de su cuerpo oloroso a papaya madura que aún llevaba agazapado entre la piel. Y no sé si mi interés era salvar a Tadeo, salvar a M., salir de todo aquello o tan solo entregarme de una vez y por todas a aquel roce, el de mi mano y la tinta y el papel. Una manera de perderme de mí. Yo ya no podía más conmigo.

Ni cuenta me di cuando se deshizo la noche. Ni cuenta cuando el primo me tocó el hombro y me avisó que había llegado el turno de la mañana. Quería seguirme deslizando por aquel papel. Busqué las llaves del cuartito de emergencia. Estaban allí, en el clavo de siempre. El único cuarto que permaneció desocupado durante toda la noche. Al salir de la oficina, el sol me cegó. A traspiés, llegué al cuartito, encendí la luz y allí me quedé, escribiendo.

No había profundidad en los papeles ni en lo que ellos recogían de mis manos, tan solo un recuento de hechos, de sensaciones, de preguntas. Si aquella profundidad hubiera dicho presente, habría la promesa de un fin, de un fondo. Pero esa infinita planicie del papel se me presentó como otro lugar de la pérdida. Y describir a M. y cómo había llegado a ella. Lo que vi en su casa, su perro deambulando, sus papeles. Lo que pasó con Tadeo en las inagotables noches, esperándola, me producía un vértigo similar al que sentía cuando ella me hundía en su cuerpo. Nunca antes había sentido tanta calma en medio de tanta fatalidad.

Me dio hambre y, así, supuse que había pasado el tiempo. Había que comer. Recogí los papeles que había escrito. Compré desayuno calle en un servicarro. Mientras comía, oí por radio. Me los llevé al carro y salí rumbo a la ciudad. Por la radio, me enteré de que el sindicato de trabajadores se reunía con sus líderes. Que ahora, misteriosamente, un sector quería aceptar un reducido aumento salarial. Pero la huelga seguía en pie. Gran parte de la zona metropolitana continuaba sin servicio de electricidad, incluida mi área residencial. No tenía sentido regresar a mi casa, así que enfilé mi carcacha a la carretera que me conduciría de manera más rápida al residencial Los Lirios. Lo hice por perseguir una corazonada. Y la corazonada dio los frutos esperados.

Allí, sentado en la cancha de baloncesto, estaba el Bimbi. Otros muchachos, entre los cuales identifiqué al Pezuña, le hacían corro entre las gradas. No sé por qué, ese día, el guardia que se supone que ceda la entrada controlada del residencial no estaba ahí. Así que no tuve que dar ninguna explicación. Aceleré mi carro y entré al residencial.

Decenas de edificios de cuatro pisos se extendían de un lado al otro. Al frente de cada edificio, un patio de brevísima grama le servía de lugar de juegos a montones de niños barrigones que brincoteaban sin aparente supervisión. Era imposible explicar por qué, aunque los edificios estaban pintados y no había basura expuesta, el residencial trasudaba un extraño aire a cosa podrida, a algo diferente a lo que se respira en cualquier urbanización. Ese aire aséptico estaba definitivamente ausente. Y la gente, multitudes de gente que no guardaban proporción con el espacio que se sospechaba disponible en cada una de aquellas residencias, andaregueaba por el lugar. Radios altos tronaban en los edificios, entre los gritos. Muchachitas en pantalones o faldas demasiado reveladoras para su edad comían paletas sentadas en la orilla de las aceras. Pero allá, a lo lejos, la cancha permanecía extrañamente desocupada. Tan solo la vigilaban el Bimbi y sus compañeros.

No sé de dónde saqué el valor. No creo que fuera valor. Tan solo era la voluntad aquella, el frenesí que me conducía. Me dejé conducir hasta la cancha. El Bimbi me reconoció de lejos y se fue acercando, atajándome el paso antes de llegar a las gradas.

—¿Quién te mandó para acá? —fue su saludo de bienvenida.

—Nadie, ando buscando al Chino.

—Pues apúntate en la lista. Desde que llegó el cargamento nuevo nadie le ha visto ni pie ni pisada.

—¿El cargamento que traía Tadeo? Pero no lo había confiscado Aduana.

—Sí, papá, pero por obra y gracia de la naturaleza, Sambuca salió al rescate y lo recuperó. Con razón ese es el traficante más viejo de la Isla. Está más conectado que la Telefónica. Aunque parece que ahí hay gato encerrado, porque, de repente, al Chino le quitaron el mando. Ahora las órdenes llegan directito de la boca del propio Sambuca.

—¿Y Chino?

—Últimamente no se ha dejado ver. Quizás está castigado.

—O muerto.

—Tú estás loco, titán. Esto no es una película de Hollywood. Además, Sambuca no mandaría a matar a su propio sobrino.

Quise pensar un poco lo que me decía Bimbi. El Chino Pereira era sobrino de Sambuca. Pero no disponía del tiempo para saborear el dato. Yo respondía a otras prioridades. Para recuperarme del asombro, prendí un cigarrillo y le ofrecí uno al chamaco. Solté una bocanada espesa y tragué duro. La pausa me obligó a respirar.

—Pues, si lo ves, dile por favor que lo ando buscando. Me preocupa la situación de Tadeo.

—Sí, pana, al pobre de tu amigo le cayó el muerto. ¿Para qué se dejó atrapar?

—Pero el Chino dijo…

—El Chino puede decir muchas cosas, viste. Pero, a la hora de la verdad, aquí se corre el riesgo quien quiera corrérselo. Si te atrapan, cuidado con lo que hablas y saca pecho a lo macho. Termina de criarte en la cárcel. Así fue con el Chino, que, con todo y ser quien es, tuvo que chuparse una condena. Así fue con Pezuña, con mi primo. Mano, así es como aquí se miden los hombres de verdad. La nevera es la prueba de fuego. Si sales sobre tus dos pies, se te da el lugar que mereces. Si no, es que no diste liga, viste. Esa es la que hay.

Me despedí de Bimbi con un apretón de manos y salí rumbo a casa. Cuando llegué, no había luz. Un sueño leve me venció. De él me levantaron mis propios papeles. Me soñé escribiendo, sin tregua ni calma, garabateando página tras página unos arabescos que no podía entender, aunque salían de mi propia mano. En una parte del sueño, yo estaba en la cárcel, escribiendo, y aquella cárcel era el motel, era mi casa, era la cafetería, era el periódico, era el cuarto de la cabaña 23. Era mi carro desde donde vigilaba su casa. Pasaron más cosas, pero yo tan solo me recuerdo escribiendo.

Me levanté empapado de sudor. El abanico no servía; no había electricidad. Decidí marcharme un poco antes al motel y aprovechar el aire propulsado por la planta. Allí, las bombillas me regalarían un poco de luz. Quizás, entonces, podría terminar de hacer saltar ese sueño a la realidad del papel. A esa frágil realidad.

Vigilia

M. salió de su casa directo hacia donde mi carro estaba estacionado. Vestía mahones. Me hubiera gustado verla en refajo. Tenía las ojeras más profundas, creándole una aureola oscura al dibujo de arruguitas que coronaban sus párpados.

Yo me hice el que no la había notado caminar. Era la segunda mañana que hacía vigilia frente a su casa. Como a la media hora de estar aparcado al otro lado de la calle, noté un leve tremor de cortinas, una sombra que se movía a través del salón. Me habían descubierto. A juzgar por la cautela al otro lado de las cortinas, supuse que no se querían dejar ver, o que la sombra también andaría a la expectativa. Todo era cuestión de esperar. O la sombra llamaría al agente de seguridad de la urbanización, y yo sería obligado a retirarme en pocos minutos, o se decidiría por establecer contacto. Pasaron dos horas antes de la decisión. Entonces, la sombra, M., se acercó a mi auto.

Cuando me topé con su mirada, no pude evitar una pequeña sonrisa, una sonrisa que, a la vez que mostraba alegría, pedía disculpas por el atrevimiento. Esperaba que mi gesto se topara con una muralla fría, unos ojos iracundos, un insulto bien merecido por atreverme a estar allí, importunando con mi presencia el dolor de tantas pérdidas e infamias. Pero con lo que me topé fue con un silencio vacío, como el de un viento con ojos que me miraba desde el otro lado de una realidad. Un viento cansado y vacío.

—Vengo a devolverte tus papeles —fue todo lo que se me ocurrió responder.

Al otro lado de la ventanilla, la cara de M. envuelta en su silencio recuperó un poco de brillo en los ojos. Parecía levantarse de un raro letargo, como si estuviera bajo el efecto de tranquilizantes.

—¿Quieres tomarte un café? —me preguntó. Yo no recuerdo qué le contesté. Pero ella abrió la portezuela y me tomó del brazo. Yo me dejé conducir hasta la casa. Si dentro de aquella casa me estuvieran esperando los matones del Chino, la policía, el fantasma de Tadeo, también hubiera ido. Si en la propia mano de M. brillara un cuchillo, igual la hubiera seguido. En aquel momento, hubiera seguido a M. hasta el fin del mundo, hasta el fondo de mí, hasta donde ella quisiera.

Ella me abrió las puertas de su casa. Me sentó en un sofá. Me puso una taza humeante en las manos. Se descalzó las sandalias. Se acurrucó en una butaca frente a mí. Esperó a que hablara. Le conté cómo fueron a parar a mis manos sus papeles, de cómo una mucama del motel los confundió con una mentira y recogió su libreta del bote de basura como cuento mío. De cómo yo los empecé a leer, pero paré de súbito. De cómo ella no llegó más al Tulán y yo, extrañándola, me quise consolar con su facsímil razonable. Debí tirarlos, devolverlos a donde ella los había dejado, seguirle el consejo a Daphne cuando, antes de abandonarme, me lo dijo. Pero no podía. Cada semana avanzaba un poquito, una página no más, un párrafo, una oración, temiendo terminar mi lectura y que, con ella, M. desapareciera totalmente de mi vida. Hasta que llegué al final. El final en donde decía lo que había descubierto en el despacho de su marido.

Entonces habló M. Y me lo dijo. Me dijo a dónde llevó los papeles, los estados de una cuenta que su esposo había mantenido secreta, los recibos de compra del bote nuevo, del apartamento de la corteja, todo al contado. Fue con ellos donde su abuela. Ella le aconsejó consultar a un amigo, Víctor Cámara, el antiguo amante clarinetista, ahora exitoso hombre de negocios. Y él la aconsejó. La llevó a donde un socio, antiguo empleado suyo, ahora fiscal de la Corte Federal. A él le dio los papeles, a cambio de protección, a cambio de que en la confiscación de bienes no tocaran la cuenta conjunta, la casa. Y que no la obligaran a testificar. El fiscal le aseguró que con los documentos bastaba. Ella pensó que todo había acabado. Le pidió a don Víctor que avisara a Soreno, que lo pusiera al tanto de todo, para que él hiciera planes para escapar, se pusiera a salvo, o decidiera entregarse. Don Víctor se lo prometió. Y ahora la policía le notifica que encontraron el cadáver de Efraín en un cerro.

M. hablaba y yo le miraba los pies, aquellos dedos largos y finos de uñas despintadas, inocentemente limpias, diáfanas. Pensé: «¿Cuán limpias serán sus palabras?». Pero después, no me importó. No me importó no saber el matiz de sus palabras, aquellas que salían, sílaba a sílaba, de la boca de M., el frenesí de su boca hablando sin secretos.

Y que le explicaron que Efraín andaba mezclado en negocios ilícitos, droga, dijo, un cargamento perdido que también desapareció de Aduana. Palacios era la conexión con un tal Pereira. Lo buscaba la policía. Que no me preocupara, dijo, ellos estaban vigilando. Supuso que mi carro era el de un encubierto el primer día que lo vio aparcado frente a su casa. Pero, luego, miró bien al conductor. Pensó que me reconocía. Decidió salir.

Tomó un sorbo de café. Una mano que debió ser la mía se fue alargando hacia aquellos tobillos. Era mía aquella mano, los dedos hambrientos por tocar aunque fuese un retazo de su piel eran definitivamente los míos. Aquella hambre ardiendo en la punta de los dedos es una sensación que jamás olvidaré. M. se levantó. No sé si para esquivar mi tacto. No sé si por distraerse de sus propias palabras.

—¿Quieres más café? —preguntó ella y, entonces, desperté de mi embeleso. En las manos me palpitaba algo vivo. Era una taza tibia a medio beber.

—¿Qué vas a hacer ahora? —pregunté.

—No sé. Vender la casa, cambiar a las niñas de escuela —dijo—. Hacerme de una vida.

Y, luego, fue un silencio y un sacudir de hombros. Yo me acerqué y, esta vez, mi cabeza no quiso preguntar nada. Esta vez, alargué mis brazos y acompañé a M. en su llanto hasta donde pude. Respiré un olor húmedo que salía de su pelo, un olor como de algas, como de salitre después de un aguacero. Me quedé allí, callado, sin preguntas a la orilla de ese llanto. A las orillas de un llanto y unas palabras que repetían:

—Yo no quería que fuera así, quería que se fuera, pero no así.

Pero era necesaria una última pregunta.

—¿Qué hago con los papeles?

—Bótalos —dijo, mientras miraba a lo más profundo de mis ojos. Allí estaban las arrugas, una mirada negra y profunda que jamás iba a poder ser contenida en su totalidad por ninguna de las mías. Lo que nadaba al fondo de aquella mirada, de las piedras filosas de sus ojos, era una mezcla de alivio, de dolor, de vacío, de esperanzas, de dudas, de qué sé yo qué otro montón de cosas. Allá, en aquel fondo inasible. ¿Cómo no me había dado cuenta antes? Allá, en lo profundo, nadaba lo mismo que en el fondo de los ojos míos.

No sé qué otras cosas conversamos. Solo supe que, de repente, me encontré subiendo las escaleras con ella, metiéndola en la cama, arropándola y, luego, bajando y cerrando la puerta, silenciosamente, alejándome hacia mi carcacha. Tomé la autopista. La brea despertaba fresca al sereno de la noche. Tomé una salida que presupuse como atajo y terminé desembocando en la carretera 52. En la lejanía, vi la pirámide del motel Tulán parpadeando en la noche suburbana. Su cascada de amarillos, primero; luego, de neones verdes como un ojo y letras rojas anunciando cupo al frente de la cuesta de llegadas, y seguí de largo, rumbo a casa. Dentro de mí, supe que no regresaría más.

Entonces, me estacioné en un rellano de la carretera. Tomé los papeles de M. entre las manos y los rajé a lo largo, a lo ancho hasta hacerlos un montón de retacitos. Volví a encender el motor y llegué a la carretera que desemboca en mi casa. A ambos lados del expreso, un mar oscuro y verde se extendía profundo de sonidos de insectos y de anfibios. Empecé a soltar los papeles de M., lo que quedaba de ellos, por la ventanilla, observando cómo el viento los arrastraba hacia la cañada del matorral al lado del asfalto. Pero, en el asiento del conductor, otro montón de papeles permanecían intactos. Allí, un río de tinta detenido tropezaba, daba traspiés y avanzaba entre sus errores. Errores válidos, míos, más míos que lo que nunca antes había sido algo sobre la faz de la tierra. Prendí el radio y los dedos me empezaron a tamborilear sobre el volante. No estaba ni triste ni alegre. Aquellos dedos danzando no ejecutaban ninguna celebración. Tan solo se movían sobre esa superficie, anticipando las teclas que los esperaban para que continuaran su danza. Frente a mi carcacha, la brea negra se estiraba larguísima hacia una hilera de luces palpitando. Respirando frente a mí, me esperaba la ciudad.

La promesa

Ahora ocupo los días en levantarme temprano, salir rumbo al periódico y, por las noches, escribir. He regresado a *La Noticia*. Me llamaron porque necesitaban un redactor nuevo. Yo acepté de inmediato la posición, aunque negocié un cambio de horario. Luego, me enteré de que estaba ocupando el antiguo puesto de Daniel, a quien habían tenido que «dejar ir» del *staff* por recomendación del director. Según él, Daniel estaba demasiado ansioso, y presentaba problemas de personalidad que le obstaculizaban un eficiente desempeño en el trabajo.

Justo antes de empezar a trabajar de nuevo para *La Noticia*, el día antes, para ser más precisos, la prensa presentó su versión de lo que había ocurrido con el caso de asesinato del abogado sindical Efraín Soreno. Según fuentes oficiales, el abogado fue ultimado por una pandilla que operaba desde el residencial Los Lirios. Soreno se había apoderado ilegalmente de fondos del sindicato, los cuales utilizó para comprarse botes, propiedades, y para invertir en el tráfico ilegal de narcóticos. Estos eran distribuidos desde dicho residencial. Los miembros de la pandilla decidieron limitar las ganancias de Soreno, hubo disputas y eso causó el siniestro. El cadáver carbonizado que apareció junto con el de Soreno fue identificado como el del inspector de línea Augusto Palacios, vecino de Los Lirios y responsable de hacer los contactos iniciales entre Soreno y la pandilla de narcotraficantes del residencial. Por ninguna parte apareció mención del Chino Pereira, ni del punto que operaba desde la Autoridad de Energía.

En las páginas subsiguientes, los líderes del sindicato negaban toda vinculación a los negocios turbios de Soreno. Miembros vocales argumentaban que Soreno había usado la inestabilidad de la huelga para sus fines peculiares. Por lo tanto, el pueblo debía entender que el sindicato fue una víctima más del abogado corrupto, ya que este robó una parte sustancial de sus fondos para emplearla en el narcotráfico, crimen que afecta de manera fatal la fibra moral de nuestra sociedad. Añadieron, además, que ahora, en plena negociación con el Gobierno, el sindicato se enfrentaba a una realidad desmoralizante que podría afectar su credibilidad ante los trabajadores y ante el público en general. Que, a la luz de los hechos, tenían que repensar y reevaluar su directiva, inclusive considerar si era necesario celebrar unas elecciones especiales para cambiar el liderato. Sin embargo, a pesar de estos contratiempos, el sindicato se comprometía a hacer valer el derecho de los trabajadores. Lo importante era que todo había salido a relucir y que el suceso no había predispuesto al Gobierno en contra de las negociaciones porque encontró receptividad y tolerancia de parte del sindicato, a quien también le interesa combatir el narcotráfico desde todas las trincheras. Los vocales dan fe de que el sindicato se compromete a cooperar con las autoridades pertinentes para asegurarle al pueblo que ningún otro cómplice de Soreno que pueda quedar escondido en la Autoridad de Energía quede impune, así tenga que desestabilizar su propia directiva. Ante ese compromiso, las negociaciones entre el Gobierno y los trabajadores habían adquirido un nuevo aire de cooperación y buena voluntad. El sindicato auguraba que el conflicto obrero-patronal se resolvería antes de lo esperado.

De Tadeo sé que se encuentra en la cárcel de la capital. Le echaron seis años, pero, por buena conducta, podrá salir en libertad bajo palabra dentro de año y medio. Tuvo suerte. De vez en cuando, hablamos por teléfono y, tan pronto se estabilice mi situación laboral, es decir, tan pronto pueda agenciarme unas cortas vacaciones, tomo un avión para la isla vecina y lo iré a visitar.

A Daphne me la encontré las otras noches por la carretera. Yo iba saliendo del periódico y paré en un *fast-food* a comprarme cualquier cosa para llevar, cuestión de comérmela en casa mientras veía la televisión. Andaba con un novio nuevo, un farmacéutico compañero de trabajo que recién se había divorciado. Se les veía en plan íntimo. Hablamos poco. Me dijo que estaba bien en casa de los padres, y que, a la luz de los hechos, quizás sería mejor que yo me quedara con el apartamento. Si los planes seguían como se perfilaban, ella y su nuevo amor se mudarían juntos dentro de unos cuantos meses.

De M. no sé nada. La fui a visitar una vez más después de aquella noche, para ver cómo seguía. Había dejado pasar una semana, una semana en que me entregué a esa hambre de mis dedos sobre las teclas. Días enteros con sus noches me los pasé escribiendo. El tiempo pasó. Quise saber de M., pero me encontré con la casa vacía y un letrero anunciando su venta. Era el momento de dejarla ir, pensé, y me alejé de nuevo rumbo al portón de control de acceso.

No me molesta estar trabajando de nuevo en *La Noticia*. De mis redacciones no espero más de lo que me dan: un montón de historias medio ciertas, medio mentidas a las que debo revisarles los acentos y la organización gramatical para que parezcan «la verdad». Pulo mi oficio y de noche, en mi apartamento en el centro de la ciudad, me empleo en mi relato, ese que comparte con las noticias del día el extraño palpitar. Yo presto mis dedos para dejarla correr. Paralela. Aunque tampoco estoy seguro de lo que acabo de enunciar, es decir, que esta otra verdad, la mía, sea tan inocente. Pero eso tampoco importa. Me entregué a la incertidumbre. Solo así se avanza.

Aún tengo millones de revisiones que hacerle al manuscrito. Cambiar algunos nombres, revisar el tono de ciertos pasajes. Cuando releo, aún me pregunto si ha valido la pena. Sin embargo, lo que me impulsa a seguir aquí, en este apartamento, solo, pero no vacío, es la esperanza de encontrar un par de ojos allá afuera. Quizás mi relato sirva para que alguien pueda verse reflejado en sus aguas turbias cualquier noche en que ande perdido, buscando cómo rescatarse de la noche en las ciudades. No puedo asegurarle que el reflejo de lo que vea le sirva de mucho. Ni siquiera que estos papeles le brinden un frágil techo. Pero aquí, entre estas páginas, palpita la promesa.